KB232177

Fantasy Frontier Spirit

금안의 마법사

금안의 마법사 ①
최정연 판타지 장편 소설

초판 1쇄 찍은 날 § 2004년 6월 1일
초판 1쇄 펴낸 날 § 2004년 6월 10일

지은이 § 최정연
펴낸이 § 서경석

편집장 § 문혜영
편집책임 § 김희정
편집 § 장상수 · 권민정 · 최하나
마케팅 § 정필 · 강양원 · 이선구 · 김규진 · 홍현경

펴낸곳 § 도서출판 청어람
등록번호 § 제1081-1-89호
등록일자 § 1999. 5. 31
어람번호 § 제1-0500호

주소 § 경기도 부천시 원미구 심곡1동 350-1 남성B/D 3F (우) 420-011
전화 § 032-656-4452 팩스 § 032-656-4453
http://www.chungeoram.com
E-mail § eoram99@chollian.net

ⓒ 최정연, 2004

ISBN 89-5831-130-4 04810
ISBN 89-5831-129-0 (SET)

도서출판
청어람

CONTENTS

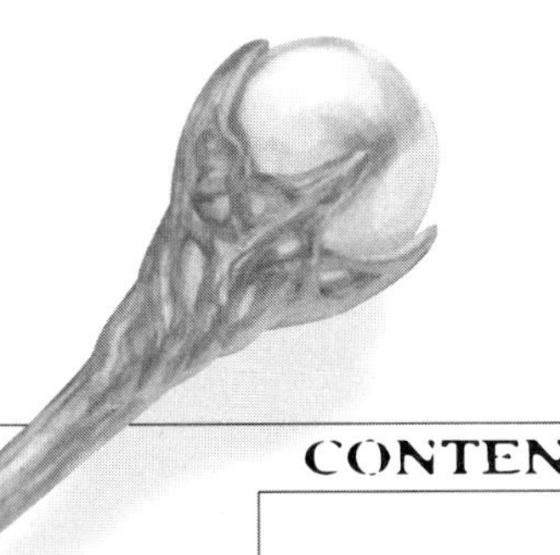

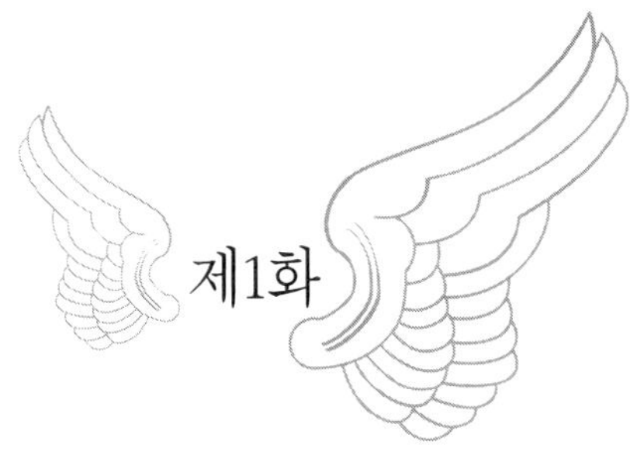

제1화

이상한 소년과 동행을 하다 ■

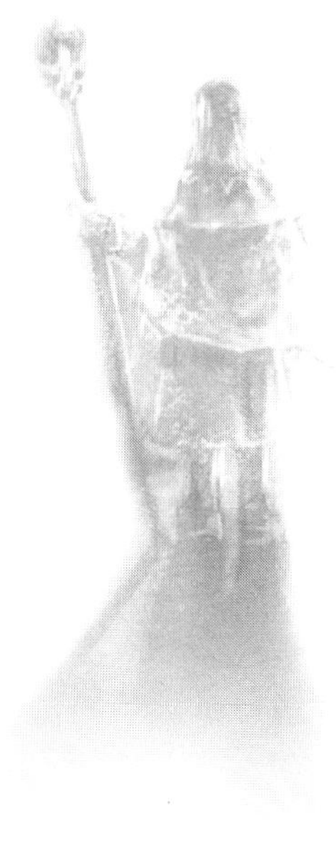

이상한 소년과 동행을 하다

　마차 한 대 정돈 충분히 다닐 만한 길은 이미 질긴 잡초들에 의해 점령당했다. 한 사람이 지나다닐 정도의 외길만이 간신히 그 흔적을 드러낼 뿐이었다. 그만큼 인적이 드문 곳이었다.

　금발이 바람결에 흩뜨러졌다. 하지만 레가트는 머리카락을 다듬을 생각은 않고 콧노래를 부르며 이 외진 길을 걸었다. 그는 고요한 전원의 풍경보다 값싸지만 맛 좋은 술과 사람들이 번잡한 거리를 사랑하는 사람이었으나 아주 가끔씩은 이런 길을 걷는 것도 나쁘지 않았다.

　쏴아아!

　다시 한 번 바람이 불어왔다. 나뭇잎 부서지는 소리에 작은 잡음이 섞여 있었다. 보통 사람들은 기척을 알아챌 수도 없을 만큼 아주 미세한 소리였지만 레가트는 수월히 그것을 잡아낼 수 있었다.

　"이제 겨우 수풀길에 익숙해지려는 찰나에……."

레가트는 머리를 긁적였다. 자신 외에도 이 한적한 길을 지나는 나그네가 있는 모양이었다. 하지만 유쾌한 길동무가 될 수 있을 것 같지는 않았다.

"귀가 밝은 게 죄지. 가볼까?"

느긋하게 걷던 레가트는 소리가 나는 방향을 향해 뛰기 시작했다.

거친 산길에 어울리지 않는 일곱 살가량의 소녀가 홀로 서 있었다. 머리카락은 푸른빛을 머금은 흑발에 몹시 귀여운 생김새를 가졌다. 특히 커다란 금색의 눈동자는 마석(魔石)을 연상시킬 정도로 신비로운 빛이었다. 눈길을 끄는 것은 이것뿐만이 아니었다. 소녀는 자신의 키를 훌쩍 넘기는 긴 스태프를 들고 있었다. 그 끝에는 커다란 루비가 달려 있어 햇빛을 받을 때마다 붉은 빛을 뿌렸다.

"꼬마야, 아저씨들이랑 함께 가자."

"엄마, 아빠는 어쩌고 혼자서 여기까지 걸어온 거니? 이 산길은 위험하단다."

"그래그래, 우리들 같은 어른들과 함께라야 안전해요."

여섯 명의 남자들이 그 소녀를 둘러싸고서 상냥한 체 말했다. 아이를 구슬리기 위해 좋은 사람인 척하고 있었지만 추접스러운 표정은 쉽게 숨겨지지 않았다.

하지만 보통 사람들이라면 어딘가가 이상함을 조금쯤 눈치 챌 만도 한데 소녀는 여전히 아무것도 모르는 모양새다. 여섯 명의 남자를 하나씩 둘러보고는 고개를 갸웃 기울였다.

"크아! 제기랄!! 이렇게 귀여워도 되는 거냐?!"

"게다가 웬 스태프의 보석이 저리도 크다냐?!"

"완전 봉 잡았다, 봉!!"

더 이상 남자들은 속내를 숨기지 않았다. 그들은 이 산의 아래쪽 넬림 마을에서 커다란 루비가 박힌 스태프를 든 채 홀로 거리를 돌아다니는 이 소녀를 보고서 만사를 제쳐 두고 뒤를 밟았다. 그리고 무슨 영문인지 의아하긴 하되 열 살도 채 안 되어 보이는 이 소녀에게 동행이 없다는 사실을 알게 되었다. 몇 시간 동안의 미행 끝에 그 사실에 확신이 들자마자 그들은 즉시 소녀의 앞을 가로막고 섰다.

"욱, 귀여운 것, 이 귀여움은 가히 살인적이구나!"

"미행하자고 말을 꺼낸 건 나지? 그러니 끌고 가면 내가 제일 먼저다!"

"웃기네. 누구 맘대로?"

마른하늘에 어린 천족이 뚝 떨어졌대도 믿을 만큼 귀여운 소녀를 보며 그들은 전율했다. 수중에 돈이 궁하여 오랜 시간 싸구려 창녀 맛도 보지 못했다. 그런 와중에 나타난 이 소녀는 그들의 몸을 바짝 달아오르게 만들기 충분했다. 애초부터 선신(善神)의 신전에서 전도하는 윤리 의식 따윈 귀 기울여 본 적도 없는 자들이다. 소녀를 상대로 추잡한 상상을 하는 것에 작은 양심의 가책도 받지 않았다.

게다가 소녀가 들고 있는 스태프는 예사 물건이 아니었다. 뼈가 굵은 어른이 주먹을 쥐어도 그 두 배 이상은 될 듯한 커다란 루비가 스태프의 꼭대기에 박혀 있었다. 모조품이라 할지라도 저 광택과 크기를 보건대 보통 이상의 값은 받을 것이 분명했다.

"자아, 같이 가자. 따라오면 아저씨가 맛있는 걸 주마."

한 남자가 앞으로 나서 손을 내밀었다. 물끄러미 그 손을 보던 소녀가 처음으로 입을 열었다.

“호의는 감사하지만 거절하겠습니다.”

의외로 소녀의 목소리는 가늘고 높은 음성이 아니라 조금 낮은 톤을 하고 있었다. 나이에 맞지 않게 딱딱한 문법을 쓰고 있는 것 역시 이상한 부분 중 하나였지만 남자들은 그것보다는 소녀의 목소리가 더욱 신경이 쓰였다.

“사내 녀석이었냐?”

확연한 실망이 묻어난 목소리로 남자가 투덜댔다. 어린아이들은 성별이 모호한 것이 탈이었다. 특히 이렇게 귀여운 외모를 한 아이라면.

“성별 같은 게 관계있냐? 이 정도 얼굴이면 남자애라 해도 보통이 아니잖아. 눈 딱 감고 첫 경험을 해보는 것도 나쁘진 않을 듯한데?”

“사내놈이랑 그 짓을 하겠다고? 변태 자식. 난 사양하겠다!”

“웃기는 놈, 어린애랑 그 짓을 하겠다던 네놈은 변태가 아니냐?”

더벅머리를 한 남자가 성큼 소년에게로 다가가며 말했다. 그들의 대화를 깊이 고찰해 보던 소년은 어쨌거나 분위기상으로 이 남자들이 그리 좋은 의도를 가지고 있지는 않다고 판단했다.

상대는 친절한 나그네가 아니라 적.

그 생각을 함과 동시에 소년의 손에 힘이 들어갔다.

“귀여운 아이를 가운데 두고 무슨 파렴치한 짓을 하려는 거냐?”

갑자기 소년과 남자들의 행동을 멈추는 말소리가 들려왔다. 약간 위쪽으로 경사진 길의 끝에 금발의 남자가 햇빛을 등지고 있었다. 역광 덕분인지 마치 정의의 용사가 등장하는 것과도 같은 느낌이었다.

소년의 납치 계획을 짜던 남자들은 역시나 소년에게 동행이 있었다고 생각하며 혀를 찼다. 하지만 머뭇댈 것은 없었다. 그들은 여섯 명이고 상대는 허여멀건한 놈 하나뿐이었다. 용병질로 다듬은 검 실력도 만만치 않으니 당할 일은 없다. 그들은 너무도 당연히 그렇게 확신했다.

차앙!

여섯 명의 남자가 동시에 검을 빼 들었다. 그들 중 더벅머리 남자는 소년이 혼자 도망칠 것을 우려해 뒤로 물러서며 아이를 붙들려고 했다. 그 순간 나지막한 언덕 위쪽에서 이쪽을 내려다보던 금발의 남자가 아무런 신호도 없이 빠르게 돌진해 왔다. 그리고 품 안으로 손을 넣은 그가 짧은 단검을 꺼내어 팔을 휘둘렀다.

슉―!

"억!?"

갑자기 자신의 동료 셋이 바닥으로 고꾸라지는 것을 보고 더벅머리 남자는 영문을 몰라 뒤로 물러섰다. 다시 한 번 눈을 크게 뜨고 보니 동료의 목줄기에는 단검이 박혀 있었다.

"제기랄!"

더벅머리 남자는 낭패감에 이를 갈았다. 금발의 남자가 혼자서도 자신만만한 것에는 다 그만한 이유가 있었다. 자신의 상대가 아니라는 것을 깨닫자마자 그대로 등을 돌려 도망치기 시작했다. 동료들의 생사 따윈 알 바가 아니었다. 하지만 얼마 안 가 그는 등 뒤로 정체 모를 남자의 인기척을 느껴야만 했다.

"히히힉!!"

"자업자득이지!"

금발의 남자가 짧게 말하며 팔을 내뻗었다. 목 주변에서 뜨끈한 느낌을 받으며 더벅머리 남자는 고개를 내렸다. 하지만 목을 꿰뚫고 있는 단검에 시선이 닿기도 전에 그의 숨은 끊어졌다.

"어린애를 상대로 잘도 그런 생각을 하는군."

레가트는 머리카락을 거칠게 긁어 넘기다가 고개를 돌렸다. 조금 떨어진 곳에 작은 소년이 홀로 서 있었다. 그의 주변에는 레가트의 손에 죽은 여섯 명의 시체가 여기저기 널브러져 있다.

"헉! 내가 무슨 짓을!"

레가트는 뒤늦게 실수를 깨달았다. 지금 자신이 어린아이 앞에서 살인을 자행하지 않았는가. 열 살도 채 되지 않았을 자그마한 아이가 이런 무서운 광경을 보고 얼마나 놀랐을까? 아닌 게 아니라 소년은 시체들의 앞에서 눈을 끔뻑이며 있었는데 무표정한 것을 보아하니 완전히 얼어버린 것 같았다.

이미 싸늘한 시체가 되어버린 인신매매 6인조를 내려다보고 있자니 레가트의 입에서 후회막심한 듯 한숨이 팍팍 터져 나왔다. 인생에 도움이 될 만한 놈들같이 보이진 않았지만 그래도 역시 마구 죽여서는 안 되는 것이었다. 그냥 흠씬 패서 내쫓아 버릴 수도 있었는데 말이다.

"아, 그러니까 말이지, 너무 무서워하지 않아도 된단다. 저 사람들은 아주 나쁜 사람들이라 아마 죽여도 별 탈이 없을 법한 놈들인데… 헉! 아, 아니, 죽이는 게 아니고……."

애써 변명하려 했지만 금방 멋들어진 말을 지어내진 못해 쓸데없는 말만 장황하게 나왔다. 오랜만에 그의 등에서 식은땀이 뻘뻘 흘러내렸다.

"왜 그렇게 당황하고 계십니까?"

"응?"

소년의 입에서 흘러나온 목소리는 약간의 흔들림도 없이 담담했다.

게다가 이를 데 없이 예의 바르다. 예상 밖의 결과에 레가트는 눈을 동그랗게 키웠다.

"어찌 되었든 먼저 인사부터 드리겠습니다. 불순한 의도를 가진 무리들로부터 저를 구해주셔서 진심으로 감사합니다."

소년이 고개를 숙여 반듯하게 인사했다.

이상한 아이.

소년을 본 레가트의 첫 소감은 이랬다. 잔인한 장면을 보고서도 아무렇지도 않게 서 있는 사실도 그랬지만 듣기 거북할 정도로 딱딱한 문어체도 한몫을 했다. 고성의 귀족 자제들도 이런 말투는 사용하지 않을 것이다.

"뭐, 내 멋대로 한 일이니 감사할 것까지야……. 그런데 네 보호자는 대체 어디에 있는 거니? 저런 놈들이 꼬일 때까지도 나타날 생각을 않으니."

"보호자는 없습니다. 저는 혼자 여행을 하고 있습니다."

"혼자?"

깜짝 놀라 언성을 키웠다가 잠시 생각에 잠겼다. 이 소년. 말투로 미루어볼 때 겉보기만큼 그렇게 어리지 않을지도 모른다. 하지만 아무리 잘 봐줘도 열셋 이상으론 봐줄 수 없었다. 열세 살로 봐주더라도 혼자서 산길을 여행할 만한 나이는 아니다.

군이 궁금한 것을 참아야 할 이유를 느끼지 못했으므로 레가트는 단도직입적으로 질문에 들어갔다.

"대체 나이가 몇이니?"

"여덟 살입니다."

"여덟 살? 그런데 혼자서 여행을 한다고?"

"그렇습니다만 무언가 문제라도 있습니까?"

도리어 의아하다는 듯 질문하는 소년을 보고 레가트는 기가 막혔다. 원래 이 길은 바르티에서 넬림으로 통하는 지름길이었지만 몬스터가 많이 나오는 길이기 때문에 사람의 발길이 뜸했다. 영주의 토벌대가 몬스터 퇴치를 위해 나서지 않는다면 이 길은 영구 폐쇄될 것이 분명했다. 이미 고인(古人)이 된 납치범 6인조도 나름대로의 실력있는 용병들이 뭉친 상태였기에 이 길을 사용할 생각을 했던 것이다.

'아무리 지름길이라고는 해도 이곳에서부터 도시까지 이르는 거리는 상당하다. 잘도 산짐승이나 몬스터 등의 습격을 피해서 여기까지 왔군.'

레가트는 내심 소년의 운에 감탄했다.

"그래, 좋아. 그건 그렇다 치고 이름이 뭐니? 이렇게 만난 것도 인연인데 이름이라도 알자. 나는 레가트 카럴이라고 한다. 이름과 성이 뒤바뀐 것 같지?"

레가트는 오랜만에 만난 재미있는 소년을 향해 통성명을 제안했다. 그러나 소년은 고개를 가로저었다.

"왜? 이름을 말하고 싶지 않아?"

"전 제 이름을 모릅니다. 카럴 형에게 가르쳐 드리고 싶어도 가르쳐 드릴 수가 없습니다."

"엉?"

레가트가 황당해하며 말꼬리를 올렸다. 오랫동안 여행하며 수많은 사람들에게 이름을 나눌 것을 요청해 봤지만 이런 대답은 또 처음이었다.

"이름을 모른다니, 무슨 뜻이니?"

“저는 일주일 전부터의 기억이 전혀 없습니다. 깨어났을 땐 검은색의 탑 앞에 혼자 쓰러져 있었으며 그때부터 지금껏 저를 아는 사람을 한 명도 만나보지 못해 스스로에 대한 일은 거의 파악하지 못하고 있습니다.”

“기억 상실증에 걸렸단 말이니? 지금은 아는 사람도 하나 없는 상태고?”

“그렇습니다. 정신을 잃었다가 깨어났을 무렵 머리가 욱신거렸던 것으로 보아 어딘가에 부딪쳐 이렇게 된 모양입니다.”

소년이 망설이지 않고 차분히 설명했다. 레가트는 고개를 홰홰 저었다.

“아니, 조금 전엔 여덟 살이라고 했잖니? 기억 상실증이라면서 나이는 어떻게 아는 거지?”

“책에 적혀 있었기 때문입니다.”

“책?”

소년이 망토 안으로 손을 넣어 품에 끼고 있던 작고 얇은 책을 꺼냈다. 아이가 펼쳐 든 것을 얼핏 보니 그 일기는 원래부터 하나의 책으로 만들어진 것이 아니라 크고 작은 종이를 모아서 한 묶음으로 만든 것이었다. 쓰레기통에서 주은 것이 아닐까 싶은 종잇조각도 다수 끼워져 있었다.

“예전에 제가 쓰던 일기인 모양입니다. 이 책을 통해 제가 여덟 살이라는 것을 알아냈습니다만 이름은 적혀 있지 않았습니다.”

“일기? 어쨌거나 천만다행이구나. 일기를 통해 너 자신에 대해 알 수 있었을 테니.”

“일기에 가타부타 많은 말을 쓰는 성격은 아니었던 모양으로 단편적인 것들만 알 수 있을 따름이었습니다."

소년은 간단하게 대답한 뒤에 책을 도로 품에 집어넣었다. 그리고 손으로 망토를 털어 내리며 품을 정리하다가 고개를 들어 레가트를 응시했다.

"내게 무슨 할 말이라도?"

레가트가 의아하여 물었다.

"일기에 따르면 바르티에 저를 낳으신 부모님의 집이 있었던 모양입니다. 저는 일단 기억을 되찾기 위해 그곳으로 가볼 예정입니다. 그런데 카릴 형은 특별히 목적하고 있는 것이 있어서 산을 오르고 있었던 것입니까? 이 산 너머의 넬림에 무언가 할 일이라도?"

"응? 그건 왜 묻니?"

소년은 진지한 얼굴로 차근차근 설명을 이어갔다.

"당신은 조금 전 제게 왜 혼자 여행을 하느냐고 질문하셨지요? 카릴 형뿐만이 아니라 최근 일주일 동안 수많은 사람들에게 그런 질문을 들었습니다. 솔직히 저는 이것의 어디가 어떻게 잘못된 것인지 잘 이해하지 못하고 있습니다. 하지만 사람들의 반응으로 미루어보아 일반적으로 문제 삼을 일이라는 사실만은 알 수 있었습니다. 결국 제가 일상생활에 관련된 지식에 상당히 어둡다는 결론이 나오지요. 이 무지를 사소하다고 생각하여 얕보다간 언젠가 큰 봉변을 당할 수도 있다는 것이 제 판단으로, 이곳의 상식에 박식한 자의 도움을 받아야겠다는 생각을 했습니다."

"아, 아……."

레가트는 이야기를 듣는 도중 자신의 귀를 후벼 파보기도 했다. 겨우 여덟 살의 어린아이가 하는 말이라고는 믿어지지 않을 만큼 어른스러워 자신이 혹시 환청을 듣고 있는 것은 아닌가 의심이 되었다.

"카릴 형은 조금 전 그 남자들의 위협에서부터 도움을 주셨고 그 일을 미루어볼 때 크게 경계하지 않아도 좋을 사람으로 추측됩니다. 따라서 이런 일을 부탁하기에는 제격이라 판단했습니다. 제 일에 도움을 주신다면 대가도 지불하겠습니다. 보석으로."

말을 끝낸 소년이 대답을 요구하듯 레가트의 눈을 응시했다.

레가트는 턱에 손을 얹고 고민에 빠졌다. 그는 이미 앞으로의 일정이 빡빡하게 잡힌 상태였다. 일단 이 산 너머의 넬림 마을에서 누군가를 만난 다음 부탁받은 일을 해결하러 다녀야 한다.

그런데 이 소년을 도와주기 위해서는 자신이 향하고 있는 곳에서 정반대 방향으로 되돌아가야 하고 그곳에서도 얼마나 더 시간이 걸릴지 모르니 곤란한 점이 한두 가지가 아닌 것이다.

하지만 그대로 이 아이를 지나치기엔 레가트는 너무 사람이 좋았다.

"으음… 그게……."

레가트는 신음 소리까지 내며 아이를 내려다보았다. 문득 성별을 심히 모호하게 만드는 아름다운 얼굴이 그의 시야에 바로 잡혔다. 그리고 무엇보다도 보는 이의 눈을 사로잡는 커다란 금색의 눈동자.

그제야 레가트는 이 소년의 눈동자가 굉장히 특이하다는 것을 깨달았다. 금색 눈동자가 희귀하기 때문이 아니라 소년의 눈이 신비한 빛을 담고 있는 탓이다. 아마 조금이라도 보는 눈이 있는 사람이라면 금방 알게 될 것이다. 이 소년의 눈동자가 수천, 수억 골드의 마석(魔石)에도 비하기 아까울 정도라는 것을.

"어째서 그렇게 쳐다보시는 것입니까? 바로 전 도시에서도 많은 사람들이 저를 뚫어져라 쳐다보곤 했습니다만… 눈을 떼기가 힘들 정도로 제가 그렇게 귀엽게 생겼습니까?"

소년은 굉장히 진지한 표정을 한 채 자신을 자화자찬했다. 레가트는 그만 피식 웃고 말았다.

"사실 형은 바르티가 아니라 넬림으로 가야 한단다. 너와는 정반대 방향이지. 그곳에서 어떤 분의 명령을 받기로 했거든. 하지만 잠시 동안 네게 고용돼서 바르티까지 함께 가주마. 그곳에서 믿을 만한 사람을 소개시켜 주겠어."

"왔던 길을 되돌아가야 함에도 그렇게까지 수고를 해주시겠다니 진심으로 감사드립니다."

"하지만 그전에 먼저 해야만 할 일이 있어."

레가트의 제지에 소년은 눈이 의아함을 담고 깜빡였다.

"언제까지나 너, 너라고 부를 순 없잖니? 그러니까 이름부터 만들도록 하자."

"확실히 혼자 다니는 것이 아니니까 호칭이 필요하겠군요."

"자, 그런 의미에서 네 이름은 릭샤다!"

갑작스럽게 이름을 결정해 버린 레가트는 빙긋 웃었다. 소년이 고개를 기울였다.

"릭샤? 이상한 어감이군요."

릭샤가 너무 솔직하게 감상을 털어놓자 레가트는 머쓱하게 뺨을 긁적였다.

"그래? 이, 이상하니? 그래 뵈도 나름대로 예쁘게 짓는다고 고심한 건데……. 나중에 아이라도 낳으면 붙여주려고 한 이름이거든."

"아니오. 딱히 이름의 좋고 나쁨을 떠나 지금까지 들어온 단어들과는 이질적인 느낌입니다."

"아아, 대륙공용어가 아니라 조금 떨어진 나라의 말을 차용한 것이 거든. 릭샤는 정말 똑똑하구나?"

그제야 다시 미소 띤 얼굴로 돌아온 레가트는 칭찬을 하며 소년의 머리카락에 생각없이 손을 얹었다. 그러다 너무나 부드러운 머리카락 의 촉감에 조금 놀라고 말았다. 물론 그냥 보기에도 아주 고운 빛의 머 릿결이었지만 직접 만지고 있자니 손을 떼기가 싫을 정도였다. 한동안 머리를 쓸어 내려보던 레가트는 소년이 눈동자를 들어 빤히 쳐다보자 그제야 슬그머니 손을 내렸다.

"아하하, 내가 지금 무슨 짓을……. 어쨌거나 릭샤로 결정된 거지?"

"저야 감사할 따름입니다만 카럴 형의 아이에게 붙일 소중한 이름을 제게 주셔도 괜찮은 것입니까?"

"그럼. 마음껏 사용하렴. 바르티까지는 짧은 여정이지만 그동안이 라도 이름없이 다니는 것은 너무 서글프지 않겠니?"

레가트는 사람 좋게 웃었다. 그러나 고개를 끄덕이며 입을 여는 릭 샤의 대답은 조금 독특한 것이었다.

"제 기억이 되돌아와 본디 이름을 찾으면 릭샤란 이름은 버려지고 말겠지만 카럴 형이 꼭 그러시다면 사용하도록 하겠습니다. 확실히 당 신을 만난 일은 제게 있어 큰 행운인 듯합니다."

"……."

보통 사람이라면 별로 고려해 보지 않을 먼 미래의 일까지 철두철미 하게 생각해 둔다. 먼저 걸음을 옮기는 릭샤의 뒤에 남겨진 레가트는 감탄해야 할지 불쾌해해야 할지 갈피를 잡지 못하고 미간을 모았다.

아무렇게나 자란 나무들이 길가를 침범해 가지를 드리웠다. 레가트는 조금 전에 스치고 지나갔던 가지를 다시 한 번 들어 올리며 입을 열었다.

"그러니까 지금까지 그 탑에서 혼자서 살아왔다는 거니?"

"예, 이 일기를 보면 네 살 즈음에 산속을 헤매다가 폐쇄된 탑을 발견한 것을 계기로 그곳에서 죽 혼자 생활했다고 되어 있습니다."

레가트는 머리를 긁적였다. 열 살 전후도 아니고 겨우 네 살짜리 어린아이가 외진 탑에서 혼자 생활할 수 있을까? 아무리 이 꼬마가 다른 아이들에 비해 똘똘한 면이 많다지만 그건 말도 안 되는 소리였다.

아무래도 일기라는 것, 믿을 만한 물건이 안 되는 것 같다. 가만히 생각해 보면 세 살짜리가 일기를 쓴다는 것 자체도 있을 수 없는 일이다.

'하지만 그 사실을 알려주면 불안해하겠지? 이런 말은 천천히 해주는 것이 좋겠다.'

곤란에 처한 사람이라면 절대 그냥 지나치지 못하는 레가트였다. 그렇잖아도 신경이 쓰이는데 릭샤의 딱한 사정을 알게 되자 더욱 마음이 끌렸다. 이왕 늦은 거 '그분'의 명령 같은 건 무시해 버리고 이 가엾은 소년의 기억 찾기나 도와줄까 하는 생각이 들었다.

그때 일기를 뒤적이던 릭샤가 앞부분을 레가트에게 보여주었다.

"여길 보면 저의 부모들은 왜인지 말을 하는 저를 볼 때마다 굉장히 꺼림칙해했고 항시 악마 취급을 하다가 종국에는 세 살이 되던 해에 주변을 지나는 극단에 절 팔아넘겼다고 되어 있습니다. 그런데 극단에서도 역시 저를 좋게 보지 않았고 괴롭힘이 계속되어 그곳을 빠져나올 수밖에 없었습니다. 보아하니 그후 일 년 동안 꽤나 넓은 지역을 흘러다녔던 모양입니다. 일단 극단에서 빠져나왔을 때 저의 거처가 이곳 스테왈트 왕국이 아니라 레기느멜젠 제국이었기 때문에……"

릭샤는 눈썹 하나 꿈쩍하지 않고 일기를 읽어 내려갔다. 이제 막 여덟 살이 되었다는 어린애가 암울하기 짝이 없는 과거사를 아무런 감흥 없이 설명하고 있었다. 할 말이 없어져 멍하니 입을 벌리고 있던 레가트는 이내 시커먼 불신이 뭉클뭉클 밀려옴을 느꼈다.

'혹시 나 속고 있는 거 아냐?'

릭샤가 하는 행동을 보면 무리도 아닌 추측이다. 자신에게 악의를 가진 자들이 여럿 있지 않았던가. 어쩌면 그들이 어린아이에게 세뇌를 걸어 못된 장난질을 치고 있을 수도 있다. 그게 아니라면 폴리모프 마법으로 모습을 바꾸고서는 시침 뚝 떼고 이런 소리를 하고 있는지도 모른다.

있을 법한 가능성을 생각하던 레가트가 더 나아가 자신에게 악의를 가지고 있는 자들 중 유력한 인물들까지 하나둘씩 짚어가고 있을 때쯤, 릭샤가 일기를 자신의 품 안으로 집어넣으며 말했다.

"제가 곁에서 너무 많은 이야기를 떠들어서 귀찮으셨던 모양이군요. 상대의 기분을 살피지도 않고 일방적으로 대화를 주도한 것은 저의 큰 불찰이었습니다. 용서해 주십시오."

"아니, 그것 때문에 인상을 쓴 게 아니라 나는 단지……."

자초지종을 설명하려던 레가트가 돌연 말을 끊으며 날카로운 시선을 주변으로 던졌다.

"릭샤, 조금 떨어져."

"이 주변은 오크가 많군요. 이번에는 다섯 마리인 모양입니다."

릭샤에게 뒤로 물러설 것을 제안하던 레가트는 깜짝 놀랐다. 기척이 느껴지기는 하지만 아직 육안으로는 보이고 있지 않기 때문이었다.

"어떻게……?"

꾸룩—

릭샤에게 질문을 하려던 레가트는 어느새 어슬렁어슬렁 걸어나오고 있는 오크들을 보며 일단은 그들을 먼저 쫓아 보내고 이야기해야겠다고 생각했다.

창!

품에서 단검을 꺼내 들었다. 조금 전 여섯 명의 일당에게 한 개씩 날려서 전부 써버렸지만 아직 두 개가 남아 있었다.

"릭샤가 있으니 죽이지는 않으마. 좋은 말로 할 때 그냥 집으로 돌아가라!"

단검을 내밀어 보이며 짐짓 협박을 가했다. 인간보다는 짐승에 가까운 오크들에게 이런 살기(殺氣)가 잘 먹혀들어 갔다. 그의 은근한 압박에 오크들이 아주 조금이나마 주춤할 때쯤의 일이었다.

콰아아앙!

꾸웨에에에에엑!

"……."

자욱한 연기를 그대로 얼굴로 맞받으며 레가트는 멍하니 앞을 바라보았다. 그의 앞은 갑작스레 생겨난 불구덩이로 쑥대밭이 되어 있었다. 오크 따윈 단숨에 잿더미가 되어버렸을 것이다.

"연기가 심하군요."

루비 스태프를 높이 들고 있던 릭샤가 남은 한 손으로 망토를 들어 얼굴을 가렸다. 그러다가 이 먼지 속에서도 레가트가 입을 쩍 벌린 채로 넋을 놓고 있음을 보고 스태프를 내려 그를 쿡쿡 찔렀다.

"무엇을 하고 계신 것입니까? 연기가 따갑지 않으십니까?"

"…마법……."

레가트의 입술이 움찔하며 열렸다. 릭샤가 고개를 갸웃하던 찰나 레가트가 몸을 돌려 와락 덮치듯 릭샤의 어깨를 잡았다.

"마법!!"

"마법이 어떻다는 것입니까?"

"마법을 쓰잖아!!"

"제가 마법을 쓰는 게 뭐가 어떻다는 것인지 차분히 이야기해 주실 수는 없습니까? 우선 이 손부터 좀 놓고 말씀해 주셨으면 합니다. 상당히 아프군요."

레가트는 그제야 손을 놓았다. 하지만 여전히 진정이 안 되는지 고개를 휘휘 저어댔다.

"마법이라니, 이건 너무하잖아! 아무리 네가 머리가 좋다지만 여덟 살짜리 마법사라니 말이 돼!? 그것도 조금 전 그 마법은 2클래스 화염의 그물! 최소 2클래스 유저 아냐?!"

"6클래스 유저인데 혹시라도 문제가 되는 것입니까? 이제 곧 6클래스도 마스터할 듯합니다만……."

레가트는 어색하게 웃으며 짧게 물었다.

"거짓말이지?"

"거짓말이 아닙니다."

단칼에 떨어지는 한마디.

"그럼 6클래스의 마법사라는 증거를 보여줄 수 있니?"

"…원하신다면."

릭샤는 레가트의 반응이 왠지 거슬렸다. 하지만 일단은 그가 원하는 대로 마법을 보여주기로 했다. 잠시 눈을 감고 심신을 가다듬다가 천천히 오른손에 든 스태프를 하늘로 향해 올리며 입을 열었다.

“광활한 세계를 떠도는 대기여, 나의 의지를 따르고 나의 명에 따를 것이니 이 몸과 이 손에 다다라 결코 그 몸에 담아서는 아니 될 오만함을 깨달은 너는 바야흐로 참담한 파괴로 구현될지어다! 그대, 지금 내 앞에 고개를 숙이고 엎드릴 이 대지에 강림하라, 파멸의 바람이여!”

마법사들이 으레 그렇듯 릭샤 역시 특유의 낭랑하고 느릿한 어조를 사용하고 있었다. 덕분에 마법에 무지한 사람에 따라서는 1초 만에도 끝낼 수 있을 주문이 상당 시간 동안 지속되었다. 하지만 그것도 스태프에 박힌 붉은 루비가 찬란한 빛을 내뿜으며 마지막을 고했다.

그 찰나의 시간 머리를 싸매고 ‘설마’를 무한 루프로 되풀이하여 중얼거리고 있던 레가트의 얼굴이 아연해졌다.

“거짓말…….”

바로 그의 머리 위에 거대한 회오리바람이 나타났다. 6클래스의 파멸의 바람. 이 한 방이면 가까운 곳은 멋지게 초토화될 것이다.

보여줄 만큼 보여주었다고 판단한 릭샤는 하늘 위로 마법을 날려보냈다. 레가트는 그때까지도 멍청히 하늘을 바라보고만 있었으나 잠시 후 무언가를 굳게 결심한 듯 주먹을 불끈 쥐었다.

“좋아, 릭샤. 거기에 앉아보렴.”

레가트가 흙바닥에 털썩 주저앉아 바로 앞 자리를 손으로 툭툭 쳤다. 릭샤는 가만히 그를 내려다보다가 망토를 정리하여 땅에 닿지 않도록 하며 쪼그려 앉았다.

“무슨 이야기를 하고 싶으신 것입니까?”

“아무래도 네 기억을 찾기 위해서는 먼저 알아봐야 할 것이 있을 것 같다.”

“어떤 것을 알아봐야 한다는 것입니까?”

레가트가 다짜고짜 손을 뻗어 릭샤의 이마에 얹었다. 갑자기 닿은 뜨거운 손의 감촉에 릭샤는 조금 움찔했다. 그러나 그가 무엇을 하는지 가만히 지켜보기로 결정했다.

땅을 스치면서 가는 바람이 모래를 흩뿌리며 레가트의 금발을 어지러이 더럽혔다. 그러나 레가트는 미동도 않고 릭샤의 머리에 손을 얹은 채로 금빛의 눈동자를 바라보고 있었다. 릭샤 역시 시선을 피하지 않고 고개를 들어 레가트를 응시했다.

두 사람 사이에 정적이 흘렀다. 그러기를 잠시간, 레가트의 손이 천천히 내려졌다. 릭샤가 먼저 그 침묵을 깼다.

"제 몸의 무엇을 훑어본 것인지 말씀해 주시겠습니까?"

"하하, 눈치 챘니? 네게 혹시 무슨 마법이라도 걸려 있나 알아보려고."

"마법이라면?"

레가트는 어깨를 으쓱였다.

"사람들이 왜 네가 혼자 다닌다고 하면 이상한 눈으로 봤는지 알고 싶다고 했지? 그건 평범한 여덟 살짜리는 혼자 여행을 하기에는 너무 나약하고 부족한 존재이기 때문이란다. 그리고 마법에 대해서도 그래. 이것저것 배우는 사람은 많지만 보통은 4클래스 정도에서 멈춰 버리거든. 그나마 마법에 재능이 있는 사람들도 6클래스에 도달하고 나면 40대는 되어 있는 것이 보통이지."

"제가 보통 사람들에 비해 월등히 뛰어나다는 뜻입니까?"

"그렇지. 넌 인간의 아이라 하기엔 지나치게 강해. 그래서 폴리모프 마법에 의해 외견이 변형되어진 천족이나 마족, 드래곤 내지는 그들 종족과의 혼혈아일 가능성을 꼽아봤단다."

“그래서 결과는 어떻게 되었습니까?”

레가트는 미간을 모으며 대답했다.

“좀 의심스럽긴 하지만 아무래도 너는 인간인 모양이야. 혼혈이라도 징후라는 것이 있거든. 예를 들어 천족과의 혼혈은 순백의 날개가, 마족의 혼혈이라면 흉칙한 외모라든가 검은색의 박쥐 날개 같은 것이 덤으로 딸려오지. 그를 숨기려면 폴리모프를 해야만 해. 하지만 너는 지금 이 모습 그대로가 본체구나.”

“그렇다면 결론은 어떻게 되는 것입니까?”

“뭐랄까… 상상을 초월한 천재라는 거지. 여덟 살짜리 6클래스 마법사라는 건 사실 말도 안 되는 소리지만…….”

레가트는 엉덩이를 탁탁 털며 자리에서 일어났다. 스스로 저 아이에게 마법이 걸려 있지 않음을 확인했다. 자신의 눈을 속일 수 있을 만큼 정교하게 마법을 쓰는 자는 아예 없다고 해도 무방하다. 결과적으로 저 아이는 진짜 인간이라는 거다.

여기까지 판단이 서자 좀 더 먼 곳까지 예상안이 뻗어갔다.

분명 릭샤의 뛰어남은 단순히 천재라는 말로 넘길 만한 것이 아니다. ‘인간에게 이런 일이 가능할 리가 없잖아? 대관절 이 아이의 정체는 뭐지?’, 릭샤를 보았던 자라면 누구든 이러한 의심을 품을 것이 틀림없다. 레가트 자신만 해도 똑같은 생각을 하지 않았던가?

아마 릭샤는 어릴 때부터 인간 같지 않은 천재성을 보였고 그의 부모들은 그런 릭샤를 악마의 자식이라고 단정해 버린 모양이다. 그리고 결국에는 극단에 팔아버린 것이리라. 하지만 특이함을 생명으로 먹고 사는 극단에서도 사정은 그리 다르지 않았다. 릭샤는 끝없이 악마의 아이라고 박해를 받아야만 했다.

　사실 이 부분은 의심스럽기도 하다. 릭샤처럼 아름다운 아이라면 마족이 아니라 천족의 아이라고 생각하는 편이 더 자연스러웠을 텐데 말이다.

　어쨌든 간신히 폐허가 된 탑에 숨어들어 사 년의 세월 동안 힘을 키우며―막연한 예상이지만 마법을 공부하지 않았을까―혼자 쓸쓸하게 생활하고 있었는데 갑작스럽게 사고로 기억마저 잃어버렸으니 이 얼마나 가련한 소년이란 말인가!!

　"릭샤!!"

　혼자 생각에 빠져 있던 레가트가 와락 릭샤를 껴안았다. 깜짝 놀란 릭샤가 눈을 동그랗게 떴지만 이미 감정의 바다에 풍당 빠진 그는 릭샤의 사정을 전혀 고려하지 않고 있었다.

　"가엾게도! 혼자서 얼마나 외로웠을까? 하지만 걱정 마렴. 형이 기억을 찾을 때까지 항상 같이 있어줄게."

　"저야 감사한 말씀입니다만 할 일이 있다고 말씀하시지 않았습니까?"

　여전히 릭샤를 꼬옥 안은 채로 레가트는 고개를 도리도리 저었다.

　"괜찮아. 윗분께서 나를 마음에 들어하셔서서 특별 대우를 받고 있거든. 그러니 명령을 어기고 무단 이탈 해도 봐주실 거라고 봐. 아마도. 아니, 분명 그럴 거야."

　장담해 주는 사람도 없는데 혼자 단정해 버리는 레가트였다. 어쨌거나 겨우 감정의 파도에서 벗어난 레가트는 조금 불편해하고 있는 릭샤를 놓아주었다.

　레가트의 품에서 빠져나온 릭샤가 가장 먼저 한 일은 주름진 망토를 손으로 살살 쓸어내는 것이었다. 꼬맹이치곤 꽤나 깔끔을 떠는 성격이었다. 자신의 상태를 전부 점검한 릭샤가 그제야 바른 자세로 레가트에게 손을 내밀었다.

"앞으로의 여정에 도움을 준다면 저는 감사할 따름입니다. 보수는 추가되는 시일만큼 반드시 지불해 드리도록 하겠습니다. 앞으로 잘 부탁하겠습니다, 카럴 형."

"보수 따윈 아무래도 좋지만……."

레가트는 어색하게 웃으며 손을 맞잡았다. 지금까지는 짧은 만남일 것이라 막연히 추측하고 그냥 성을 부르도록 내버려 두었지만 이렇게 된 이상 그런 껄끄러운 관계는 마음에 들지 않았다. 누구든 스스럼없이 지내는 것이 레가트의 신조였다.

"나를 부를 땐 편하게 레가트 형이라고 이름을 부르렴. 알았지?"

"만난 지 하루밖에 되지 않은 제게 이름을 부르도록 허락해 주시는 것입니까? 여러모로 신경을 써주셔서 감사합니다."

"뭘. 사실 내 이름이 성 같은 느낌이니 오히려 이름을 부르게 하는 편이 더 예를 따지는 쪽이 되지 않을까? 하하! 그럼 갈까?"

릭샤의 조그마한 손을 꽉 붙들고 레가트가 말했다. 릭샤는 약간 어색해하는 분위기였지만 별말없이 그를 따랐다.

상냥함과 물러 터짐의 차이 ■

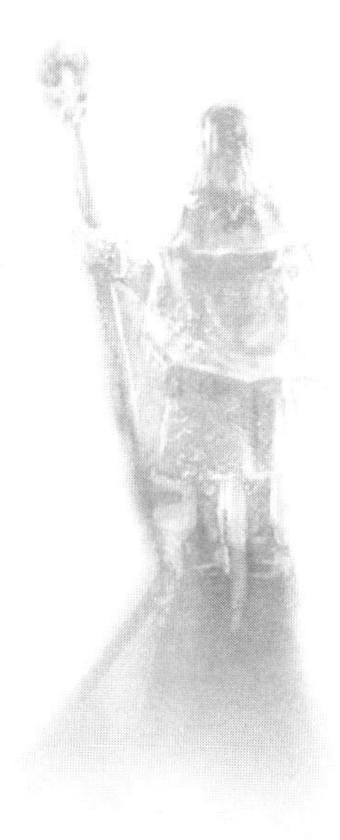

"오늘은 야영을 해야겠군."

레가트는 어렴풋이 보이는 바르티의 불빛에 안타까운 듯 입맛을 다셨다. 여관방의 침대에 비해 야산의 바닥은 너무 딱딱하고 차가웠다. 그는 이런 야영의 기분을 만끽하기 위해 일부러 산길을 걷던 중이었지만 릭샤에겐 전혀 달갑지 못한 조건일 것이다. 망토 위에 작은 가방 하나만 달랑 메고 있는 릭샤는 어디에도 모포 따윌 가지고 있지 않았다.

"해가 거의 저물어가니 야영을 하는 것이 좋겠습니다. 그럼 저는 식사 거리를 찾아오겠습니다."

"식사 거리? 건량이라면 내게 조금 있는데? 나누어 먹으면……."

"아니오. 말린 고기가 떨어져 가고 있기 때문에 오늘 저녁거리와 겸해서 비상 식량을 준비할 생각입니다. 그럼 다녀오겠습니다."

"아니아니, 잠깐. 같이 가자. 오후의 산은 위험해."

한번 도움을 준 이상 끝까지 완벽함을 지향하는 레가트가 자청해서 나섰다. 릭샤는 6클래스의 마법사로 평범한 여덟 살짜리와는 비교할 수가 없다. 하지만 아무리 머리가 좋고 강하다고 해도 아직은 작은 아이이다. 게다가 마법사와 사냥은 어울리는 궁합이 아니었다. 재빠른 들짐승을 느린 움직임과 오랜 영창으로 잡는 것은 힘들지 않겠는가. 아무래도 자신의 도움이 필요할 것이라 예상하며 릭샤의 뒤를 따랐다.

길을 벗어나 오른쪽 숲으로 들어온 릭샤는 능숙하게 수풀을 헤쳐 나갔다. 그의 빠른 동작을 보고 레가트는 놀랄 수밖에 없었다. 릭샤는 노련한 사냥꾼처럼 짐승들이 다니는 길을 찾고 있었다.

"너, 자주 사냥을 하니?"

"과거의 기억을 잃은 현재로선 알 길이 없지만 아마도 그랬을 것입니다. 탑 주변에서 드물게 자라는 과실 정도로는 연명하기가 힘들었을 테니 말입니다. 아, 잠시."

대답을 하던 릭샤가 신중히 몸을 숙였다. 레가트 역시 사냥에 무지하지 않았기에 릭샤의 말에 따라 몸을 숙였다. 릭샤의 사냥감은 대담하게도 푸티(멧돼지와 비슷하지만 훨씬 날렵한 데다가 인간을 보면 무조건 공격하는 짐승)였다.

'과연 보통 꼬맹이는 아냐.'

혀를 내두르며 레가트는 릭샤의 행동을 가만히 바라보았다. 릭샤는 항상 가지고 다니던 스태프를 땅에 내려놓고 있었다.

마석의 힘을 빌리지 않으면 1클래스라도 주문을 영창해야 한다. 릭샤의 마법적 재능은 확실히 대단한 것이었지만 아직 주문없이 마법을 사용하는 단계까진 이르지 않은 상태였다. 하지만 마석은 마력을 흘려보낼 때마다 밝은 빛이 뿜어져 나온다. 생각없이 마석이 달린 스태프를 이용했다간 속절없이 푸티를 놓쳐 버리게 될 것이다.

릭샤는 스태프에서 손을 뗀 후 작게 영창을 시작했다.

"바람이여, 나의 의지에 머물러 한줄기의 힘이 될지니 이 손을 떠나 내 발밑에 복종할 적을 꿰뚫을… 이런!!"

귀를 대지 않으면 거의 들리지도 않을 만한 목소리로 주문을 영창하던 릭샤가 낭패라는 얼굴로 스태프를 집어 들었다. 순간적으로 바람의 방향이 바뀐 탓이었다. 귀는 어둡지만 냄새 하나만은 기가 막히게 잘 잡아내는 푸티가 순식간에 두 사람의 존재를 눈치 채고 말았다.

짧은 여유도 없이 푸티가 달려들었다. 레가트는 드디어 자신이 나설 차례라고 생각했다. 어느새 소리없이 뽑혀 나온 그의 단검이 작게 빛을 뿜었다. 그러나 상황은 레가트의 예상과 다르게 흘러갔다. 릭샤가 뒤로 물러나기는커녕 앞으로 뛰어나가고 있었던 것이다.

"어, 어이, 릭샤!!"

전혀 예상 밖이라 약간 주춤하고 있던 사이 릭샤와 푸티의 거리는 지척에 다다랐다.

카카칵!!

릭샤의 스태프가 푸티의 뿔과 거세게 맞부딪쳤다. 몸이 가벼운 릭샤는 뒤로 심하게 밀려났지만 몸을 최대한 안정되게 낮추는 것으로 공중으로 날리는 것은 면할 수 있었다.

짧은 순간이나마 대치 상태가 되었다면 기회는 충분했다. 릭샤는 스태프를 통해 마력을 집중했다.

꿰에엑!!

릭샤의 루비 스태프가 이제 막 빛을 내뿜으려는 중이건만 푸티가 괴성을 지르며 땅바닥에 피를 흩뿌렸다. 마법이 완성되기도 전에 레가트가 달려들어 빠르게 푸티의 목을 베어버렸던 것이다.

"레가트 형이 먼저 잡아버리셨군요."

릭샤가 시체가 된 푸티 앞에서 어깨를 주무르며 담담히 말했다. 상당한 돌진력을 가진 푸티와 정면으로 부딪쳤음에도 어깨가 부서지지 않은 것은 그만큼 릭샤의 기술이 좋음을 의미했다. 하지만 충분히 그 사실을 인지하고 있음에도 레가트는 마음 가는 대로 무조건 언성을 높였다.

"그게 문제야? 맙소사! 그 작은 몸으로 푸티와 육탄전을 벌이다니 너무 무모하잖아!"

"육탄전은 당연히 무리이지만 자세를 낮추어 타이밍을 잘 잡으면 저도 잠시 동안은 대치 상태를 만들 수 있습니다. 그때 스태프의 힘을 빌려 마법을 사용하면 푸티를 잡는 것이 가능합니다."

"하아! 그래, 알았으니 가자. 그리고 앞으로 이런 건 내가 잡아주겠어. 내게 푸티 잡는 건 뒤통수 긁는 것보다 쉬운 일이니까. 알았지?"

릭샤가 거절을 할까 싶어 레가트는 일부러 강하게 밀어붙였다. 덕분인지 릭샤는 쉽게 고개를 끄덕였다.

"그럼 대신 푸티의 뒤처리는 제가 하겠습니다."

"뒤처리?"

이 작은 꼬마가 또 무엇을 하려나 싶은 생각에 레가트는 멍하니 릭샤의 뒷모습을 바라보았다. 릭샤는 품에서 작은 검을 하나 꺼내더니 푸티를 뒤집어 뱃가죽에 검을 꽂았다.

"뭐, 뭘 하는 거야, 릭샤?"

"여기서 내장을 처리하고 토막 내려고 합니다만……."

릭샤가 능숙한 움직임으로 가죽을 벗겨내며 대답했다.

어느새 어둑해져 버린 깊은 산속, 그리고 하얀 뺨에 피를 묻혀가며 짐승의 내장을 긁어내는 어린아이. 그것은 마치 호러 소설의 한 장면과도 같았다.

"거, 검을 그냥 내게 주겠니? 이것도 형이 해줄 테니."

"그러면 역할 분담이 너무 한쪽으로 치우치지 않겠습니까?"

"넌 모르겠지만 원래 어린애는 어른에게 보호받는 존재란다. 그러니까 그렇게 애쓰지 않아도 돼."

"레가트 형은 잘못 생각하고 계십니다. 저는 보통 어린아이들과는 다릅니다. 힘없는 그들과는 달리 저는 이 일을 해낼 능력을 가지고 있습니다. 그럼에도 레가트 형에게 모든 일을 맡긴다면 심히 폐가 되는 일이 아니겠습니까?"

보통이라면 의지할 줄밖에 모르는 나이인데 제 능력껏 할 일을 다 하고 있는 릭샤의 모습에 레가트는 내심 크게 감탄했다. 그 역시 저 정도 나이 때에는 어떻게 해야 할지 몰라 하며 울기만 했으니까.

오랜만에 옛날 기억을 떠올리며 레가트는 상냥히 손을 내밀었다.

"최소한 형과 함께 있을 때는 폐가 된다고 생각하지 않아도 된단다. 이 정도쯤은 얼마든지 의지해도 좋아. 릭샤, 검을 이리 주겠니?"

잠시 침묵하던 릭샤는 잠시 후 칼을 레가트에게 건넸다.

"그토록 원하신다면 폐를 끼치겠습니다. 이곳에서 내장을 전부 제거하거든 가까운 냇가를 찾아 그곳에서 고기를 정성껏 씻으십시오. 그 다음 부위별로 여섯 등분을 내어 깨끗하게 살을 발라내고 큰 나무 잎사귀에 하나씩 싸십시오. 물론 그전에 잎사귀도 씻어내야죠. 가죽도 버리지 말고 챙기십시오. 그동안 저는 조금 전 그 자리에서 쉬고 있겠습니다. 남의 것이라고 대충 하지 마시고 제대로 해오십시오."

끝도 없을 것 같은 많은 일들을 줄줄이 나열한 릭샤는 횡하니 몸을 돌려 먼저 가버렸다. 썰렁한 바람이 홀로 수풀에 버려진 레가트의 머리를 흩날리고 지나갔다.

"휴우, 드디어 끝이구나."

보통 사람이라면 건방진 꼬맹이라고 외면해 버릴 만도 하건만 레가트는 끝내 몇 시간에 걸쳐 릭샤가 주문한 것을 마치고서야 되돌아왔다. 이만하면 상냥한 것도 도가 지나친 것 같다.

레가트가 푸티 고기를 들고 길가로 나왔을 때는 작은 불길이 주변을 밝히고 있었다. 릭샤가 그사이 마른 나뭇가지를 모아서 불을 피운 것이다. 누가 시키지도 않았는데 알아서 잔돌을 제거하고 반듯하게 잠자리까지 정리했다.

레가트의 입가에 어느새 흐뭇한 미소가 감돌았다. 어느새 그의 머리 속에는 황당한 꼬맹이라는 생각은 싸그리 지워진 상태였다.

"자리를 정리했구나."

"예. 푸티는 저기에 두십시오. 얼마큼은 굽고 나머지는 훈제를 할 생각입니다."

대충 손질을 해놓은 상태니 그 정도는 괜찮겠지 하고 생각하며 레가트는 고기를 땅에 내려놓았다. 푸티 고기는 릭샤의 손에 의해 빠르게 정리되어 갔다.

"음? 그것만 구우려고? 그게 오늘 저녁 식사야?"

"예. 부족하다고 생각하십니까?"

겨우 한 주먹만큼—여덟 살짜리의 손을 상상해 보라—의 고기를 보여주고서는 부족하냐고 묻는데 달리 뭐라고 하겠는가? 레가트가 떨떠름하게 그렇다고 대답하자 릭샤는 반 주먹만큼의 고기를 더 추가시켰다.

"그, 그것도 좀 적지 않아?"

"부족하십니까? 굉장히 배가 고프신 모양이군요."

또다시 반 주먹의 고기가 옮겨졌다. 레가트는 그 고기들을 보다가 허탈하게 말했다.

"보기보다 굉장히 짜구나, 너."

"인색하다고 말씀하시고 싶은 겁니까? 제가 무얼 어쨌다고 그런 이야기를 들어야 합니까?"

릭샤는 진심으로 이해하지 못하겠다는 얼굴이었다. 잘만 하면 한입에도 꿀꺽할 수 있을 만큼의 고기를 저녁 식사 거리라고 내놓으면서 말이다.

"그러니까 형은 고기의 양이 굉장히 적다고 생각하거든? 아마 배가 고플 거야."

"저는 오히려 너무 많다고 생각합니다만. 저 혼자서라면 이틀은 충분히 먹을 식량입니다."

실로 놀라운 대답이었다. 저걸로 이틀을 때우겠다니.

"릭샤, 원랜 어린애도 그 배 이상은 먹는단다. 네가 너무 적게 먹는 거야."

"제가 특수한 케이스라는 말씀이시군요?"

"뭐… 그런 거지. 음… 아무래도 넌 외딴 곳에서 어른의 도움도 없이 혼자서 사느라고 많은 음식을 구하기가 힘들었을 테고, 그래서 자연히 소식가가 되지 않았을까 싶군. 그래, 그럴 가능성이 높아."

손에 턱을 대고 자기 마음대로 상상의 나래를 펴던 레가트가 갑자기 자리에서 벌떡 일어났다. 깜짝 놀란 릭샤가 순간적으로 전투 태세를 갖추고 스태프에 힘을 주었다. 하지만 그런 반응 따윈 아랑곳없이 레가트는 그대로 몸을 날려 릭샤의 작은 몸을 으스러져라 껴안았다.

"릭샤, 이 가여운 것!! 앞으론 이 형님이 맛있는 것도 많이 사주고 하마!! 혼자 이 거친 세상을 살아 나가느라 얼마나 힘들었을까!"

"아, 예. 호의에 감사드립니다. 그런데 이것 좀……."

릭샤가 품에서 빠져나오려고 하자 레가트는 고개를 끄덕이며 릭샤의 머리를 쓰다듬었다.

"후후, 쑥스러워할 것 없단다. 앞으로 나를 친형처럼 여기고 마음껏 의지하렴!"

"쑥스러웠던 것이 아니라 어깨가 아팠기 때문입니다. 어쨌든 친형처럼 여기라는 말씀은 기꺼이 받아들이도록 하겠습니다. 일전에 했던 것 같이 하인처럼 형을 부려먹으면 되는 것이지요?"

"…친형의 역할에 대해서는 천천히 배워가도록 하자."

릭샤와 대화를 하다 보면 언제나 뒤끝이 찝찔하다. 그렇게 느끼며 레가트는 머리를 긁적였다.

"저는 이만 눈을 붙이려 합니다. 그럼 레가트 형도 편안한 밤 되시길 바랍니다."

대강 저녁을 먹고 주변 정리를 마친 후 릭샤가 먼저 깍듯이 인사를 했다.

땅바닥에서 밤을 지새야 하는 야영에서 편안한 밤이라……. 흠잡을 데 없는 저녁 인사말이었지만 오늘 밤에는 조금 어울리지 않는 듯하다.

어찌 되었든 제 할 도리를 다했다고 생각한 릭샤는 조금 떨어진 나무 둥치로 가서 쭈그려 앉았다. 그리고 비스듬히 세운 스태프에 고개를 조금 기대고 눈을 감았다.

"어, 어이, 릭샤! 지금 그렇게 자려고?"

"보시다시피 이렇게 잘 생각입니다. 이번에도 뭔가 문제가 있습니까?"

"그렇게 자면 온몸이 쑤시지 않니? 그리고 춥잖아."

몸이 쑤시는 것은 그렇다 치고서라도 모포도 없이 허벅지 근처에서 간당거리는 망토만으로는 아무리 여름밤이라 할지라도 견디기 힘들 것이다.

도무지 평범함이라고는 찾아볼 수 없는 이 꼬맹이에게 레가트는 이리 오라고 손을 흔들었다.

"감기 걸릴라. 형과 함께 잘래?"

"그렇게 걱정하실 필요 없습니다. 제 망토는 보통의 천으로 만들어진 것이 아닙니다. 제가 천의 안쪽에 영구 보온 마법을 걸었기 때문에 이 정도로도 충분히 체온을 유지시킬 수 있습니다."

"아, 그랬어? 너, 어디서 그런 마법을 배운 거니?"

"일기에는 제가 거처로 정한 탑이 과거 어떤 마법사의 거처였던 것으로 추측된다고 기술되어 있었습니다. 엉망으로 삭아 있긴 했지만 겨우 읽을 수 있을 만한 마법서가 몇 권 남아 있었기 때문입니다. 저는 필요에 의해 그 마법을 익혀보기로 결심했고 일 년여간 3클래스에 도달할 수가 있었습니다."

"허헉!! 그, 그럼 다섯 살짜리 3클래스 마법사였던 거네?"

레가트가 저도 모르게 헛바람을 삼켰다. 여덟 살에 6클래스가 되었으니 그러한 과정은 당연한 일일 수밖에 없었다. 하지만 이렇게 말하고 보니 여덟 살에 6클래스라는 말보다 훨씬 더 충격적이었다. 지금이

야 나름대로 말도 하는 '아이' 의 수준이지만 다섯 살이라 한다면 약간
의 과장을 덧붙여 거의 '아기' 라고 해도 크게 틀리지 않을 수준이기
때문이다.

"다섯 살 때 마법을 배운 건 아닙니다. 탑에 도착하자마자 마법을
익힌 것은 아니었던 모양으로 3클래스를 마스터한 것은 다섯 살이 아
니라 막 여섯 살이 되던 해로 추측됩니다. 여섯 살 무렵 2클래스의 마
법을 사용하여 움직임이 둔한 산짐승의 첫 사냥에 성공했다는 기록이
남아 있으니까요."

"다섯 살이나 여섯 살이나 똑같지 뭘. 릭샤, 그런 경악할 말은 아무
렇지도 않게 하는 게 아냐."

"경악할 말입니까? 알겠습니다. 그렇다면 앞으로는 함부로 이런 사
실을 입에 담지 않겠습니다."

"아, 그래. 아무래도 상대를 가려가며 하는 게 좋겠다."

오늘로써 벌써 몇 번째 저 꼬마에게 놀라는 것인지 모르겠다며 레가
트는 한숨을 쉬었다. 릭샤의 부모가 왜 그토록 이 아이를 무서워하고
결국 극단에 팔아넘기기까지 했는지 이해하고 싶은 건 아니지만 평범
한 인간이라는 그들의 입장을 고려하면 어쩔 수 없이 고개가 끄덕여졌
다.

"뭐, 그 이야기는 되었고. 그런데 네가 들고 있는 그 스태프도 탑에
서 구한 거니?"

"예, 마찬가지로 일기를 통해 알게 된 사실입니다만 마법을 익히던
도중 우연히 마법으로 잠가진 방을 발견했고 그곳에서 각종 마석들을
찾아내었습니다. 이 스태프도 그 마석을 이용해서 나무를 깎아 만든
것으로 추측됩니다."

"손재주도 제법이네?"

"혼자 살아가기 위해서 어느 정도의 손재주는 필수였을 것입니다. 그런데 이야기 도중 죄송합니다만 그만 잠자리에 들어도 괜찮겠습니까? 시답잖은 대화를 나누느라 내일의 여정에 지장이 가게 하고 싶지 않습니다."

릭샤는 잘도 다른 사람과의 대화를 시답잖은 것이라 평하며 무참히 말을 잘랐다. 그래도 레가트는 저 꼬마가 나쁜 마음으로 저러는 것은 아니려니 하고 너그럽게 고개를 끄덕였다.

배낭에 달린 모포를 꺼내어 편 다음 모닥불에 나뭇가지를 몇 개 더 집어넣었다. 불을 확인하면서 레가트는 모포에 몸을 뉘었다.

'끄응, 혼자서도 괜찮으려나?'

몇 번이나 무안을 당하고도 레가트는 아직까지 릭샤의 상태가 못내 신경 쓰였다. 결국 그의 시선이 스르르 릭샤에게 닿았다.

아이는 쪼그려 앉은 자세로 기다란 스태프를 어깨에 걸치고 있었다. 그 루비 스태프는 릭샤에 의해 만들어진 것이었지만 임의로 사이즈를 변형시키지 않고 스태프의 정석에 따르고 있었다. 스태프는 어린아이의 사정을 고려하지 않은 어른을 위한 물품이었다. 그 때문에 커다란 스태프의 크기와 릭샤의 좁은 어깨가 대조되어 더욱 안쓰럽게 보였다.

"릭샤, 자니?"

"아직입니다."

"그래? 그럼 이리로 와서 같이 자자. 바짝 붙어 있으면 체온을 나눌 수 있어서 훨씬 더 따뜻해지거든. 서로에게 좋은 일이잖니?"

레가트는 몸을 조금 일으키며 릭샤를 불렀다.

릭샤는 본래 손해 보는 일이 아니면 절대 사양하지 않는 성격이었다. 녀석은 망설이지 않고 바로 엉덩이를 털고 일어났다.

꼬맹이가 꼬물꼬물 기어들어 오자 바깥바람의 싸늘한 기운이 레가트를 덮쳐 왔다. 하지만 조금 있으면 홀로 눈을 감을 때보다 훨씬 더 따뜻해질 것이다.

레가트는 릭샤의 머리카락을 부드럽게 쓰다듬었다.

"릭샤, 혼자서 쓸쓸했지?"

"안 쓸쓸했습니다."

애써 다정하게 말을 걸어준 것이 무안할 정도로 단호한 대답이었다. 그래도 레가트는 포기하지 않고 또다시 상냥하게 말을 붙였다.

"그래, 우리 릭샤는 강하기도 하지. 그래도 언젠가 쓸쓸해지면 혼자 참지 말고 형한테 꼭 말하렴. 슬픔도 여럿이 나누면 덜어지는 법이니까."

"처음 본 사람에게 지나칠 정도로 신경을 써주시는군요. 알겠습니다. 언젠가 쓸쓸할 때가 오면 반드시 형에게 의지하겠습니다. 이제 그만 자도 되겠습니까?"

"하… 하하."

레가트는 난감하게 웃었다. 하지만 그 미소는 부드럽게 변해갔다. 한동안 함께 지내다 보니 릭샤다운 대답에도 익숙해져 가는 것 같았다.

아니면 인간이 지나치게 물러 터진 것일지도.

제3화

출생의 흔적을 찾아서 ■

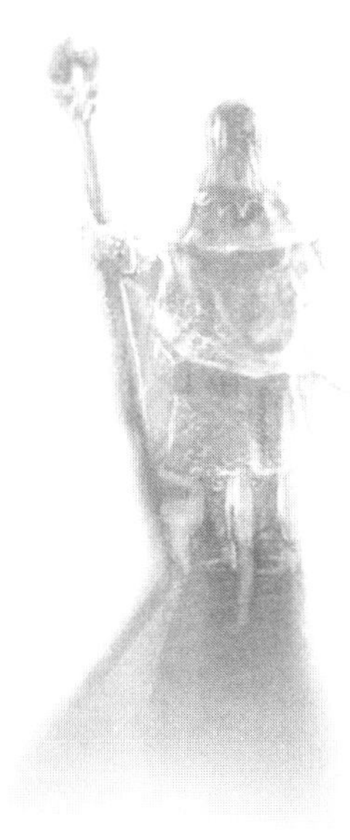

　길게 뻗은 도로의 한복판에 선 레가트는 크게 기지개를 켰다. 스테
왈트 국의 중소 도시인 바르티는 생계를 위해 제 할 일을 찾아 움직이
는 사람들로 분주했다. 특별한 일 없이 한가롭게 거리를 둘러보고 있
는 사람은 레가트와 릭샤 정도였다.

　"우웃, 드디어 도착! 역시 사람 냄새가 나는 도시가 최고야!"

　"저는 산중의 풀잎 냄새 쪽이 훨씬 더 상쾌하다고 생각합니다만."

　"그냥 사람이 좋다는 뜻이지! 자, 그럼 일단 숙소부터 잡고 거기서
네 집의 자세한 위치에 대해 이야기를 나눠보도록 할까? 내가 아는 사
람이 운영하는 여관이 있거든? 그곳으로 가자!"

　레가트는 릭샤의 손을 잡아 이끌었다. 릭샤의 일 때문에 바르티에
온 것치고는 대부분의 일이 레가트의 손에 의해 처리되고 있었다. 하
지만 어차피 릭샤는 사람들이 사는 도시에 대해서 상당히 무지했기에

별다른 말 없이 그의 말에 따랐다.

하지만 얼마 안 가 릭샤는 주변을 둘러보며 중얼거렸다.

"사람들의 시선이 따갑군요."

"응? 아아, 그야 릭샤가 귀여워서 그러는 거지."

레가트는 빙긋 웃었다. 아닌 게 아니라 릭샤는 깨물어주고 싶을 만큼 귀여운 아이였고 레가트 역시 금발의 푸른 눈을 가진 굉장한 미남이었다. 사람들이 저도 모르게 발걸음을 멈추고 뚫어져라 그들을 쳐다보는 것도 무리는 아니었다.

아침나절 레가트의 충고를 들은 릭샤가 루비 스태프를 잘라 가방 안에 숨겼기에 망정이지 그것까지 들고 있었다면 한바탕 소동을 피하기 힘들었을 것이다.

몇 개의 여관을 그대로 지나쳐 상당 거리를 걸었을 때 레가트가 제법 고급스러운 상점들이 즐비한 거리 쪽을 가리켰다.

"저쪽 길로 조금만 더 가면 바르티에서 상당히 유명한 금빛 들판의 여관이 있지. 이곳에 머물 동안은 거기서 묵도록 하자."

"예, 저는 이 도시에 대해 아는 것이 없으므로 여러 가지로 도움을 부탁……."

말을 하던 릭샤가 갑자기 자세를 낮추며 양 손목에 차고 있는 팔찌를 반대쪽 손으로 꼭 쥐었다. 그 투박한 팔찌에는 스태프 대신 이용하기로 한 마석이 박혀 있었다. 여차하면 마법을 사용하겠다는 태도였다.

릭샤가 이렇게 민감하게 반응한 이유는 갑작스레 가까운 골목에서 소란이 일고 있기 때문이었다. 레가트는 고개를 저었다.

"릭샤, 그렇게 일일이 반응하지 않아도 돼. 여긴 몬스터나 짐승 따위가 사는 산속이 아니라 도시니까."

"예."

레가트는 피식 웃어준 다음 고개를 돌렸다. 크게 경계할 만한 일은 아니라고 스스로 말한 참이지만 무슨 일인지 궁금하기는 했다.

"아악!"

허름한 옷을 입은 소녀가 두 명의 남자에게 머리채를 붙들린 채로 큰길가까지 끌려나왔다가 땅에 내팽개쳐졌다. 아이를 개 잡듯 끌고 나온 남자들은 이 도시 내의 치안 담당 병사였다. 그 병사들은 상당히 화가 난 듯 보였는데 그중 한 병사는 소녀의 머리를 발로 짓이기까지 하며 크게 짜증을 냈다.

"이 빌어먹을 계집, 이 고생을 시키다니!"

"꺅! 사, 살려주세요, 나으리! 다시는 안 그러겠습니다! 하, 한 번만 봐주세요!"

"말은 잘한다, 빌어먹을 도둑고양이놈! 이게 싫으면 죄를 안 지으면 될 거 아냐!"

"빌어먹을, 너 같은 놈들 때문에 우리들만 생고생을 한다고!! 이 세계의 기생충 같은 년!!"

두 병사는 시종일관 욕설을 퍼부으며 종종 발길질을 해댔다. 몸을 잔뜩 웅크린 소녀는 찔끔찔끔 눈물을 흘리며 용서를 빌었다. 그리 좋은 광경이 아니라 그 길을 지나던 사람들이 잠시 눈살을 찌푸렸지만 대부분 별 생각 없이 그대로 제 할 일을 따라 떠났다.

"어린아이를 상대로 인간이 할 짓이 아니군."

가만히 그 광경을 지켜보던 릭샤는 문득 자신의 곁에 레가트가 없음을 깨달았다. 그가 어느새 바람같이 소년과 병사들의 지척까지 달려가서 포즈를 잡고 서 있었던 것이다.

"뭐야, 이거? 쓰벌 놈의 자식이, 정의의 용사 흉내라도 내고 싶은 거냐?"

"그렇게 보일 의도도 없었고 그렇게 대단한 사람도 아니지만 여자아이를 괴롭히는 짓은 그만두라고 말하고 싶군요."

말을 하던 레가트가 손을 들어 한쪽 눈을 가리고 있던 금발을 쓸어 넘겼다. 별것 아닌 동작이었는데도 레가트가 워낙 화려하게 생긴 탓에 병사들은 제풀에 깔보인 것 같은 자격지심을 느껴 버렸다. 그렇지 않아도 잔뜩 열받아 있던 병사들은 완전히 흥분했다.

"그렇게 밟히고 싶으면 죽고 싶을 정도로 밟아주마! 그렇지 않아도 기분이 더러워서 스트레스 해소 거리를 찾던 참이었는데!"

"죽엇!"

한 병사가 주절주절 말을 하는 사이 성질 급한 병사가 먼저 검을 빼 들고 레가트에게 달려들었다. 바로 눈앞에까지 검이 다가오는데도 레가트가 꼼짝을 않자 병사는 그가 완전히 얼어버렸다고 상상하고 가벼운 상처라도 내주고자 그의 팔을 노렸다.

하지만 상황은 병사의 예상대로 흘러가지 않았다. 레가트가 몸을 옆으로 조금 젖히는 정도로 그의 검을 피해 버린 것이다. 깜짝 놀란 병사가 약간 중심을 잃고 레가트의 오른쪽을 스쳐 지나가는 사이 레가트가 팔꿈치로 강하게 병사의 등을 내리찍었다.

"커헉!!"

등에서부터 온몸에 전류가 흐르는 듯한 짜릿한 고통을 맛본 남자가 땅바닥으로 고꾸라졌다. 순식간에 이루어진 그 광경에 차마 대처할 생각도 못하고 있던 다른 병사는 뒤늦게 자신의 앞으로 다가온 레가트의 얼굴을 보고 귀신이라도 본 것처럼 놀라 뒤로 물러섰다.

"히히힉! 거, 거짓말!"

레가트의 몸이 갑자기 허공에 높이 떴다.

'재수가 없으려니! 어째서 이런 곳에 저런 고수가 있는 거냐?!'

어느새 한 바퀴를 돌아 자신의 안면으로 날아드는 레가트의 발을 보며 병사는 절규했다. 비록 너무나 짧은 순간이라 그 말을 입 밖으로 내뱉진 못했지만.

"꽤애액!"

안면에 둔탁한 충격과 함께 잠시 동안 하늘을 유영하던 병사가 이내 바닥으로 떨어지며 기괴한 비명을 질렀다. 낙법없이 그대로 땅에 부딪치면서 등에 상당한 충격을 받았다. 하지만 그 고통이 조금 사그라졌다 싶자 이번엔 으스러진 코뼈에서 끔찍한 고통이 밀려와 혼이 다 빠질 것만 같았다. 강력한 맷집 덕으로 기절하지 못한 것은 그의 불행이었다.

그러나 고통에 어찌할 바를 몰라 하던 병사는 정신이 번득 드는 것을 깨달았다. 어느새 레가트가 그의 바로 앞에서 내려다보고 있었던 것이다.

"히힉! 그, 그만!! 저 꼬마 놈이 도둑질을 해서 연행하는 것뿐인데… 큭!! 너, 너무하잖습니까!! 내가 무슨 잘못을 했다고!!"

"그러게 고이 연행하지 왜 애를 괴롭히고 그럽니까?"

"저 피라미 놈이 한 짓이 거물이 저지른 것으로 와전돼서… 윽! 어제저녁부터 비상이 걸려 생고생을 했는데 이 정도도 못합니까?!"

병사는 어느새 울먹이고 있었다. 생각해 보니 이렇게 억울할 데가 어디 있겠는가? 범죄자를 연행하는 데 있어 이 정도의 타박은 언제나 있던 일이었다.

　"그쯤 하시지요. 병사의 말대로 잘못은 저 소녀에게 있습니다. 레가트 형이 나설 자리가 아니라고 생각합니다만."

　짧은 소동으로 웅성대고 모여 있는 사람들의 사이를 겨우 뚫고 가까운 곳까지 다가온 릭샤가 레가트를 향해 충고했다. 그러나 레가트는 고개를 저었다.

　"하지만 난 원래 곤경에 처한 사람은 그냥 못 지나치는 성격인지라……."

　"곤경에 처해 마땅할 잘못을 저질렀음에도 그자의 편에 서겠다는 말씀이십니까?"

　"아아, 난 선악의 유무를 떠나 무조건 약자의 편에 서고 보지."

　그의 말이 떨어지자 땅에 널브러진 병사는 말할 것도 없고 주변 사람들이 기가 막히다는 얼굴을 했다. 릭샤는 진지한 얼굴로 그를 올려다보았다.

　"레가트 형은 그 사고방식이 바르다고 생각하십니까?"

　"아니, 옳을 리가 없잖아? 사실 형은 그렇게 착한 사람이 아니야. 어제만 해도 자세한 사정조차 알아보지 않고 몇 명이나 되는 자들을 죽였잖니? 뭐, 그때는 그놈들의 잘못이 명백해 보였지만."

　"흠."

　레가트의 대답에 릭샤는 고개를 숙였다. 깊이 생각에 잠긴 릭샤를 보고 레가트는 이 아이가 어쩌면 자신의 곁을 떠나겠다고 말할지도 모른다고 생각했다. 원래 이런 사고방식을 당연스레 받아들일 만한 인간은 많지 않은 법이니까.

　"…무슨 생각을 하니?"

“저희들의 첫 만남에 대해 생각하고 있었습니다. 만약 불순한 의도를 가진 6인조가 저의 마법에 의해 당하고 있을 때 즈음 레가트 형이 나타났다면 저희들은 적이 되어 대치했겠군요. 형은 제게 당하고 있을 그 남자들을 도왔을 테니 말입니다.”

“그러고 보면… 맞는 말이야.”

“그날은 정말 운이 좋았습니다. 멋진 타이밍으로 레가트 형을 아군으로 맞이할 수 있었으니 말입니다.”

“그, 그래?”

릭샤는 진심으로 잘되었다는 듯 기뻐했다. 서운함이나 경멸과 같은 감정은 전혀 느끼지 않고 있는 릭샤를 보며 레가트는 또 한 번 이 꼬마의 특이함을 절실히 느낄 수 있었다.

어쨌든 대충 상황이 마무리되자 레가트는 여전히 땅에 널브러진 채 있는 병사를 부축해서 일으켰다. 그리고 조금 떨어진 곳에서 훌쩍이고 있는 소녀를 가리켰다.

“저 꼬마는 제가 데려가지요. 앞으로 도둑질 같은 건 절대 못하게 할 테니까 제게 맡기십시오.”

“그, 그런. 이미 도둑질을 한 놈입니다. 그렇게 멋대로 말하시면… 좀 봐주세요.”

병사는 체면도 생각하지 않고 징징거리기 시작했다. 자신은 저 남자에게 대항할 힘이 없으니 이대로는 범인을 빼앗길 상황이다. 어떻게 재수가 없어도 이렇게 재수가 없는 날이 있을까?

그때 레가트가 허리춤에서 커다란 주머니를 꺼내 그의 코앞에 내놓으며 말했다.

“평소 같으면 당신들을 때려눕히고 그냥 저 아이를 빼앗아갔을 테지만 이 도시에는 아는 사람들도 있고 바르티의 시장을 적으로 돌리고 싶진 않으니까 이걸로 대신하겠습니다. 자, 받으십시오. 보석까지 합쳐 칠백만 골드 정도가 들어 있지요. 바르티의 시장에게 레가트가 이 돈을 주더라고 전하면 잘 해결될 겁니다. 저 꼬마는 금빛 들판의 여관에 일꾼이라도 시킬 테니까 혹시라도 예전의 도둑질하던 일당과 다시 어울릴 것에 대한 걱정일랑은 마시고……."

"칠, 칠백만 골드?"

코의 고통도 잊은 병사가 '농담이죠?' 라는 얼굴로 레가트를 바라보았다. 일 골드면 여섯 명 기준인 중소층 평민 일가족이 몇 년을 먹고 살 돈이다. 그럼에 칠백만 골드의 가치란 이 병사의 사고로는 상상하기도 힘들 정도였다.

레가트는 그럴 줄 알았다는 듯 그의 코앞에서 주머니 입구를 연 다음 손을 넣어 내용물을 자세히 보여주었다. 간간이 보이는 금화에 섞인 찬란한 보석이 차르륵 소리를 냈다.

"그럼 저 아이는 제가 데리고 가지요."

끄덕끄덕.

병사가 목이 부서져라 고개를 끄덕였다. 그것은 거의 본능에 가까운 행위였다. 지지리 재수없던 그날은 어느새 평생 다시 오지 않을 행운의 날로 뒤바뀌어 있었다. 그는 요즘 사람 같지 않게 자애로운(?) 청년에게 마음속 깊이 존경의 표시를 보냈다.

병사의 손에 주머니를 꼭 쥐어준 레가트는 자리에서 일어나 바닥에 주저앉아 있는 소녀를 일으켰다. 그리고 아직 상황 파악이 되지 않아 멍해 있는 아이를 달래서 원래 목적지인 금빛 들판의 여관을 향해 걸음을 옮겼다.

"칠백만 골드란 상당한 가치를 가지는 모양이지요?"

말없이 레가트의 곁에 따라붙던 릭샤가 뒤쪽으로 곁눈질을 하며 물었다.

"그야 그렇지."

"상대의 넋을 나가게 만들 정도의 액수를 별다른 고민 없이 대뜸 넘겨 버릴 수 있을 만큼 레가트 형은 부자였군요?"

"글쎄, 꼭 그렇지만도……."

웃으며 대답하던 레가트가 말을 멈추고 자리에 우뚝 섰다. 어느새 예정지인 금빛 들판의 여관에 다다라 있었다.

"다 왔다. 바로 여기란다. 들어가자, 릭샤."

"예."

높은 삼층 건물로 이루어진 이곳은 대단히 고급스러운 여관이었다. 웬만해서는 하급 귀족이나―대단한 귀족은 시장의 초대를 받아 그들의 성에 묵는다―돈깨나 있는 사람들이나 묵을 만한 곳이었다.

"흐아!"

"대단한 곳에 지인이 계시는군요?"

이 여관에 들어간다는 말에 이름 모를 소녀는 입을 쫙 벌렸고 릭샤 역시 상당하다는 눈길로 레가트를 바라보았다. 아직 인간의 도시에 대해 생소한 릭샤였지만 지금까지 보아온 건물들로 미루어볼 때 꽤나 좋은 곳이라는 것만은 확신할 수 있었다.

레가트가 여관 입구로 가까이 다가가자 입구에서 마차를 대어주는 빨강머리 소년의 얼굴이 갑자기 확 밝아졌다. 그는 좋아 어쩔 줄을 모르겠다는 얼굴을 하다가 세 개의 계단을 한 번에 뛰어올라 가 여관문을 열고 소리를 질렀다.

“레가트님!! 레가트님이 오셨어요!!”

“루피, 안으로 들어갈 건데 그렇게 소리 지를 필요 있니?”

어느새 가까이 다가선 레가트가 루피의 빨강머리를 쓰다듬으며 웃었다. 루피는 수줍은 소녀라도 되는 듯 볼을 발그레하게 물들이고 흥분된 목소리로 물었다.

“레가트님, 일이 있다며 하루도 묵지 않고 가버리시더니 어떻게 되돌아오셨어요?”

“일에 또 다른 일이 겹쳤거든. 그래서 원래 하려던 일은 땡땡이치려고.”

레가트는 루피와 정답게 이야기하며 여관의 정문을 열고 한 발자국 내디뎠다. 그때 누군가가 튀어나와 그의 목덜미를 확 덮쳤다.

“레가~트님!”

레가트의 목덜미에 매달린 것은 한 여성이었다. 그녀는 이 여관의 여주인이라도 될 것같이 우아한 옷을 입고 있었음에도 좋아 죽겠다는 듯 레가트의 품에서 얼굴을 비벼대고 있었다. 레가트는 멋쩍게 그녀를 바라보았다.

“사에린, 고급 여관의 여급장이 이런 행동을 해도 괜찮은 거야?”

“후훗, 레가트님이 오셨는데 그런 게 문제가 되겠어요?”

“꺄아, 레가트님, 어떻게 다시 오셨어요?”

“진짜 레가트님이네?”

어느새 문의 안쪽에서 종업원 차림을 한 여인과 소녀들이 속속 얼굴을 내밀었다. 레가트는 안쪽으로 걸음을 옮기며 그녀들을 향해 웃어 보였다. 평범한 미소 하나에도 여급들은 하나같이 넘어갈 듯 자지러졌다.

소란이 일자 여관의 일층에서 식사를 하던 사람들이 무슨 일인가 싶어 의아한 눈초리로 레가트 쪽을 바라보았다.

"자자, 환영 인사는 여기까지로 하고 모두 제자리로 돌아가도록. 다른 손님 분들도 계신데 이 무슨 무례인가?"

카운터의 안쪽에서 말끔하게 정장을 차려입은 중년 남자가 나오며 여급들을 뒤로 물렸다. 그는 이 여관의 모든 것을 총괄하는 지배인이었다. 여급들은 조금이라도 더 레가트를 보고자 기웃거렸지만 곧 어쩔 수 없다는 얼굴로 뿔뿔이 흩어졌다.

"레가트님, 다시 오셨군요. 어쩐 일로……?"

"모두들 이구동성으로 어째서 되돌아왔는지부터 묻는군요. 제가 오는 게 그렇게 귀찮으셨던 겁니까?"

레가트가 가볍게 장난을 치자 지배인이 수덕한 인상의 얼굴로 웃었다.

"그럴 리가 있겠습니까? 모두가 레가트님의 방문을 마음속 깊이 기뻐하고 있답니다. 부디 편안히 쉬시길."

"하하, 그럼 신세 좀 지겠습니다. 그리고 또 한 가지 부탁이 있습니다만… 저 아이를 좀 받아주겠습니까? 돈이 없어서 약간의 죄를 지었던 모양인데 쉬운 일부터 적응시켜 주었으면 합니다."

레가트의 말이 끝나자 지배인 대신 사에린이 불쑥 얼굴을 내밀어 허름한 차림의 소녀를 쳐다보았다. 카운터가 본래의 자리이기 때문에 유일하게 이 자리에 남아 있었던 것이다.

"또인가요? 매번 오실 때마다 한 사람씩 군식구를 늘리시는군요."

사에린이 입을 부루퉁하게 내밀어 레가트에게 핀잔을 주었다. 레가트를 따라온 소녀는 사에린의 말에 금방 주눅이 들어 고개를 푹 숙였다. 사에린이 어딘지 날카로워 보이는 인상을 가진 탓도 컸다.

"사에린, 말을 가려가면서 해야지."

소녀의 변화를 먼저 눈치 챈 지배인이 그녀를 나무랐다. 사에린은 뒤늦게야 소녀의 표정을 보고 깜짝 놀라 카운터에서 뛰쳐나왔다.

"이런, 네가 싫어서 그런 게 아니고 레가트님께 장난을 친 거야. 그렇게 금방 풀이 죽어서야 이렇게 험한 세상을 어떻게 헤쳐 나가려고 그러니? 이리 오렴. 언니가 무섭니? 하나도 안 무서워."

레가트도 함께 가세해 소녀의 머리카락을 쓸어 내려주었다.

"그래, 무서워할 거 없단다. 모두 좋은 사람들이거든."

"들었니? 저 멋있는 오빠가 그렇다고 말했지? 내가 이래 뵈도 엄청 착한 사람이거든? 날 아는 사람들은 전부 나를 날개 없는 천사라고 불러."

"후훗."

사에린의 과장된 말에 레가트는 피식 웃어버렸다. 얼마 안 가 겁을 먹고 있던 소녀도 웃음을 터뜨렸고 사에린의 손에 이끌려 안쪽으로 걸어 들어갔다. 소녀는 아마 이 여관에서 잘 적응해 나갈 것이다.

레가트는 다시 지배인을 돌아보았다.

"지배인님, 저희가 점심이 아직입니다만. 좀 부탁드리겠습니다."

지배인은 레가트의 곁에 선 귀여운 꼬마를 바라보았다.

"저희라는 것은 저 귀여운 꼬마 손님까지 포함된 것이죠?"

"네, 부탁드리겠습니다. 그럼 릭샤, 멍하니 있지 말고 이리 오렴. 저 누나가 안내하는 대로 따라가자."

"예."

두 사람은 귀여운 여급에 의해 전망 좋은 창가 자리로 안내되었다.

최고급 손님을 위한 자리였다. 릭샤는 가방을 오른편 빈자리에 두고 똑바로 앉았다.

"레가트 형은 아는 분이 굉장히 많으시군요?"

"릭샤 너도 알다시피 내가 원체 오지랖이 넓어서 말이지. 여러 사람을 만나다 보니 이렇게 됐구나."

레가트는 별것 아니라는 듯 말했다.

"그렇군요. 또 한 가지 질문이 있습니다만, 모든 사람들이 레가트 형에게 '님' 이라는 극존칭을 붙이던데 레가트 형은 귀족이셨던 것입니까? 저도 레가트님이라 불러야 하는 것이 아닌지요?"

"웃, 그런 낯간지러운 말은 절대 사양이야! 사실 그들에게도 몇 번이나 그만두라고 말해 보았지만 막무가내라 말이지."

레가트가 양손을 절레절레 흔들고 있는데 한 여성이 불쑥 그들의 앞으로 접시를 들이밀었다. 사에린이었다.

"당연한 일이지요. 레가트님 같은 분께 사용하지 않는다면 또 어떤 사람에게 그런 극존칭을 사용한단 말인가요?"

그녀가 뜨거운 수프를 탁자에 내려놓았다. 자리에 앉은 지 몇 분 지나지도 않아 나온 수프를 보며 레가트는 굉장히 놀랐다.

"와, 이건 정말 상상을 초월할 정도로 굉장히 빠른걸?"

"레가트님을 위해서라면 뭘 못하겠어요. 사실은 안쪽에서 일하던 요리사들이 레가트님이 오셨다는 소식을 듣고 가장 먼저 준비해 뒀더군요. 여급처럼 레가트님을 보러 나오지 못한 것이 한이라나 어쩐다나?"

"그들에게 고맙다고 전해주겠어, 사에린?"

"물론이죠, 레가트님."

이야기를 하는 도중 사에린이 갑자기 고개 숙여 키스를 시도했다.

레가트가 당혹해서 그녀를 만류하려 했지만 사에린은 기어이 그의 손을 밀어내고 레가트의 입술을 자신의 입술로 덮었다. 레가트는 잠시 어찌할 바를 몰라 했지만 결국은 그냥 그녀의 행동을 용인해 버렸다. 본래 레가트는 덮쳐 오는 여자는 그다지 마다하지 않는 편이었다.

사에린은 자제하지 않고 오랫동안 뜨거운 키스를 벌였다. 그렇게 몇 분이 지났을 때 바로 그들의 앞에서 눈을 말똥말똥 뜨고 있던 릭샤가 대뜸 입을 열었다.

"의외의 장면을 보게 되는군요. 원래 사람들은 어둡고 인적이 드문 곳에서 성교를 하지 않습니까?"

"읍!!"

키스를 하다 말고 사에린이 입을 뗐다. 겨우 사에린에게서 해방된 레가트가 굉장히 황당해하며 말했다.

"푸하! 서, 성교라니? 우리들이 경우가 없긴 했지만 키스를 하는 데 성교라는 말까지 붙이는 건 조, 좀 너무하지 않니?"

"사실 저도 성교의 자세한 행위까지 일일이 알고 있지는 못합니다만 남녀가 입술을 탐하는 것이 아이를 낳기 위한 작업의 일부라는 것만은 알고 있는데……."

"하하! 수프, 식겠다, 릭샤!"

레가트는 억지로 웃으며 릭샤의 말을 끊었다. 릭샤의 앞에서 평상심을 유지하려면 더 많은 수행이 필요할 것 같았다.

그때 조금 떨어져 두 사람의 이야기를 듣던 사에린이 재미있다는 얼굴로 릭샤에게 몸을 낮추었다. 그리고 젖살이 가득한 양 볼을 살짝 쥐고서 꺄르르 웃었다.

"아유, 얼굴만큼이나 귀여운 말도 잘하네?"

"귀여운 말이었습니까?"

"우와아아!! 자세히 보니 너 정말 귀엽구나. 어쩜 요렇게 뽀송뽀송할까? 이 머리카락도. 이 눈동자도 어쩜. 릭샤라고 했지? 이름이 애매한데 남자애니, 여자애니?"

릭샤의 질문을 그대로 무시하며 사에린이 환호성을 질렀다. 뺨을 꾹꾹 눌러본다거나 머리카락을 마구 쓰다듬어 흩뜨린다거나 하는 행동을 마음껏 곁들이면서 말이다. 릭샤는 별다른 제재 없이 그 행동을 내버려 두었다가 약간 심각한 어조로 질문을 던졌다.

"제가 남자로 보이지 않습니까?"

"응? 그야 목소리가 야악~간 남자 아이 같기도 하지만 그 정도로 확신하긴 애매하지. 원래 어린애들은 성별을 감별하기가 힘들잖아? 게다가 요렇~게 귀여운데!"

"대부분의 사람들이 금세 남자라 확신하기에 저도 당연히 그럴 것이라 생각했습니다만 여자일 경우도 감안해 보아야 하는 것입니까?"

릭샤가 턱에 손을 올리며 다시 한 번 진지하게 질문했다. 릭샤의 분위기에 맞춰주고자 같이 심각한 얼굴을 하던 사에린은 결국 피식 웃고 말았다.

"하하! 알았어, 알았어. 너, 남자같이 보여. 심각하게 나오기는. 참 말을 재밌게 하는 꼬마네? 그렇죠, 레가트님?"

"좀 그렇지?"

레가트의 대답을 마지막으로 사에린은 자리를 뜨며 두 사람에게 식사할 것을 권했다. 그 이상 방해를 하면 수프가 진짜로 식어버릴 것이었으므로.

"자, 그만 먹자, 릭샤."

릭샤는 고개를 끄덕이며 여러 개 놓여진 숟가락 중 가장 작은 크기의 숟가락을 쥐었다. 그것은 찻숟가락이었다.

"릭샤, 그게 아니고 옆에 동그란 모양의 숟가락을 쓰는 거야."

"예? 너무 큰 것 같은데……."

릭샤는 조금 불만을 나타내었지만 일단은 레가트가 하는 말을 그대로 받아들여 그 숟가락을 집어 들었다.

달각달각.

조용한 가운데 숟가락이 그릇에 닿는 소리만이 들렸다. 원래 조용한 타입이 아닌 레가트인지라 이런 침묵은 참으로 드문 일이었지만 릭샤가 너무도 신중하게 심혈을 기울여 수프를 떠먹고 있었기에 차마 입을 떼지 못했다.

"후우."

어느새 수프 한 그릇을 완전히 비우고 한숨을 쉬는 릭샤를 보고 레가트가 빙긋 웃었다.

"맛있었어?"

"예, 굉장히 맛있었습니다. 기억이 없어 확신할 수는 없지만 아마도 이런 음식은 난생처음일 것이라 생각합니다. 이 수프를 만든 분께 찬사를 보내 드리고 싶습니다."

릭샤는 아주 진지하게 고개를 끄덕였다. 대단할 것도 없는 수프 정도에 저렇게까지 감탄을 하자 레가트의 마음속으로 안타까움과 즐거움이 교차했다. 그만큼 릭샤가 제대로 된 음식을 먹어보지 못했음을 반증하는 이 상황이 안타까웠고 지금이라도 이런 음식을 즐길 수 있게 해준 것이 기뻤던 것이다.

"레가트님, 저희 금빛 언덕의 여관이 자랑하는 프레아뉴 찜입니다.

프레아뉴 고기에 왕국력 32년도산 포도주와 진귀한 약재를 사용해 맛은 물론이거니와 영양 면에서도 최고를 자랑하는 메뉴입니다."

막 수프 그릇을 비웠을 때 사에린이 다가와 제법 여급장과 같은 말투로 말했다. 그녀의 말이 끝나자마자 메인 메뉴와 샐러드 등의 음식들이 줄줄이 이어 나왔다. 끝이 없을 것 같던 그 행렬은 넓은 탁자에 빈틈이 없을 정도로 푸짐한 음식이 올려진 후에야 겨우 멈추었다.

"즐거운 시간 되십시오."

정중히 인사를 한 사에린은 살짝 윙크를 한 뒤 자리를 떠났다. 레가트는 이번에야말로 릭샤를 기쁘게 해주자고 생각하며 씨익 웃었다.

"릭샤! 자, 이거……."

"대체 뭘 어쩌자고 이곳에 이토록 많은 음식들을 올려놓는 것입니까?"

그러나 릭샤가 먼저 말을 가로채는 엉뚱한 질문을 하는 바람에 레가트는 잠시 할 말을 잃었다. 릭샤가 동그란 금색의 눈을 깜빡깜빡하는 것을 보며 레가트는 조금 떨떠름하게 대답했다.

"어쩌긴, 먹으라는 거지."

"예에?!"

'앗, 릭샤의 포커페이스가 완전히 무너졌다.'

평소 감정을 나타냄에 있어서도 표정에 약간의 변화를 주는 것 정도로 그치던 릭샤였으나 이번에는 몸 전체를 바짝 긴장시키며 음식들을 놀라운 눈으로 바라보고 있었다. 조금 갸우뚱하던 레가트는 뒤늦게 어째서 릭샤가 이렇게까지 놀라는지 그 원인을 찾을 수가 있었다. 오랜 세월 산중에서 홀로 살아온 릭샤는 지금 이른바 컬쳐 쇼크라는 것을 느끼고 있는 것이다.

"남겨도 괜찮으니까 어서 먹어봐. 아주 맛이 좋단다."

레가트는 웃으며 나이프로 프레아뉴를 조금 잘라 릭샤에게 건넸다. 그러나 릭샤는 고개를 저었다.

"아니요. 조금 전의 수프로 이미 물 한 모금 마실 여유도 남아 있지 않습니다."

"에? 그걸로?"

조금 놀라던 레가트는 어제저녁 극히 소량의 음식만을 먹던 릭샤를 떠올리고는 그제야 자신이 실수했음을 깨달았다. 애초부터 릭샤에게 수프를 조금만 먹도록 권했어야 했던 것이다.

"미안하구나. 형이 그걸 미처 생각하지 못했네? 하지만 조금이라도 먹어보지 그러니?"

"사양하겠습니다. 배가 고프실 텐데 레가트 형이나 어서 드십시오."

"으… 음……."

조금 머쓱해진 레가트는 어쩔 수 없이 릭샤에게 내밀었던 고기를 베어 물었다.

'여전히 멋진 맛이야.'

여관의 귀한 손님인 레가트는 이곳에 들를 때마다 프레아뉴를 대접받았다. 하지만 입 안 가득히 퍼지는 감미로운 향은 먹을 때마다 새로이 감탄사를 자아내게 만들었다.

"……."

한참 우물거리며 고기를 씹던 레가트는 생각없이 고개를 들었다. 릭샤가 바로 앞에서 그를 빤히 바라보고 있었다. 시선은 레가트의 입에 정확하게 고정된 채였다. 미간을 살짝 좁히고 아랫입술을 꼭 물고 있는 폼은 자신도 프레아뉴 고기를 먹고 싶어 죽겠다는 사실을 무엇보다 절실히 반증해 주고 있었다.

순간 레가트는 목이 탁 막히는 것을 느끼고 그 자리에서 캑캑 헛기침을 했다. 간신히 음식을 넘긴 그가 질문했다.

"머, 먹고 싶니?"

"예, 무척 먹고 싶습니다."

한 치의 망설임도 없이 릭샤가 강하게 대답했다. 레가트는 삐질 땀을 흘리며 다시 고기를 내밀었다.

"그러면 조금이라도 먹어봐."

"아니오. 조금 전에도 말씀드렸지만 배가 불러서 먹을 수가 없습니다."

"…그, 그래……."

몹시 찜찜했지만 레가트는 어쩔 수 없이 릭샤에게 내밀었던 프레아 뉴를 자신의 입 안에 넣었다. 그러나 여전히 바뀌지 않는 릭샤의 뜨거운 시선을 느끼며 돌은 씹는 듯한 기분에 휩싸였다. 몇 번 고기를 집어먹던 레가트는 결국 다시 한 번 릭샤에게 질문했다.

"릭샤, 먹고 싶지?"

"예, 누누이 말씀드렸다시피 굉장히 먹고 싶습니다."

굳이 사용하지 않아도 될 수식어를 강하게 붙이는 릭샤였다.

"그, 그럼 아주 조금이라도 좋으니 한번 먹어보렴."

"이상한 분이시군요. 벌써 두 차례나 배가 불러 먹을 수가 없다고 말씀드렸는데."

"…하지만 먹고 싶잖아?"

이번에는 릭샤가 어쩔 수 없다는 얼굴로 고개를 저었다. 그리고 창밖을 바라보며 입을 열었다.

"레가트 형은 이 육체나 지식의 한계 등에서 비롯된 세상의 모든 제약에서 벗어나 신과 같은 존재가 되고 싶다고 생각하지 않으십니까?"

"응?"

난데없이 무슨 소린가 싶어 레가트가 눈을 동그랗게 떴다. 제대로 된 대답이 되돌아오지 않자 릭샤는 시선을 돌려 다시 한 번 강하게 대답을 요구했다.

"신과 같은 존재가 되고 싶으십니까, 되고 싶지 않으십니까?"

"그, 그래, 되고 싶어."

"그렇다면 그런 존재가 되십시오."

"응? 간단한 일도 아닌데 갑자기 그런……?"

"하지만 신과 같은 존재가 되기를 갈망하고 있지 않으십니까?"

"그야… 그러고 싶지……."

"그러면 신과 같은 존재가 되십시오."

"……"

레가트는 고개를 푹 숙이고 프레아뉴를 입에 물었다. 도저히 못 당할 녀석이라고 푸념하며.

힘겨운 식사를 다 마치고 난 레가트는 어떻게든 릭샤의 기분을 풀어 주어야겠다고 결심했다. 그의 걱정과는 달리 릭샤는 희미한 아쉬움 이상의 감정은 전혀 없었지만 레가트가 포커페이스의 얼굴에서 그 사실을 읽어낼 길은 전혀 없었다. 어쨌든 레가트는 제법 진지하게 표정을 바꾸고 릭샤를 향해 말했다,

"릭샤, 너희 집에 대해서 말인데, 바르티에 있다는 것 말고 뭔가 단서가 되는 것은 없니?"

"저희 집이라는 말은 어폐가 있군요. 저는 부모님에게서 버려졌으므로 그곳은 저희 집이 아니라 저의 부모님의 집입니다. 어쨌든 잠시만 기다려 주십시오."

살벌한 이야기에 레가트는 잠시 주춤했다. 하지만 릭샤가 겉보기엔 아무렇지도 않은 듯 행동하고 있었기에 일부러 그에 대해서는 건드리지 않기로 했다.

품에서 일기장을 꺼낸 릭샤가 말했다.

"일기에는 단 한 번이지만 동쪽 광장이 등장합니다. 세 살 미만인 어린아이의 걸음으로 미루어볼 때 평소 집에서 그리 먼 곳까지는 가지 못했을 것으로 추측하는 바, 일단은 범위를 동편 광장 주변을 범위로 잡을 예정입니다."

"음… 그런데 동편의 마을 역시 범위가 그렇게 만만한 게 아니라서……."

레가트의 말을 들은 릭샤가 일기장을 레가트에게 내밀었다.

"한번 읽어보시겠습니까? 저는 사람들의 생활에 대해 상당히 무지하지만 레가트 형은 그렇지 않습니다. 형이라면 짧게 언급된 말을 통해 부모님의 집에 대한 또 다른 정보를 알 수 있을지도 모릅니다."

"하지만 일기인데 내가 막 읽어봐도 괜찮겠어?"

"예, 괜찮습니다."

릭샤는 별다른 거리낌 없이 일기를 그에게 바로 넘겨주었다. 일기장을 받아 든 레가트는 첫 장부터 신중히 읽어 나갔다. 릭샤의 일기는 일기라 부르기가 힘들 정도로 짧막한 몇 개의 문장으로만 이루어져 있어 마치 메모와 같은 느낌이었다. 하지만 그 짧은 문장 속엔 하나같이 살벌하고 암울한 과거만이 잔뜩 수록되어 있었다. 처음부터 끝까지 평범한 사람이라면 어떻게든 숨기고 싶어할 만한 경험들뿐이었다. 하지만 그것을 서술하는 릭샤의 태도는 마치 제3자의 입장에서 바라보며 쓴 듯한 착각을 가져올 정도로 극히 담담했다.

"음……."

그리 긴 시간이 흐르지 않아 레가트는 일기의 끝을 볼 수 있었다. 내용도 몹시 짧았지만 일기가 대충 한 달에 두세 번 꼴로 적혀 있기 때문이었다.

"전부 읽으셨습니까?"

"응, 그래."

"어떤 단서라도 찾으셨습니까?"

"조금."

레가트는 고개를 끄덕이며 일기를 릭샤에게 건네주었다.

"일기에 보면 가족들이 검은 빵을 먹었다는 말이 있구나. 일단은 부유하지 않은 집이라는 가정 하에 찾아보는 것이 좋겠다."

"검은색의 빵은 부유하지 못한 집에서만 먹는 것입니까?"

"음, 보통 검은 빵은 속이 딱딱하고 맛이 없거든. 물론 좋은 빵 중에도 검은색의 빵이 있긴 하다만 대부분 값이 비싼 빵들은 속을 하얗게 만든단다."

"그렇군요. 역시 저는 상식에 대한 많은 공부가 필요하겠습니다. 어찌 되었든 앞으로 동편 거리의 빈민가를 중심으로 뒤져 보면 되겠군요. 레가트 형 덕분에 단번에 수색 범위가 절반 이상으로 줄어들었습니다. 정말 감사드립니다."

릭샤가 큰 것을 깨달았다는 듯 깊게 고개를 숙여 인사했다. 레가트는 잠시 뺨을 긁다가 시선을 위로 하며 입을 열었다.

"하지만… 검은 빵을 먹었다는 대목은 딱 한 번뿐이니 어쩌면 크게 잘못 짚고 시작하는지도 몰라. 아무래도 집을 찾는 것이 그리 쉽지만은 않을 듯한데……"

"어차피 동편 광장이라는 말도 딱 한 번뿐입니다. 그날따라 먼 광장까지 걸어나온 것임에도 제가 지레짐작으로 동편 거리에 집이 있을 것이라고 추측했을 가능성 역시 충분히 있습니다. 하지만 단서가 미약한 현 상황에서 취할 수 있는 최선의 방법은 가장 가능성이 높은 쪽부터 찾아보는 것일 겁니다."

"그래."

이야기를 끝까지 듣고 있던 레가트가 고개를 푹 내리며 크게 한숨을 쉬었다. 릭샤는 갑자기 힘이 없어 보이는 레가트의 모습에 의아함을 느꼈다. 그때 입을 꾹 다물고 있던 레가트가 조심스럽게 입을 열었다.

"릭샤, 꼭 집을 찾아야겠니?"

"질문에 질문으로 답하는 것은 실례겠지만 왜 갑자기 그런 질문을 하시는 것입니까? 제가 기억을 찾기 위해 움직이고 있다는 것은 잘 알고 계시지 않습니까?"

"그건 그렇지만… 꼭 과거를 알아야 할까? 기억은 앞으로 만들어가면 되는 것이고 과거에 연연해할 필요는 없잖아?"

일기에 적힌 릭샤는 과거 그 집에서 심하게 박해를 받았다. 지금 집을 찾아가면 그리 좋은 꼴은 보지 못할 것이다. 레가트는 그것이 신경이 쓰였다. 하지만 릭샤는 고개를 저었다.

"과거의 경험은 미래의 발판이 되기 마련입니다. 따라서 언젠가는 기억의 부재로 곤란에 처할 수도 있을 것입니다. 기실 바로 며칠 전까지의 일이 안개가 낀 듯 흐릿하다는 것도 그리 유쾌한 일은 아니므로 큰 제한이 없는 한 과거를 찾는 일은 반드시 필요하다고 봅니다."

"그래……."

레가트는 또 한 번 한숨을 푹 내쉬었다. 아무래도 저 꼬마를 말로 이기기는 힘들 것이다. 릭샤가 스스로 그렇게 정했다면 가능한 한 그에 협력해 주는 것이 최선이리라.

두 사람이 이야기를 거의 끝마쳐 가고 있을 때쯤 지배인이 그들의 곁으로 다가왔다. 허리를 숙여 최대한의 예를 표한 그는 빙긋이 웃는 얼굴로 말을 꺼냈다.

"레가트님, 목욕물이 준비되었습니다. 어젯밤 야영을 하신 듯한데 따뜻한 물로 피곤을 푸시지요. 요금은 선불로 일주일간 사용하실 일체의 식사, 숙박비 등을 포함해 일 골드만 받겠습니다."

"앗, 그거… 한 번만 봐주면 안 될까?"

"인정에 휩쓸려 재정을 그렇게 허술하게 관리해서야 여관을 건실하게 운영할 수가 있겠습니까? 게다가 레가트님께서 칠백만 골드에 가까운 돈을 가지고 계시다는 것을 뻔히 아는데 그런 말씀을 하시면 저희가 더 섭하지요."

"하하… 그거 오늘 다 써버렸는데……."

하루 만에 칠백만 골드를 썼다는 말에 지배인의 얼굴이 한순간 굳었다가 펴졌다. 곧 그의 입에서 어울리지 않는 한숨이 푹푹 터져 나왔다.

"하아, 조금 전의 그 소녀를 도와준다고 몽땅 써버리셨군요. 차라리 저를 통하시면 적당한 선에서 교섭을 벌일 수 있었을 텐데."

"그것도 그렇군. 미안합니다."

"저 역시 그런 식으로 도움을 받았는데 이런 말을 할 처지가 아니지요. 그러면 어쩔 수 없이……."

두 사람이 대화를 하고 있는데 릭샤가 불쑥 얼굴을 들이밀었다.

"말씀 중에 끼어들어서 죄송합니다만 돈이라면 제게도 있습니다."

릭샤는 손을 펴 보였다. 고사리 같은 손가락 사이에서 몇 개의 작은 보석이 또로록 굴러 나왔다.

"돈은 아니지만 마석입니다. 확실히는 모르지만 골드로 환산하면 그 가치가 꽤 된다고 알고 있습니다. 숙식비로 이 정도면 충분하겠지요?"

레가트와 지배인의 눈이 휘둥그레졌다. 충분하다 뿐이겠는가. 마석이란 원석의 작은 결정만으로도 몇백만 골드의 가치를 상회하는 초고가의 물품인 것이다.

레가트는 릭샤의 손 위에 놓여진 마석 중 한 개를 들어 올려 빛에 비춰보다가 설마 하는 눈초리로 입을 열었다.

"원석이 아니라 화염계에 적당하도록 가공되어 있구나. 혹시 이거… 네가?"

"탑에 있던 마석들을 발견한 후 일곱 살이 되던 해 첫 가공에 성공했다는 기록이 남아 있습니다. 그 이상의 기록은 발견하지 못했지만 솜씨로 보아 아마도 대부분 제가 가공한 것 같습니다."

"그래, 이것이 일곱 살짜리 마법사의 가공 솜씨……."

"아직 많이 있으니까 레가트 형에게 몇 개 나누어 드리겠습니다."

차르륵 소리와 함께 묵직한 주머니를 들어 올리며 릭샤가 말했다. 저 안에 동화도 아니고 은화, 금화, 평범한 보석도 아닌 마석들이 들어 있다는 말에 레가트와 지배인은 잠시 넋을 잃었다.

"릭샤, 날더러 부자라고 그랬지?"

"예."

"넌 이미 부자의 차원을 떠났단다."

"좀 더 이해하기 쉬운 말씀으로 설명해 주시면……?"

레가트는 릭샤의 질문에 머리를 쓰다듬는 것으로 대신 답했다. 아직 어린애인데 너무 돈에 얽매일 필요는 없다고 생각했다.

"지배인, 돈은 나중에 들러서 주도록 하지요. 일주일 숙식비로 쓰기엔 너무 거금이잖습니까? 순진한 어린애를 등쳐 먹으면 벌받을지도 모른답니다."

"확실히 그렇군요. 그럼 실례하겠습니다. 물이 식기 전에 어서 욕실로 가십시오."

지배인은 허리를 숙여 정중히 인사하고는 순순히 자리를 떠났다. 레가트는 릭샤에게 마석을 돌려준 다음 자리에서 일어나 자신을 따라오라는 신호로 손짓을 했다.

"이리 오렴. 목욕이나 하자. 가서 몸과 마음을 개운하게 만든 뒤에 집을 찾아보자고."

"뒤늦은 질문이지만 마석이란 굉장히 비싼 물품인 모양이지요?"

"당연하지. 어쨌든 그건 넘어가고, 어서 이리 온."

독촉을 받은 릭샤가 스태프와 가방을 챙겨 들고 의자에서 깡총 뛰어내려 종종걸음으로 뛰어왔다. 레가트는 싱긋 웃다가 릭샤를 번쩍 안아 들었다.

"엣?"

"자, 목욕하러 가자! 우리들끼리 가족 분위기를 내보는 거야!"

"이게 가족입니까?"

"그래, 가족이지!"

릭샤를 어깨에 태운 레가트는 가벼운 발걸음으로 욕실로 향했다.

욕실은 크게 두 칸으로 나누어진 구조로 한쪽 탈의실에서 옷을 벗어 바구니에 담고 나면 다른 쪽 방에 물이 가득 담긴 작은 1인용 욕조에서 목욕을 즐길 수가 있었다.

김이 모락모락 피어오르는 욕실의 한쪽 탈의실에서 레가트는 웃옷을 훌훌 벗어 바구니에 대충 집어 던졌다. 그리고 릭샤가 어떻게 하고 있나 고개를 돌렸다가 막 벗은 망토와 겉옷을 고이 개어서 바구니 안에 차곡차곡 쌓아놓고 있는 꼬맹이 녀석을 보고는 피식 웃었다.

"넌 사랑받는 남편이 될 거야, 릭샤."

"앞뒤없이 어째서 그런 말씀을 하십니까?"

"하는 행동을 보면 집안일을 잘하게 생겼거든."

"집안일을 잘하면 사랑받는 남편이 되는군요. 잘 알겠습니다. 또 한 가지 배웠군요."

릭샤는 고개를 끄덕이며 바로 몸을 돌리고 옷을 계속 벗어 나갔다. 도무지 농담─완전히 허튼 말은 아니지만─이 통하질 않는 꼬마였다.

릭샤의 썰렁한 반응에 레가트는 뺨을 긁적이다가 마저 바지까지 벗기 위해 고개를 돌렸다. 하지만 완전히 고개를 돌리기 직전에 릭샤가 웃옷을 완전히 벗는 모습이 시야에 잡히자 그의 움직임이 멈추었다.

아무리 어린아이라고는 하나 너무나 깨끗한 우윳빛의 뽀송뽀송한 피부, 그와 대조되어 더욱 아름답게 보이쪽 검푸른색의 머리카락……. 시선이 저절로 끌리는 것도 무리는 아니다. 아직 어려 그 아름다움이 제대로 빛을 보고 있지는 않지만 확언하건대 성인이 되었을 때 릭샤의 외견은 눈을 떼기가 아쉬울 정도일 것이다.

천족의 핏줄이거나 그 강도가 약하지만 일단 엘프의 피라도 잇지 않는 한 이렇게 완벽한 외모를 갖추는 존재는 극히 드물다. 천족이 아니더라도 상당한 외모를 자랑하는 자들이 여럿 세상을 활보하긴 하지만 그는 자신의 본체가 아니라 폴리모프에 의한 가짜 모습에 불과하다. 하물며 폴리모프 계열 마법의 발전이 극히 미미한 인간들 사이에서야 이런 아름다움은 쉽게 볼 수 없는 대단한 것이었다.

하지만 릭샤는 그저 아름다운 외모만을 소유한 것도 아니다. 겨우 여덟 살에 6클래스의 마법을 완벽하게 이해하는 머리, 그리고 그를 자유자재로 이용하는 마력의 소유자. 아직 어려 확신하기는 힘들지만 푸티를 사냥할 때의 기억으로 보건대 반사 신경 등의 육체적 능력도 무시하지 못할 수준이다.

레가트는 조금 심각해져 갔다. 자신이 아는 한 인간은 그렇게 뛰어난 종족이 아니었다. 돌연변이와 같이 뛰어난 인간이 태어나더라도 한두 가지 분야일 뿐 이토록 모든 면에서 완벽할 수는 없었다.

"저는 전부 끝났습니다. 레가트 형은 아직입니까?"

"아? 아, 그래. 미안. 나도 어서 벗을게."

한동안 뚫어져라 시선을 고정시키고 있던 레가트는 옷을 전부 정리하고 말을 거는 릭샤의 모습에 뒤늦게 고개를 끄덕였다.

중간계는 넓고 인간의 수는 타 종족에 비해 헤아릴 수 없을 정도로 많다. 그러니 레가트가 만나보지 못한 인간들 중 릭샤와 같은 인간이 또 있었는지도 모른다. 어차피 인간의 한계라고는 해도 그것은 그의 지레짐작일 뿐 신이 직접 정한 굴레를 확실히 알고 있는 것은 아니지 않은가?

레가트는 그대로 자신의 의심을 고개를 저어 던져 버리고 릭샤에게 미소를 보냈다. 하지만 완전히 정면으로 돌아선 릭샤에게 시선이 닿는 순간 레가트의 눈이 크게 떠졌다. 그는 빠른 걸음으로 릭샤에게로 다가가 덮치듯 그 작은 어깨를 강하게 붙잡았다.

"우왓!? 레가트!?"

깜짝 놀란 릭샤는 유일하게 벗지 않은 팔찌에 정신을 집중하며 당장이라도 공격 마법을 날릴 태세를 갖추었다. 그러나 레가트가 자신의 하반신을 뚫어져라 쳐다보기만 할 뿐 그 이상의 행동은 하지 않자 일단 마법의 사용은 최후로 미루기로 했다.

"레가트 형?"

"……."

"레가트 형!!"

"앗! 미안!!"

두 차례나 강하게 이름을 부르고서야 레가트는 릭샤의 어깨에서 손을 뗐다. 릭샤는 고운 미간을 살짝 찌푸렸다.

"어딜 그렇게 보시는 겁니까. 불쾌하군요."

"아? 아, 하하하하! 그, 그게……."

"얼버무리지 말고 제대로 대답하십시오! 대답 여하에 따라 당신을 이 여관과 함께 통째로 박살 내버릴 수도 있습니다."

"앗! 너무 그러지 마! 그, 그러니까 사실 말이지… 그, 그게 왜 그런가 하면……."

레가트는 무슨 말을 해야 좋을지 한동안 곤란해하다가 잠시 후 일부러 과장된 동작으로 양손을 모았다.

"미, 미안하다! 너무 화내진 말아다오. 처음 네게 형이라 부르라고는 했지만 실은 은근히 네가 여자가 아닐까 싶었거든. 그래서 이 기회를 통해 확인하려고 봤는데 네가 정말 남자잖아. 왜인진 몰라도 그것이 정말 엄청난 쇼크였다고 할까? 나 스스로도 왜 이러나 하고 놀라고 있어."

레가트는 애써 안면 근육을 조절하며 궁색하게 변명한 다음 릭샤를 슬그머니 올려다봤다. 릭샤는 의심스러운 눈빛이었지만 이내 알겠다는 듯 고개를 끄덕였다.

"레가트 형은 어린아이를 성적 대상의 영역에 넣는 분이셨군요. 그래서 제가 남자라서 큰 실망을 하신 것이고 말입니다."

"쿨럭! 그런 게… 아, 아니, 그런 건가? 아하하하하!"

"어쨌거나 감기에 걸리기 전에 빨리 욕탕에 들어가도록 하죠. 어서 나머지 옷도 벗고 들어오십시오. 전 먼저 들어가 있겠습니다."

"그래, 아, 아니… 난 나중에 따로 목욕하마!"

돌연한 레가트의 반응에 릭샤가 이상하다는 듯 눈을 깜빡거렸다. 그러다 곧 고개를 끄덕여 수긍했다.

"아, 저와 함께 목욕하다가 욕정을 참기 힘드실까 봐 그러시는 모양이군요? 그럼 물이 낭비되기는 하겠지만 각자 하도록 하지요."

"아, 하하하! 그, 그래……."

머리를 긁적이며 어색하게 웃는 레가트를 힐끗 보던 릭샤는 먼저 욕탕 안으로 들어갔다. 주변의 변화에 꽤나 민감한 릭샤였지만 몸을 따스하게 감싸오는 온기에 취해 레가트의 눈빛이 평소와 다소 다르다는 것을 미처 깨닫지 못했다.

목욕을 마친 두 사람이 밖으로 나왔을 때 거리는 이미 석양에 가득 물들어가는 중이었다. 하지만 보통의 성인이라면 일을 마치고 이때 즈음이 되어서야 귀가를 할 것이므로 릭샤의 집을 찾기 위해 나서기엔 나쁘지 않은 시각이었다.

"동쪽 광장은 이쪽이란다."

레가트가 거리의 끝을 가리켰다. 그의 손을 따라 시선을 멀리 분수 끝으로 던진 릭샤가 말없이 걸음을 옮기기 시작했다.

쏴아아!

분수에서 뿜어져 나오는 물줄기가 시원한 소리를 냈다. 기분 좋은 바람을 맞받으며 레가트는 고개를 들었다. 석양을 받아 붉게 변한 물줄기 사이로 근엄한 표정의 여신상이 하늘 높이 손을 들고 있었다. 바로 선신 카율세이나의 석상이다.

태초에 무(蕪)인 세계에 세 개의 존재가 있었다고 한다. 그들 중 한 존재가 정령계라는 세계를 만들고 스스로를 정령신이라고 칭했다. 그러자 남은 두 존재가 그것을 보고 정령계의 기초를 본따 각자 천계와 마계를 만들었다. 그들은 각자를 선신과 마신이라 칭했다. 둘은 정령신과는 달리 자신이 만든 세계에서 살지 않고 신계를 만들어 그곳에 머물며 각자의 세계를 내려다보았다. 그리고 시간은 흘러 선신과 마신은 손을 맞잡고 시험적인 세계를 하나 더 만들었는데 그곳이 바로 이곳 중간계이다. 결국 중간계에 사는 생물들은 하나같이 선신과 마신의 손이 한 번씩 닿아 있는 것이다. 하지만 중간계의 생물이 분명한 인간은 오로지 선신 카율세이나를 열렬히 숭배했다.

"중앙 광장과 서편 광장에도 카율세이나님의 조각상이 있단다. 그러고 보면 사람들은 참 이상하지? 마신을 외면하고 선신을 추앙하는 것은 인간의 생활 구조상 그럴 수밖에 없다고 쳐. 하지만 천족이나 마족, 정령들처럼 직접 신의 손에 영향을 받는 것도 아닌데 이렇게까지 맹목적으로 신에게 기원을 하는 것은 참 이해하기가 힘든 일이야."

"자신을 만들어준 창조주에 대한 존경의 표시가 아니겠습니까?"

분수대를 둘러보던 릭샤가 대답했다.

"글쎄, 형이 보기에 단순한 존경의 표시는 아닌데? 힘든 일이 닥치면 신을 부르고 그들에게 자비를 구하지 않겠어? 신의 첫 번째 종이나 마왕이 아닌 이상 그 바람이 신계에 다다를 리도 없는데."

천족과 마족은 각각 선신과 마신이 직접 신계에서 내리는 말씀을 듣는 것이 가능하다. 그리고 그들 중에는 일방적으로 신탁을 듣는 것에서 그치지 않고 역으로 신에게 자신의 의지를 전하는 것이 가능한 존재도 있다. 천족의 지도자인 '신의 첫 번째 종', 그리고 마족의 왕 '마왕'이 바로 그들이다.

하지만 인간은 자신의 뜻을 전하는 것은 고사하고 신의 말씀을 직접 듣는 것조차 불가능한 종족이다. 실제로 중간계에서 신의 직접적인 간섭을 받는 종족은 단 한 종도 없다. 선신이 처음 자신이 혼자 만들었던 천계에, 마신은 마계에만 관심을 쏟느라 중간계는 뒷전이었기 때문이다.

중간계란 좋게 말하면 자유로운 세계요, 나쁘게 말하면 창조주에게 반쯤 버림받은 한 차원 낮은 세계랄까?

그렇다고 인간이 그 사실을 모르는 것은 아니다. 중간계에 방문한 천족과 마족 등 여러 루트를 통해 충분히 숙지하고 있는 사실인 것이다. 그럼에도 수많은 인간은 신을 미화하고 갈구한다. 세계의 많은 종족들이 이를 인간이 가진 이상한 성향 중 하나라고 평한다.

"뭐, 쓸데없는 이야긴 그만 하고 집이나 찾아보자. 골목길을 돌아다녀야 할 텐데 해가 완전히 지면 곤란하지."

레가트는 릭샤의 손을 잡고 일단 동족 광장의 왼편으로 향했다. 오른편보다는 왼편에 조금 더 허름한 골목길이 많이 나 있었기 때문이다.

미로 같은 길을 따라 깊숙한 곳까지 나아가자 깨끗한 돌로 이루어져 있던 집들의 벽이 점차 흙 재질로 변하며 금이 가고 더러운 먼지가 묻어나기 시작했다. 그리고 얼마 지나지 않아 다 허물어져 가는 집들이 옹기종기 모인 집촌이 나타났다.

"너무나 지저분하군요. 비록 돈을 많이 벌지 못해 집 수리가 어려울망정 청소 정돈 스스로의 손으로 할 수 있을 텐데 말입니다."

릭샤가 살짝 인상을 찌푸렸다. 그의 성격에 이와 같은 지저분함은 도저히 이해 불가한 사항이었다.

"살기가 힘드니까 청소를 할 정도의 마음의 여유가 없는 것이 아닐까? 그건 그렇고… 사람들의 시선이 전과는 좀 다른 듯하군."

레가트의 말대로 주변인들의 시선이 큰 거리를 걸을 때와는 사뭇 달라져 있었다. 아직 사람들의 심리를 파악하는 것에 미숙한 릭샤였지만 레가트의 말에 뒤늦게나마 그 변화를 눈치 챌 수 있었다.

"조금 전과는 달리 사람들의 시선 대부분이 저희 두 사람에게 균등하게 분배되어 있지 않고 저에게 집중되어 있군요."

"네가 이곳에서 살았던 것이 분명한 모양이다. 그것도 꽤나 유명했던 모양이군."

레가트의 얼굴이 어두워졌다. 어떤 쪽으로 유명했을지 어렴풋이 짐작이 갔기 때문이다. 오랫동안 여행을 하며 수많은 종류의 사람들을 보아왔고 특히 이런 분야에서는 상당히 아는 것이 많은 편이었다.

"저기에 서 계신 여자 분께 가서 저에 대해 아는 것이 있으면 가르쳐 달라고 말하고 오겠습니다. 잠시만 기다려 주십시오."

릭샤가 가까운 집의 벽에 기대서서 얼굴을 찡그린 채 귓속말을 하고 있는 네 명의 젊은 여인을 가리켰다. 레가트는 영 뒷일이 불안했지만 일단은 알았다는 표시로 고개를 끄덕여 주었다.

릭샤가 종종걸음으로 자신들에게 다가오자 곧 여자들 중 반수의 표정이 험악해졌다. 그리고 담이 약한 듯 여린 얼굴의 여자들은 공포에 질린 듯 새파래졌다. 그 와중에도 조금의 망설임도 없이 그대로 여인들을 향해 직행하던 릭샤가 어느덧 그들의 바로 지척까지 다다랐다.

"엄마, 몰라! 진짜로 오잖아!"

파랗게 질려 있던 여자가 그렇게 소리 지르며 다른 여인들의 뒤로 숨었다. 릭샤는 그들의 이해할 수 없는 행동에 자신의 작은 머리를 갸우뚱했다.

"저를 아시는 모양인데 죄송하지만 제 부모님의 집……."

"꺼져, 이 새끼 악마야! 어딜 가까이 오는 거야!!"

말을 미처 끝내기도 전에 여자들 중 한 명이 나서선 악을 써대며 욕했다. 밑도 끝도 없이 나온 욕이기에 혹시라도 다른 사람에게 한 말이 아닌가 고개를 돌려볼 만도 했지만 릭샤는 왜인지 그것이 자신을 향한 것이라고 확신할 수가 있었다. 그것은 막연하게도 익숙한 느낌이었다.

"저를 향해 악마라고 말씀하신 것이 맞습니까?"

"그럼 너 말고 또 누가 있어?"

"겨우 마을에서 쫓아냈나 싶었는데 이렇게 멀쩡하게 다시 돌아오다니!"

"누가 저놈 좀 쫓아내요!"

앞장서 있던 여자의 뒤로 다른 여자들까지 우후죽순으로 튀어나와 소리를 지르기 시작했다. 덕분에 릭샤는 뭐라 말을 할 기회도 얻지 못하고 그들의 반응을 보고 있을 뿐이었다.

"말씀이 너무 지나친 것이 아닌지?"

여인들의 시끄러운 고함 소리는 레가트의 조용한 만류에 잠잠해졌다. 릭샤 때문에 정신이 팔려 모르고 있던 그녀들이 뒤늦게 레가트의 얼굴에 넋이 빠진 것이다. 벌꿀처럼 빛나는 블론드에 깊은 바다를 연상시키는 푸른 눈동자, 허리춤에 찬 장검. 레가트의 외견은 딱 동화 속에서 나오는 왕자님의 분위기였다. 낡은 빈민가 사이에서 가난에 허덕이는 그들에게 이런 남자는 정면으로 얼굴을 바라보는 것도 쉬운 일이 아니었다.

"초면입니다만 이왕이면 좋은 말로 이야기를 나누는 것이 어떻습니까?"

꿈 많은 10대에서 벗어난 지 얼마 되지 않은 그녀들은 레가트의 말이 떨어짐과 동시에 얼굴을 붉혔다.

"다, 당신도 악마죠? 달콤한 말로 우리들을 속이려는 것이 아닌가요?"

하지만 레가트의 수려한 얼굴에도 쉽게 넘어가지 않는 여인이 이 속에 존재하고 있었다. 그녀 역시 다른 여자들과 마찬가지로 얼굴을 조금 붉힌 채였지만 가슴을 펴고 당당히 쏘아댔다.

레가트는 학자라도 되는 듯 손가락을 들어 그녀를 설득했다.

"그런 말로 사람을 매도하는 것은 좋지 않습니다. 최근에는 마신(魔神)의 가르침에도 배울 것이 있다는 학설까지 퍼지고 있지 않습니까? 야망, 노력, 투쟁, 경쟁, 그로 인한 발전이 바로 그것이지요."

"마, 마신이야 어쨌든 악마, 마족은 인간을 깔보고 괴롭히는 나쁜 놈들이잖아요!! 괴변으로 나를 속일 생각일랑은 말아요!"

"마족이라면 박쥐처럼 검은 피막의 날개에 무서운 뿔이 달린 흉측한 종족이 아닙니까? 그런 생물과 저를 비교할 만큼 레이디는 제가 꼴 보기 싫으셨던 모양이군요……."

말끝을 흐리며 레가트는 고개를 조금 떨구었다. 의도한 것은 아니지만 촉촉한 눈동자가 살인적일 만큼 매혹적이었다.

자연히 이 여인도 더욱 얼굴을 붉게 물들였다. 하지만 끝까지 오기를 발동시켜 소리쳤다.

"벼, 변신 마법으로 모습을 바꿨을 가능성도 있잖아요! 저 꼬마처럼!"

레가트는 순간 울컥했다. 릭샤에게는 변신 마법 비슷한 것조차 걸려 있지 않다. 그녀는 아무것도 모르면서 지레짐작으로 가엾은 아이에게 심하게 상처를 주고 있는 것이다.

약자를 괴롭히는 자라면 선인, 악인, 하물며 남녀노소까지 가리지 않는 것이 바로 레가트다. 하지만 여기서 난동을 부리면 릭샤에게 더욱 상처가 될 것이라고 생각해서 레가트는 겨우 기분을 가라앉히고 애써 상냥하게 말했다.

"이 아이가 악마라니 뭔가 착오가 있으셨던 것은 아닌지……?"

"착오일 리가 있겠어요? 저 새끼 악마를?"

레가트는 그녀의 손가락을 피해 릭샤를 자신의 팔로 감싸 뒤로 숨겼다. 그리고 최대한 부드럽게 목소리를 가다듬었다.

"말을 삼가해 주시길. 숙녀 분께는 상냥해야 하지만 도가 지나치면 저로서도 화가 날 수밖에 없답니다. 이 아이는 당신이 말하는 그런 아이가 아닙니다. 외견이 좀 다르긴 해도 제 친동생이니까요. 다른 아이와 착각을 하신 듯하군요."

"앗, 그, 그런가요? 하, 하지만……."

"그렇게까지 우리 릭샤를 그 아이라고 확신을 하시니 한번 알아보고 싶군요. 어디에 사는 아이입니까?"

"그게……."

"어디지요? 자세히 말씀해 주시겠습니까?"

집요한 질문에 여인은 얼떨결에 집의 위치를 가르쳐 주었다. 레가트는 고개를 한번 끄덕인 뒤 릭샤의 손을 꼭 붙들었다.

"좋습니다. 그 집에 한번 가봐야겠군요. 가자, 릭샤."

레가트가 손을 이끌자 상황을 지켜보기만 하던 릭샤가 별 저항 없이 그의 인도에 따랐다.

여인이 말해 주었던 길을 찾아가는 동안 릭샤와 레가트 두 사람 사이에 무거운 침묵이 내려앉았다. 골목을 한 바퀴 돌아 조금 전 그 여인들의 모습이 거의 보이지 않을 때가 되었을 즈음 말없이 걷기만 하던 레가트가 자리에서 우뚝 섰다.

"릭샤, 우리 여관으로 되돌아갈까?"

고개도 돌리지 않은 채 레가트가 조용히 그 한마디를 던졌다. 그리고 더 이상의 말은 않고 조용히 릭샤의 대답을 기다렸다.

너무 많은 위로는 상대를 초라하고 비참하게 만들고 그렇다고 아무 말도 않으면 너무 쓸쓸하다. 그것을 알기에 지금 이 행동은 레가트로서 해줄 수 있는 최대한의 배려였다.

"돌아가다니요? 어째서 말씀이십니까?"

그런데 레가트의 질문에 되돌아온 릭샤의 목소리는 너무도 생생했다. 릭샤의 얼굴을 일부러 외면하고 있던 레가트가 황당한 표정으로 고개를 돌렸다.

눈물을 흘리지는 않더라도 유쾌하지 못한 얼굴을 하고 있을 것이라는 그의 예상과는 달리 릭샤는 전과 다름없는 절제된 얼굴을 유지하고 있었다.

의아하다는 듯 눈동자를 깜박이며 레가트를 바라보던 녀석이 입을 열었다.

"그녀들이 제게 새끼 악마라는 말을 했을 때 굉장히 익숙한 느낌을 받았습니다. 지금은 그 느낌이 몹시 막연하지만 예전에 살던 집으로 돌아간다면 확실하게 기억이 되돌아올 가능성이 높습니다. 그런데 이 시점에서 갑자기 되돌아갈 이유가 없지 않겠습니까?"

"…괜찮으니?"

레가트가 조심스럽게 질문을 던졌다. 릭샤는 고개를 젓다가 심각한 얼굴을 하고 말했다.

"그녀들이 제게 한 욕설에 대해 말씀하시는 것이라면 그리 유쾌하지만은 않았습니다. 예전의 제가 이 주위에서 무언가 큰 잘못을 저질렀던 것일까요?"

"아니, 네겐 아무런 잘못도 없어."

"제 과거를 보신 적도 없는데 어째서 그런 확신을 가지시는 것입니까?"

"일기를 봤잖니. 네가 나이에 비해 이상할 정도로 머리가 좋으니까 사람들이 두려워하는 거야."

게다가 또 한 가지 다른 이유도 있고.

입 안이 씁쓸해져 오는 것을 느끼며 릭샤의 옛집을 향해 작은 손을 이끌었다. 그렇지 않아도 환영받지 못할 곳이건만 해가 다 진 밤중에 들이닥쳤다간 그 집안 사람들에게 무슨 소리를 들을지 모를 일이었다.

말이 없는 두 사람은 빠른 걸음으로 길을 재촉했다.

몇 번 모퉁이를 돌아 빈민가에서도 가장 귀퉁이 쪽에 다다랐다고 생각했을 때 그 여인이 말해 주었던 집이 나타났다. 주변의 낡은 집 중에서도 가장 헌 집이었지만 주인이 깨끗한 성격의 소유자인지 주위가 깔끔하게 정리되어 그나마 나은 느낌을 주었다.

"아, 저기에."

릭샤가 손가락을 들어 한곳을 가리켰다. 이 일대를 천천히 둘러보던 레가트는 그제야 성인 키의 반쯤 되는 낮은 대문 사이로 얼굴을 빼꼼이 내밀고 있는 어린아이를 발견했다.

릭샤와 레가트 두 사람의 시선을 동시에 받은 그 소년은 깜짝 놀라는 듯 뒤쪽으로 물러나더니 이내 요란한 소리를 내며 집 안으로 뛰어들어 갔다.

"엄마! 아빠! 진짜 왔어! 넨시 아줌마 말대로 그놈이 진짜로 돌아왔어!!"

누군가가 이미 릭샤에 대한 이야기를 알린 것인지 아이의 말이 미처 끝나기도 전에 여러 사람이 밖으로 뛰쳐나왔다. 넨시 아줌마라고 예상되는 뚱뚱한 아줌마와 막대기를 들고서 잔뜩 인상을 쓰고 있는 젊은 남자, 그리고 불안함을 머금고 있는 젊은 여자, 마지막으로 릭샤 또래의 어린아이가 둘.

레가트의 눈이 가늘어졌다. 젊은 남자와 그의 바짓가랑이에 다닥다닥 붙어 있는 아이들이 금색의 눈동자를 하고 있기 때문이었다. 릭샤와는 달리 사나운 고양이의 그것처럼 날카로운 느낌이었지만 금색의 눈동자는 결코 쉽게 볼 수 있는 색이 아니다. 게다가 결코 아름답다는 말이 어울리진 않지만 어딘가 모르게 닮은 얼굴 윤곽과 이목구비, 푸른색을 띠는 검은색의 머리카락까지.

그들은 의심할 여지 없는 릭샤의 친부모였다.

"뭘 하러 여기까지 찾아왔느냐? 당장 꺼져!!"

그들의 모습에 정신을 뺏긴 사이 젊은 남자가 막대기를 휘두르며 릭샤에게 다가왔다. 릭샤는 혹시나 있을 사태에 대비해 양 팔목에 주위를 기울이며 일단은 말을 걸었다.

"갑자기 찾아온 곳에 대해 먼저 사과의 말씀을 드리겠습니다. 길게 시간을 끌지는 않겠습니다. 한 가지 알아보고 싶은 것이 있어서 여기까지 찾아왔……."

"시끄러워! 겨우 살 만하려니 또 찾아와 우리들에게 재앙을 내릴 셈이냐, 이 새끼 악마야!!"

릭샤의 말이 채 끝나기도 전에 그가 크게 소리쳤다. 그리고 흉흉한 얼굴로 뛰쳐나오며 당장이라도 릭샤를 칠 듯 손에 들고 있는 몽둥이를 위로 높이 치켜들었다.

그 남자가 막 지척까지 다다라 릭샤가 그 막대기를 피하려는 찰나에 레가트가 그들의 사이로 끼어들었다. 그리고 릭샤에게로 내려치기 일보 직전에 막대기를 맨손으로 붙잡은 뒤 굉장한 힘으로 남자의 손에서 그것을 뺏어 들었다.

"뭐, 뭐!!"

너무도 허무하게 막대기를 뺏기고 말자 남자는 황당함과 두려움에 입을 벙긋거렸다. 하지만 이내 진정을 되찾은 그는 빠르게 뒤로 물러서면서 레가트에게 삿대질을 했다.

"새끼 악마가 다른 악마를 데려왔구나! 선신 카율세이나님께서 너희들을 용서하지 않으실 거다!"

"카율세이나님은 인간들의 일엔 관심이 없습니다. 게다가 마족들에게 그리 대단한 악의를 가지고 계시지도 않습니다.”

레가트는 불쾌하게 한마디를 하고 뺏어 든 막대기를 엉거주춤 서 있는 그 남자의 발밑으로 다시 던져 주었다. 지금 상황을 보아하니 릭샤는 어린 시절 저들에게 무척이나 많은 매질을 당했을 듯했다. 마음 같아서는 그대로 한 방 먹여주고 싶었지만 릭샤의 입장을 생각해서 여기까지만 하기로 마음먹었다. 아무리 자신에게 못할 짓을 한 사람이라고 해도 친부모란 결코 무시하지 못할 존재니까.

“우리 집에서 꺼져!”

그때 처음 문 앞에서 먼저 보았던 꼬마 아이가 크게 소리치며 릭샤를 향해 작은 돌멩이를 집어 던졌다. 여섯 살 정도 되어 보이는 아이가 던진 것치고는 꽤나 조준이 정확했지만 릭샤는 고개를 살짝 옆으로 꺾는 정도로 쉽게 그 돌을 피해 버렸다.

“그리 오랜 시간 이곳에 머물지는 않을 것입니다. 너무 흥분하지 말아주십시오.”

릭샤가 손을 내밀며 상대를 진정시키기 위해 차분히 말을 건넸다. 하지만 릭샤의 냉정한 대처는 그 아이에게 오히려 두려움만 줄 뿐이었다. 릭샤의 의도와는 달리 꼬마 아이는 새파랗게 질려 있다가 끝내 아버지의 다리 뒤로 숨어들었다.

그렇게 꼬마 아이가 주춤하는 사이 이번에는 열 살 정도 되어 보이는 사내아이가 튀어나와 구석에 모인 돌멩이를 주워 들고 소리쳤다.

“꺼져! 너 때문에 우리 가족들도 악마 취급당한단 말이야! 저리 꺼져!!”

“그, 그래, 꺼져! 우리 집에서 그만 떨어지란 말이야!”

형의 기세에 힘을 얻은 것인지 소년도 조금 전까지 뒤로 물러섰던 것도 잊고 앞으로 뛰어나와 손에 가득 들고 있던 돌멩이를 집어 던지기 시작했다.

레가트의 인상이 완전히 찌푸려졌다. 더 이상 이곳에 릭샤를 내버려 두어서는 안 되겠다는 생각이 가장 먼저 그의 머리를 교차했다.

"릭샤, 그만 돌아가는 것이……."

"아, 맞아!"

레가트는 당장 그의 손을 끌고 이곳을 빠져나가려 했지만 릭샤가 먼저 앞으로 튀어 나가는 통에 그의 의도는 무산되고 말았다. 릭샤는 아버지로 추측되는 남자의 곁을 아무렇지도 않게 지나쳐 허름한 가옥의 오른쪽 모퉁이로 걸어갔다.

"릭… 샤?"

"기억이 납니다. 이곳."

릭샤는 모퉁이 옆에 난 작은 틈새를 가리켰다.

"원래 여기엔 짚더미 같은 것이 쌓여 있었는데 지금과 같은 상황이 되면 자주 이곳에 숨었던 기억입니다. 분명."

"기억이… 되돌아온 거니?"

기억이 되돌아왔다손 쳐도 그리 기뻐할 수만은 없는 상황이라 레가트가 떨떠름하게 물었다. 하지만 예상과는 달리 릭샤는 고개를 저었다.

"모든 기억이 되돌아온 것은 아닙니다. 어렴풋이 그런 상황이 떠오르는 정도입니다. 아, 생각이 날 듯도 한데……."

릭샤가 미간을 살짝 찌푸리며 한 손으로 머리를 짚었다. 머리 속에 짙은 안개가 낀 듯한 느낌이 큰 불쾌함을 가져다 주었다. 릭샤는 당장이라도 잡힐 듯한 기억을 잡아내고자 가만히 선 채로 깊이 생각에 빠졌다. 레가트는 그런 릭샤의 곁에 서서 그를 말없이 지켜봐 주었다.

딱!

"아!"

침묵이 얼마 지속되지도 않았는데 갑자기 둔탁한 소음이 울렸다. 그와 동시에 릭샤가 짧은 신음 소리를 내며 고개를 숙였다.

"어디를 살피고 있는 거냐!! 꺼져!! 꺼지라고 했잖아!!"

조금 전 레가트의 힘을 본 덕분인지 가까이 다가오지 않고 있던 릭샤의 아버지가 멀리서 릭샤에게 돌을 던진 모양이었다. 릭샤의 모습에 정신이 팔려 있다가 그제야 상황을 파악한 레가트는 울컥 화가 치밀어 오르는 것을 느꼈다. 하지만 일단은 머리를 쥐고 있는 릭샤의 상태를 먼저 살피기로 했다.

"릭샤, 괜찮니?"

"대단치는 않습니다만 약간 머리가 까진 것 같습니다."

릭샤가 머리에서 손을 떼어 레가트에게 보여주었다. 상처에서 나온 피가 릭샤의 작은 손에 조금 묻어 있었다.

더 이상은 참지 못하고 레가트는 당장 고개를 들어 릭샤의 아버지를 노려보았다.

"이 아이는 당신의 친아들이 아닙니까!? 조금은 그의 마음을 생각해 줄 수도 있는 일 아닙니까?"

"다, 닥쳐!! 누가 내 아들이라는 거냐!"

남자는 격하게 레가트의 말을 부정했다. 릭샤와 닮은꼴의 얼굴을 한 채로 그렇게 악을 쓰고 있었다.

오히려 자신이 더 흥분하여 숨을 몰아쉬던 레가트는 아랫입술을 악물고 돌아섰다. 그리고 릭샤의 머리를 부드럽게 쓸어주면서 고개를 숙여 속삭였다.

"그만 돌아가자, 릭샤."

"예, 이 이상 기억이 되돌아올 것 같지 않으니까요."

릭샤는 고개를 끄덕였다. 하지만 당장 레가트를 따라 몸을 돌리지 않고 부모에게 시선을 주었다.

"원하시는 대로 지금 당장 이곳을 떠나 다시는 돌아오지 않겠습니다. 하지만 작별의 인사를 드리기 전에 한 가지 질문에 답해주시겠습니까?"

"……."

아버지일 것으로 보이는 남자는 인상을 찌푸린 채 아무 말도 하지 않았다. 덕분에 그것이 긍정인지 부정인지 추측하기가 어려웠지만 릭샤는 일단 말을 꺼내보기로 결정했다.

"전에 제가 이곳에서 큰 잘못을 저질렀습니까? 자세히 가르쳐 주신다면 사죄하고 보상할 길을 찾아보도록 하겠습니다만."

"시, 시끄러워! 우, 우리들뿐만이 아니라 모두가 네놈을 두려워한다! 네놈은 분명 악마가 데려온 놈이 틀림없다고!"

"그렇다면 아직까지는 그다지 큰일을 저지르지 않았다는 말씀이십니까? 추측만으로 사람을 매도하는 것은 너무 불합리한 일이라고 생각하지 않으십니까?"

"예전이나 지금이나 똑같아! 소악마처럼 사람을 똑바로 쳐다보면서 작은 입을 놀려대는 것은! 어째서 극단에서 되돌아온 거냐?! 전에도 우리 바람이 꼭 그렇다면 다시는 돌아오지 않겠다고 네 입으로 지껄이지 않았느냐!"

남자는 크게 소리치더니 땅에 떨어진 막대기를 주워 들고 휘둘러 댔다. 진심으로 릭샤를 거부하고 나서는 그를 보며 레가트는 씁쓸한 마음을 감출 수가 없었다.

결국 레가트는 자신의 아버지와 마주 보고 서 있는 릭샤를 빼앗기라도 하듯 번쩍 들어 자신의 품에 꼭 안았다.

"이젠 정말 돌아가자, 릭샤."

예고없이 일어난 일이라 릭샤는 깜짝 놀랐지만 레가트의 부드러운 요청에 금방 고개를 끄덕이며 동의의 표시를 했다. 작은 릭샤를 꼭 안은 레가트는 한시라도 빨리 이곳을 벗어나기 위해 빠르게 발걸음을 옮겼다. 그러나 몇 걸음 가다가 한 가지 떠오르는 것이 있어 다시 몸을 돌렸다. 잔뜩 긴장한 채 있는 그들을 바라보며 레가트가 입을 열었다.

"하다못해 이 아이의 이름이라도 가르쳐 주시죠."

"내 아이도 아닌데 이름 같은 걸 기억할 리가 있느냐! 새끼 악마는 그냥 새끼 악마일 뿐이야!"

아내를 꼭 껴안으며 릭샤의 아버지가 크게 소리쳤다. 레가트는 품 안의 릭샤에게 이 이야기가 들리지 않았으면 하는 바람에 더욱 꼭 안고 도망치듯이 그 장소를 벗어났다.

빈민가를 거의 빠져나와 따갑게 내리꽂히는 사람들의 시선이 완전히 사라질 때까지도 두 사람은 말이 없었다. 어느새 땅거미가 진 큰 거리로 나온 레가트는 품에 꼭 안고 있던 릭샤를 땅에 내려주었다.

땅으로 내려선 릭샤는 일단 가장 먼저 옷을 툭툭 당겨 주름이 지지 않도록 했다. 문득 레가트의 머리에 허름하지만 깨끗한 집의 풍경이 떠올랐다. 어쩌면 릭샤의 이 성격은 그들에게서 영향을 받은 것일지도 모른다. 세상에 태어나 자신의 큰 두 눈으로 가장 먼저 지켜본 존재가 그들이었을 것이므로.

"그러고 보면 참 잘된 일이지 않습니까?"

어느새 옷을 전부 정리한 릭샤가 평소와 다름없는 얼굴로 고개를 들어 그렇게 말했다. 결코 이 상황에는 어울리지 않는 대사인지라 레가트가 황당하게 되물었다.

"뭐, 뭐가?"

"아버지께서 이름을 지어주지 않았다고 하셨으니 저는 앞으로도 계속 릭샤라는 이름을 사용하게 될 것입니다. 레가트 형이 릭샤란 이름이 버려질 것을 많이 안타까워하셨고 저도 형이 준 이름이 마음에 들던 차였으니 여러모로 운이 좋았던 셈입니다."

침울해도 이만큼이나 침울한 날은 없을 터인데 릭샤는 조금의 그늘도 없이 웃었다. 천 길의 깊은 바닥을 비춘다는 샘도 질투를 할 만큼 투명한 미소였다.

레가트는 릭샤를 마주 보고 함께 빙긋 웃었다.

"내일도 힘내자. 알았지?"

"예? 예."

난데없는 말이라 릭샤는 갸우뚱했지만 딱히 나쁜 말은 아니었기에 그렇게 하겠다고 대답했다. 손을 꼭 잡은 두 사람은 여관을 향해 가벼운 걸음을 옮겼다.

제4화

넬림으로 향하다 ∎

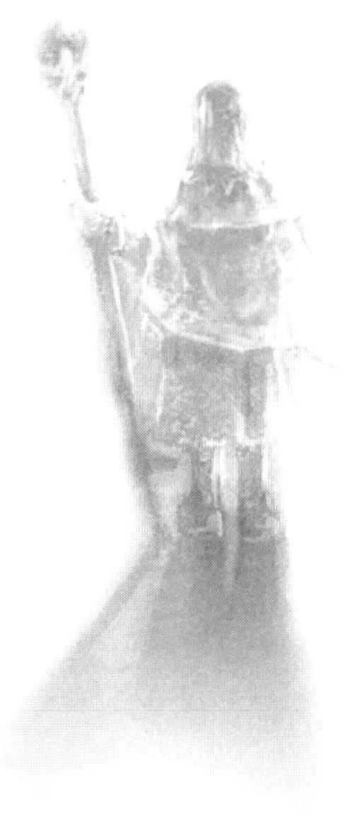

　"…형, 레가트 형."

　포근한 아침잠을 방해하는 목소리에 레가트는 눈가를 비볐다. 빛이 너무 눈부셔서 금방 눈을 뜨기가 힘들었다.

　"일곱 시입니다. 너무 늦잠을 자시는 것 같아 이렇게 깨웠습니다."

　"어? 릭샤?"

　품 안에 꼭 안겨 있어야 할 릭샤가 언제 일어난 것인지 침대 곁에서 그를 내려다보고 있었다. 레가트는 그제야 부스스 자리에서 일어났다.

　"형도 늦게 일어나는 편은 아닌데… 넌 정말 부지런하구나."

　머리를 긁으며 레가트가 중얼거렸다. 이틀 전 산중에서 캠프를 할 때도 모포 속에서 먼저 눈을 뜬 것은 다름 아닌 릭샤였다.

　릭샤는 항시 가지고 다니던 자신의 여행용 가방을 탁자 위에 올려놓으며 레가트의 말에 대답했다.

"저는 매일 해가 뜨는 시각에 일어나는 것이 습관화되어 있습니다. 그건 그렇고 레가트 형도 일어나셨으면 준비를 해주십시오."

"준비? 무슨?"

릭샤는 가방 속의 물품을 탁자 위에 늘어놓다가 레가트에게로 고개를 돌렸다.

"다음 목적지를 향해 떠나야죠. 제가 기억을 되찾을 때까지 함께 다녀주겠다고 말씀하시지 않았습니까?"

"역시 계속 기억을 찾기 위해 여행할 거니?"

"예, 그럴 생각입니다만……."

릭샤의 당연하다는 듯 말하는 릭샤의 대답을 들으며 레가트는 작게 웃었다. 침대에서 벗어난 그는 릭샤에게로 걸어가 자그마한 머리카락을 손으로 꾹 눌렀다.

"강하구나."

"예? 어떠한 면의 강함을 지칭하시는 것입니까?"

"마음이 긍정적이라 좋다는 거야. 그런 마음가짐이야말로 최고의 강함이지."

"그렇군요."

릭샤는 한 가지를 배웠다는 듯 고개를 끄덕였다.

"그래도 혹시나 말이지……."

이야기가 완전히 끝난 줄 알고 물품을 정리하려던 릭샤의 손이 멈추었다. 릭샤가 고개를 들자 탁자를 빙 돌아 맞은편에 놓은 의자를 끌어내던 레가트가 말했다.

"어느 날 갑자기 굉장히 외로워지거든 꼭 형에게 말하렴. 알았지?"

자리에 앉으며 레가트가 릭샤를 향해 상냥하게 미소 지었다. 만난 지도 얼마 안 된 아이를 이토록 성심껏 걱정해 주는 사람도 참 드물 터인데 릭샤는 그다지 감격한 기색도 없이 말했다.

"또 그 이야기십니까? 제가 감상적으로 변할 일은 웬만해서는 일어나지 않겠지만 혹시라도 외로움을 느끼게 된다면 반드시 레가트 형에게 상담하겠습니다. 이제 되었습니까?"

"하하, 그래그래."

정면에서 면박을 당하고도 레가트는 릭샤의 머리를 쓰다듬어 주고서 시선을 밖으로 향했다. 어제와 변함없이 오늘의 해도 밝았다. 레가트는 이런 유쾌함이 아주 좋았다.

레가트가 창밖을 보는 동안 릭샤는 탁자 위에 늘어놓았던 물품을 깨끗하게 가방 속에 정리해 넣었다. 그리고 자리에서 일어나며 레가트에게 말했다.

"그럼 출발하죠. 다음 목적지는 극단에서 도망치기 직전 마지막으로 머물렀던 레기느멜젠 제국입니다. 제가 처음 출발했던 산 너머의 넬림을 다시 거쳐야 하니 빙 돌아가는 셈이군요."

"아니, 뭐라고?"

레가트가 눈을 동그랗게 뜨고서 릭샤에게로 고개를 돌렸다. 겉옷을 입기 위해 옷걸이 쪽으로 걸어가던 릭샤는 눈가를 좁히며 레가트를 바라보았다.

"저와 계속 여행을 해주시는 것이 아니었던 것입니까?"

"응? 그야 함께 갈 거지만… 지금 당장 가자는 말이니?"

"예, 이곳에서의 볼일은 모두 끝났으니까요. 지금 당장 떠나서는 안 되는 이유라도 있는 것입니까?"

레가트는 머리를 긁었다.

“음… 대단한 문제는 아니지만 이번에도 이야기 한번 제대로 나누
지 못하고 가버린다고 사에린이나 여관 사람들에게 원성을 사겠는데?”

“그렇군요. 그렇다면 여관에 더 머물도록 하죠. 제 여행이 그리 급
한 것도 아니니 말입니다.”

릭샤는 쉽게 레가트의 말을 받아들이고 다시 탁자로 되돌아왔다. 그
때 갑자기 레가트가 손을 들어 릭샤의 행동을 저지했다.

“아니, 잠깐. 네 말대로 지금 당장 떠나자.”

“갑자기 무슨 심경의 변화십니까? 여관 사람들에게 원성을 사도 상
관없습니까?”

“상관없는 건 아니지만… 다음 기회를 기약하는 수밖에.”

그렇게 대답한 레가트는 당장 자리에서 일어나 겉옷이 걸린 옷걸이
를 향해 걸어갔다. 평소와는 달리 조금은 다급한 모습으로.

레가트가 아침을 먹자마자 바로 나서겠다고 말하자 예상대로 여관
사람들이 굉장히 서운한 감을 비추었다. 하지만 레가트가 하는 일이니
만큼 중요한 무언가가 있을 거라 생각하여 아쉽게 그들을 배웅했다.

여관 앞에 운 좋게 일손이 빈 여급과 시동들이 웅성거리는 가운데
레가트는 미안한 표정으로 인사를 보냈다.

“다음엔 꼭 여유를 가지고 들르도록 하죠.”

“그 말씀, 딱 한 번만 더 믿어드리겠습니다.”

가장 앞에 서 있던 지배인이 핀잔을 주며 품에서 묵직한 주머니를
꺼내 들었다.

“이거 받으십시오. 현재 완전히 빈털터리시죠?”

“아, 이거… 숙박료도 내지 못했는데 이렇게까지나.”

“아닙니다. 저희들이 받은 은혜를 생각하면 이건 도움 수준에도 미치지 못하지요.”

“미안하군요. 그럼 고맙게 받겠습니다.”

빙긋 웃으며 레가트가 지배인에게서 주머니를 받아 들었다. 그때 옆에서 가만히 그 모습을 바라보고 있던 릭샤가 끼어들었다.

“기다려 주십시오. 그럴 것 없이 레가트 형의 각종 식비 등은 제가 충당하겠습니다.”

“엇? 그래도 될까?”

“물론이죠. 친형제처럼 생각하라고 말씀하셨던 것을 잊으셨습니까? 그렇지 않으면 오늘부로 그 말은 철회인 것입니까?”

릭샤가 당돌하게 묻자 배웅을 위해 나왔던 주변의 사람들까지 피식 웃음을 터뜨렸다. 그때 여러 사람 중 사에린이 앞으로 나와 릭샤의 눈높이에 맞춰 쪼그려 앉았다.

“후후, 여전히 깜찍한 말만 골라 하는 꼬마구나.”

“이 말이 깜찍하단 말씀이십니까?”

“아유, 귀여워!!”

사에린은 완전히 자지러지며 릭샤를 꼬옥 안았다. 릭샤는 숨이 막혀 바둥바둥거렸다.

“별로 귀여울 만한 말은 한 적이 없는 듯합니다만⋯ 아, 사에린, 숨 막히는데⋯⋯.”

“그래그래, 요 귀여운 것!”

릭샤가 자신의 사고로는 도저히 이해 불가한 상황에 대해 깊은 고찰에 빠져들 즈음 사에린이 겨우 스르르 팔을 풀었다. 그리고 손을 들어 다정하게 릭샤의 머리를 쓰다듬으며 조금 전과는 달리 진지한 얼굴을 했다.

"레가트님과 함께 다니는 걸 보니 너도 뭔가 사정이 있는 모양이구나. 하지만 걱정하지 마렴. 지금까지와 같이 레가트님이 계속 널 도와주실 테니까. 그분은 아주 상냥하거든."

"사에린, 본인이 있는 데서 그렇게 띄워주면 곤란하잖아."

레가트가 쑥스러운 듯 웃었지만 사에린은 그를 무시하며 계속 릭샤에게 말을 이었다.

"우리들도 모두 너와 같이 이분께 도움을 받았단다. 지금 이 여관도 레가트님이 우리들을 위해 지어주신 거지. 원래 가지고 있던 돈을 다 털어서 말이야. 이런 일이 일상 다반사라서 레가트님은 만년 거지 신세를 면하지 못하는 거구."

"거지라니… 너무한걸."

레가트가 다시 한 번 말했지만 사에린은 이 또한 무시했다.

"그러니까 힘내렴! 세상은 한번쯤 살아볼 만한 곳이야."

"알겠습니다, 사에린. 많은 도움이 되었습니다."

릭샤는 사에린의 충고에 진심으로 감사를 보냈다.

언제나와 같이 레가트가 먼저 손을 내밀었고 릭샤가 그의 손을 꼭 쥐었다.

"또 오세요, 레가트님!!"

"릭샤, 후에 바르티에 올 일이 있으면 꼭 우리 여관에 들르렴!"

"예, 그렇게 하겠습니다."

"또 보자!"

여러 사람의 배웅에 인사하며 두 사람은 여관을 나섰다. 그렇지 않아도 눈에 띄는 두 사람이 큰 여관의 성대한 작별 인사를 받자 그것이 더욱 심해졌다. 덕분에 여관에서 완전히 멀어져 중앙 광장을 일직선으로 통하는 큰길로 나갈 때까지 호기심 어린 사람들의 시선을 감수해야만 했다.

그런 여러 사람 중에는 간간이 타지인으로 보이는 거친 용병들의 모습도 보였는데 레가트의 곁에서 종종걸음으로 걷고 있는 릭샤에게 징그러운 시선을 보내는 자도 있었다. 단지 시선일 뿐이었지만 레가트는 어린아이의 정서 건강을 위하자는 차원에서 릭샤를 자신에게로 바짝 끌어당겼다.

"요즘 들어 용병이 많이 보이는군. 전에 너를 습격하려 했던 자들도 용병이었고 말이지. 특별히 바르티에서 산길의 몬스터를 토벌하려는 것 같지는 않던데."

"어디에서 전쟁이라도 일어나는 것일까요?"

"그럴 가능성이 높겠군. 레기느멜젠 제국에 새 황제가 등극한 후에 국가 간의 신경전이 많이 누그러들었다고 봤는데 또 어떤 나라에서 일을 저지른 건지……."

완전히 고급 상점가를 벗어나자 레가트가 멀리 넬림으로 통하는 서문을 바라보았다.

"음, 다음 목적지는 레기느멜젠 제국이라고 했지?"

"예, 극단이란 본래 이곳저곳 떠돌아다니는 집단이지만 일단은 마지막으로 머물고 있던 곳에서부터 단서를 찾아보려고 합니다."

"음, 그래. 일단 날 따라오렴."

레가트는 그렇게 말하며 서문에서 반대쪽으로 몸을 돌렸다. 릭샤가 레가트를 종종 따라가며 고개를 갸웃했다.

"레기느멜젠 제국으로 가려면 서문을 통해야 합니다만 어디 들러야 할 곳이라도 있으십니까?"

"바르티에 5클래스 마스터의 이동술사(순간 이동 계열의 마법을 전문으로 다루는 마법사)가 있거든. 그에게 부탁하면 단번에 산의 중턱까지 이동할 수 있을 테니까 좀 이용하려고. 돈이 좀 들겠지만 부탁한다, 릭샤."

"마석이라면 일정 수준까지는 얼마든지 제공해 드릴 수 있습니다만 순간 이동은 저도 할 수 있습니다."

릭샤의 말에 레가트는 손을 내저었다.

"하하, 넌 풍술사잖니. 산을 하나 넘어야 하는데 1, 2클래스 정도론 어림도 없단다. 참고를 위해 익힌 이동 마법을 사용할 바엔 차라리 걸어가는 편이 더 낫지. 게다가 현재는 돈도 남아돌고 있고⋯⋯."

"조금 전 이동술사란 말을 들을 때도 생각하던 것이지만 한 계열의 마법만을 특화하는 마법사가 있는 모양이지요? 어쨌거나 예전에도 말씀드렸다시피 저는 5클래스의 마스터이니 5클래스까지의 순간 마법을 다룰 수 있습니다. 한두 명 정도를 이동시키는 마법이라면 6클래스도 가능⋯⋯."

"뭣?!"

릭샤의 말이 채 끝나기도 전에 레가트가 크게 소리를 질렀다. 턱이 빠질세라 입을 쫙 벌리고 있던 레가트가 릭샤의 어깨에 손을 얹었다.

"릭샤, 너 분명 5클래스 마스터에 6클래스 유저라고 했지? 혹시 그 말뜻이 풍계 공격 마법을 5클래스까지 마스터한 것이 아니라 모든 마법을 통틀어 5클래스를 마스터했다는 뜻이니?"

"당연히 그렇게 부르는 것이 아니었습니까? 그러고 보면 제 마법서에는 풍술사나 이동술사라는 말은 적혀 있지 않군요. 음, 제가 제한된

정보만을 읽고 말을 잘못 판단하고 있었던 모양입니다.”

레가트는 더 이상 놀랄 힘도 없다는 듯 고개를 축 늘어뜨렸다.

마법사에도 수많은 종류가 있다. 공격 계열만 해도 불, 바람, 얼음, 흙, 나무, 전격, 빛, 어둠 등 수많은 계열로 세부적인 분류가 가능하며 치유 마법 또한 타인의 체력 회복, 타박상 회복, 골절 회복, 내상 회복 등 그 깊이를 따질 수 없을 정도이다. 게다가 마법이 단순히 공격, 방어, 치유만으로 한정된 것이 아니라 레가트가 이용하려 했던 순간 이동 계열, 무거운 물건을 옮기게 하는 염동 계열, 먼 곳에 있는 상대에게 그 즉시 의지를 전달하는 통신 계열 등 잔마법들까지 따져 보면 그 종류가 어마어마했다. 그중 세부적인 한 계열의 마법만 완전히 익혀도 그 마법사는 ‘몇 클래스의 마스터’ 라는 명칭이 붙는다. 그러나 릭샤는 그런 차원의 마스터가 아니었던 것이다.

이는 거의 인간이라고 칭하기도 어려울 정도의 능력이다. 중간계에서 이와 비슷한 능력을 가진 자라면 드래곤 정도일까? 하지만 비슷하다고는 해도 여덟 살이라는 나이까지 따지면 드래곤마저도 확실히 부족할 것이다.

“그럼 이동하도록 하죠. 전에 레가트 형이 제가 고위 마법사라는 사실을 숨기라고 하셨으니 일단은 구석진 곳으로 와주십시오.”

“아!”

그동안 릭샤에게 놀라다 보니 면역이 생긴 것인지 레가트는 금방 기운을 차리고 녀석의 뒤를 따라갔다.

“릭샤, 소규모 이동 마법은 6클래스도 가능하다고 했지? 혹시 ‘환영의 문’ 을 사용할 수 있니? 그거라면 한 번에 산을 넘어 넬림까지 이동이 가능할 텐데.”

“예, 가능합니다. 그럼 목적지는 넬림의 동문으로 하겠습니다.”

그늘지고 좁은 골목 사이를 비집고 들어온 릭샤가 팔찌를 찬 양팔을 교차하여 위로 들어 올리며 영창을 시작했다. 상당 시간이 지나 그 주문이 끝나자 그들의 앞쪽에 위치한 벽이 기이하게 일그러졌다.

“가시죠.”

“그래.”

릭샤와 레가트는 아무런 거리낌 없이 돌벽으로 몸을 던졌다. 두 사람이 사라지고 나자 일그러진 공간은 흔적도 없이 원래의 평범한 벽으로 되돌아왔다.

아침 일로 분주하게 움직이는 넬림의 동문에 돌연 두 사람의 모습이 나타났다. 생각없이 걷고 있던 사람들이 그들의 모습을 보고 깜짝 놀랐지만 이내 이동술사의 힘을 빌려 순간 이동을 했음을 깨닫고 다시 자신의 일에 몰두했다. 참 돈도 많은 인간들이라 내심 부러움의 눈길을 보내며.

릭샤는 눈앞에 우뚝 선 넬림의 동문을 보고 성공적으로 마법이 시전되었음을 확인했다.

“마법은 성공했습니다. 그럼 이제부터 어떻게 하는 것이 좋겠습니까? 계속 환영의 문을 사용할까요? 몇 번 정돈 더 시전할 수 있습니다만.”

“아니, 먼저 넬림으로 들어가자. 할 일이 있어.”

레가트는 손을 내저으며 바로 걸음을 옮겼다. 릭샤가 그의 뒤를 따르며 질문했다.

“이동술사를 찾으실 정도로 서두르시던데 무슨 일이 있으신 것입니까?”

“아아, 네 일을 도와주기로 하기 전에 형이 어떤 일로 넬림에 가려고 했었잖니. 바로 그 일이야.”

“그 일을 맡으시려는 겁니까?”

“아니, 일을 못하게 됐다고 말이라도 해두려고. 그래야 혹시라도 있을 후환을 그나마 제거할 수 있겠지. 그분이 형을 마음에 들어하고 있다고는 하지만… 역시 말도 없이 바람을 맞혔다가는 봉변을 피하기가 힘들 것 같다는 생각이 들거든.”

레가트는 그렇게 말하며 빠르게 걸음을 옮겼다. 언제나와 같이 많은 사람들의 시선을 받으며 거리를 가로지른 그들은 아직은 한가한 편인 시장 쪽으로 향했다.

릭샤는 전에 시장에 와본 적이 없었던 것인지 아니면 아주 어린 시절 이후 너무나 오랫동안 와본 적이 없어서인지 시장의 모습을 굉장히 신기해했다. 고개를 두리번거리며 여러 가지 물품을 지켜보는 녀석의 얼굴에는 확연히 활기가 가득 차 있었다. 특히 상점가에 널린 그 수많은 상품들 중에서도 유독 오랫동안 릭샤의 시선이 머무는 곳이 있었으니, 다름 아닌 향긋한 냄새를 풍기며 사람들을 유혹하는 갓 만들어진 음식들이었다.

“멋진 곳이군요, 시장이란.”

“그래? 하지만 돈이 없는 사람에겐 저것도 전부 그림의 떡이지.”

레가트는 커다란 금색 눈동자가 초롱초롱하게 빛나는 것이 너무 귀여워 릭샤의 머리를 한번 쓰다듬었다. 하지만 이내 최대한 서두르는 것이 좋겠다는 마음에 성큼성큼 앞을 향했다.

그분을 뵙기로 약속한 날에서 벌써 만 하루가 지났다. 하지만 곤란한 사람은 그냥 못 지나치는 레가트인지라 전에도 이런저런 일에 휘말려 늦게 도착한 적이 있었다. 약속 시간에서 하루나 늦게 도착한 그를 보고 주변인들이 간이 부어도 이렇게 부은 놈은 따로 없을 거라고 얼마나 시끄럽게 굴던지……. 다행히 그분이 씨익 웃으며 넘어가 주긴 했지만 사실 그 웃음은 꽤나 불길한 것이었다.

어지간하면 이번에도 전과 같이 잘 넘어갈 수 있을 거라 생각한다. 그렇지만 정말 재수없으면 그대로 골로 가는 일이 생길지도 몰랐다.

레가트는 후우 하고 한숨을 쉬었다. 그렇다고 곤란에 처한 꼬맹이를 그냥 내버려 두고 갈 만한 성격은 절대 못 되는 그였다.

그때 곁에 바짝 붙어 있던 릭샤가 갑자기 우뚝 섰다. 서두르며 길을 재촉하던 레가트는 조금 후에야 릭샤가 뒤처졌다는 것을 깨닫고는 다시 되돌아갔다.

"릭샤?"

릭샤는 바로 가까운 곳에서 가두 판매 되고 있는 소시지구이를 강렬한 눈빛으로 지켜보고 있었다. 그 모습이 얼마나 진지하던지 레가트의 이마에 삐질 식은땀이 흘렀다.

"릭샤, 먹고 싶어서 그러니?"

릭샤가 크게 고개를 끄덕였다.

"예. 앞뒤로 뒤집히며 검붉게 변해가는 소시지의 모습이 무척 먹음직스러운 데다가 그 와중에 배어 나오는 냄새가 무척이나 향긋하여 저도 모르게 넋을 잃고 바라보고 있었습니다. 말도 없이 길을 멈추게 한 점 진심으로 사과드리겠습니다. 다시는 이런 일이 없을 테니 이만 가시죠."

소시지가 구워지고 있는 모습에 대한 묘사가 참 자세하기도 하다.

레가트는 결국 웃어버렸다.

"하하, 그러지 말고 한번 먹어보렴. 아니면 혹시 또 너무 배가 부른 거니? 작은 거라면 괜찮지 않아?"

"하지만 아직 식사 시간도 아니지 않습니까?"

릭샤가 신기한 소리를 들었다는 듯 물었다.

"꼭 식사 시간에만 먹으라는 법이 있니? 돈도 있겠다 못 먹을 게 뭐 있어?"

"……음, 그렇군요. 언제나 음식이 부족해서 하루 세끼 식사 시간이 아닐 때 무엇을 먹는다는 생각은 해본 적이 없었지만 돈이 많다는 것을 알게 된 이상 얼마든지 그런 사치와 향락을 누려도 되는 것이군요. 좋습니다. 그럼 먹겠습니다."

소시지 하나에 사치와 향락을 논할 필요까지야……. 레가트가 피식 웃는 동안 릭샤는 두 주먹을 불끈 쥐고 자신의 품에서 마석이 든 주머니를 꺼냈다. 그 모습에 레가트의 안색이 싹 가라앉았다.

"혹시 그걸 소시지 값으로 지불하려고?"

"예. 제겐 현금이 없으니까요."

"흠, 그건 좀……. 현재 이 시장의 모든 상인들이 자신의 수중에 가진 돈을 합해도 네게 거스름돈을 지불하지 못할걸."

"그럼 저 소시지는 포기해야만 하겠군요. 정말이지, 아쉬움에 가슴이 미어지는 듯합니다."

릭샤가 주머니를 다시 품속에 넣으며 색다른 표현으로 소시지를 먹지 못하는 자신의 안타까움을 어필했다. 단지 이 꼬맹이가 너무나 순수하여 숨김없이 자신의 마음을 표현하고 있을 뿐이라는 것을 알면서도 레가트의 이마에 또 한 번 삐질 식은땀이 솟았다.

"으음, 좋아. 그럼 여기서 저걸 먹으면서 기다리고 있겠니? 마침 약속 장소도 가깝고 하니 빨리 가서 이야기를 끝내고 네 마석도 보석과 돈으로 바꿔 가지고 오마."

"아, 그러시겠습니까?"

순간 릭샤의 금색 눈동자가 새벽녘의 이슬처럼 환하게 빛났다. 처음으로 보는 어린애다운 반응에 레가트는 흐뭇하게 녀석의 머리카락을 쓰다듬었다.

"그래. 하지만 내가 마석만 가지고 도망쳐 버릴지도 모르는데 괜찮겠니?"

"저는 레가트 형이 그런 사람이 아닐 것이라고 확신합니다. 만에 하나 레가트 형이 도망친다 하더라도 그것을 감수하는 것은 당신을 믿은 저의 몫입니다."

릭샤는 레가트에게 마석을 한 움큼 쥐어 건넸다. 하지만 레가트는 고개를 저으며 딱 한 개만을 받았다. 한 움큼의 마석을 가지고 다닐 수 있을 정도의 보석이나 돈으로 환산하는 것은 도저히 무리이다.

"그럼 다녀오마."

레가트는 손을 저으며 인사를 하고는 빠르게 걸어갔다. 릭샤 역시 손을 흔들며 그를 계속 배웅하다가 뒷모습이 완전히 사라지자 소시지 할머니에게로 시선을 옮겼다.

"소시지 하나 주시겠습니까?"

역사적인 순간이라도 되듯 릭샤가 비장하게 말했다. 그러나 소시지 할머니의 대답은 몹시 잔인한 것이었다.

"보호자가 올 때까진 안 돼."

"예에? 소시지를 먹는 데 보호자가 필요하단 말씀이십니까?!"

청천벽력을 맞은 릭샤가 현기증이라도 일어난 사람처럼 이마를 탁 짚었다. 무심한 표정으로 다른 소시지를 뒤집던 할머니가 힐끗 릭샤에게 시선을 주었다.

"네가 소시지 값을 치를 만한 돈을 가지고 있다면 보호자 따윈 없어도 되지."

그제야 릭샤는 안도의 한숨을 쉬었다.

"후우, 그건 걱정 마십시오. 곧 형이 돈을 내줄 테니까요."

"그놈을 어떻게 믿어? 널 버리고 도망갔을 줄 내가 어떻게 알아?"

할머니는 인심이 고약한 편이었다. 그가 인상을 확 찌푸리고 다음 차례의 소시지를 뒤집고 있자 릭샤는 어쩔 수 없다는 듯 품에서 주머니를 꺼내 그 안의 마석 하나를 보여주었다.

"만약 형이 오지 않는다면 제가 책임지고 이것으로 값을 지불하겠습니다. 물론 거스름돈 역시 받지 않겠습니다. 어떻습니까?"

마석을 보는 할머니의 눈이 휘둥그레졌다. 릭샤가 들고 있는 것이 마석이라는 것은 미처 알지 못했지만 보석이라는 것만은 분명했다. 만약 모조품이라 할지라도 저 정도로 아름다운 빛을 내뿜는 것을 보면 소시지 마차 하나 정도는 충분히 장만할 만한 금액이 나오리라.

"조, 좋습니다. 저, 정말 몰라뵈어 죄송합니다. 원하는 만큼 드십쇼."

갑자기 할머니가 허리를 깊이 숙이며 저자세로 굽실거리기 시작했다. 저 수준의 돈을 가지고 다닐 정도니 분명 귀족의 자제가 아니라면 대상인의 아들임이 틀림없다고 생각한 것이다. 그리고 릭샤는 할머니의 변화에 크게 감탄했다. 돈의 위대함이라는 새로운 진실을 알게 된 순간이었다.

“그럼 먹어도 괜찮겠지?”

릭샤는 시선을 구이 판으로 옮겼다. 따뜻하게 구워진 소시지는 그 어느 것 하나 맛없어 보이는 것이 없었다. 그래서 어떤 것을 집어 들어야 할지 한참을 고민해야 했다. 얼마 후 소시지 중에서도 비교적 크기가 커 보이는 것을 하나 집어 들었다. 하지만 소시지를 들고서도 한동안 내려보고 돌려보며 이래저래 뜯어보다가 한참 후에야 입을 열어 아주 약간을 베어 물었다.

오물.

한 번, 두 번, 세 번까지 신중히 소시지를 씹어 넘기던 릭샤의 양 뺨에 발그레하게 홍조가 돌았다. 싸구려 소시지였음에도 평소 먹던—예를 들어 소금을 쳐서 구워 먹는 산짐승과 같은—원시적인 음식의 맛과는 색다른 향긋함이었다.

다시 한 번 소시지를 베어 물며 바깥 세상에 나와 드디어 진정한 행복을 깨달았다고 생각하는 릭샤였다.

제5화

수상쩍은 청은발의 남자와 만나다 ■

릭샤와 헤어지고 얼마 지나지 않아 시장의 한쪽에서 레가트는 걸음을 멈추었다. 약속한 장소에 다다랐기 때문이다.

그가 목적하고 있는 곳은 단순한 시장의 한구석이 아니다. 이 주변의 공간을 왜곡하여 만든 터널이었다. 작은 신호만으로 허공에 2차원의 터널이 뚫리며 진정한 약속 장소로 레가트를 안내할 것이다.

사람들이 잘 보지 않는 골목의 안쪽으로 들어온 레가트는 손가락을 가볍게 세 번 퉁겼다. 곧 허공의 공간이 검게 일그러지며 큰 원이 그의 앞에 나타났다. 그 검은색의 원은 매끈한 환영의 문과는 달리 그 표면이 검은 액체가 일렁이는 듯한 느낌으로 손을 집어넣기도 꺼림칙한 형태였다. 그러나 이런 공간을 자주 넘나들었던 것인지 레가트는 대수롭지 않게 머리부터 몸을 그 공간의 안쪽으로 밀어넣었다.

점성이 짙은 진흙탕을 지나치듯 물컹한 느낌이 레가트를 휘감아왔다. 그것은 단순한 끈적임을 넘어서 보통 사람들이라면 금세 휩쓸려 버릴 만큼 강한 저항이었다. 그러나 레가트는 조금 주의를 기울이는 정도로 쉽게 그 감각을 떨쳐 버렸다.

터널을 완전히 빠져나온 그의 발에 안정된 땅의 감각이 되돌아왔다. 겨우 약속 장소에 도착한 것이다.

"약속 시간에서 하루 하고도 5시간 26분이 지난 건가?"

귀에 익은 한 남성의 목소리가 조용히 방 안을 울렸다. 원래 위압적인 목소리인데다가 때마침 찔리는 부분도 있어 레가트는 움찔하고 몸을 움츠렸다.

서재의 용도로 쓰이고 있는 듯한 화려한 방 안이었다. 이곳의 한쪽 벽난로 앞에서 20대 초 내지는 중반으로 보이는 한 남자가 서 있었다. 주름 하나 보이지 않는 깨끗한 셔츠와 바지를 갖춰 입은 그는 복장만큼이나 단정한 이목구비를 하고 있었으며 레가트에 비할 만큼 미남자였다. 그러나 차갑고 깊은 카리스마를 지니고 있다는 부분에서 다정하고 대하기 쉬운 느낌의 레가트와는 확연히 달랐다.

청색 빛이 도는 아름다운 은발이 벽난로의 불길에 붉은빛으로 어른거렸다. 그는 갑작스레 나타난—그것도 정문이 아닌 이상한 구멍을 통해 나타난—레가트에게 아직 시선도 향하지 않은 채였다. 자신의 머리카락보다는 조금 더 진한 청색의 빛을 머금은 눈동자로 손에 든 와인을 내려다보던 그가 말없이 잔을 입으로 가져갔다.

미식가인 그의 입도 만족시킬 만한 좋은 향. 그러나 그는 미소를 짓는 대신 무표정한 시선을 벽난로 안쪽의 불에 고정시켰다.

"확실히 나는 너에게 좋은 감정을 가지고 있고 다른 자들 이상으로 신임하고 있다. 하지만……"

담담히 말을 잇던 그가 말을 끊으며 와인 잔을 가만히 들어 올려 벽난로 안쪽에 타오르고 있는 불꽃으로 기울였다. 검붉은 와인이 주황색의 불꽃을 향해 주르륵 흘러내렸다.

퍼엉!

알코올을 담은 와인이 닿자 한순간 강하게 불길이 일었다. 바로 앞에 서 있는 남자가 그 불길에 화상을 입을 만도 했건만 그는 그 속에서도 아무렇지도 않게 서 있었다. 찰나의 순간 백색의 반투명한 막이 그의 몸을 두르며 불길의 영향을 최소화시켰던 탓이다.

챙캉!

날카로운 소리를 내며 와인 잔마저 벽난로 속의 짙은 화염 속으로 사라졌다. 감정을 읽기 힘든 눈으로 그 광경을 응시하던 남자가 조금 전에 하던 말을 이었다.

"나는 누군가에게 우습게 보이는 것은 참지 못하는 성격이다. 그 상대가 누구이든 간에."

"결코 당신을 우습게 봐서 그랬던 것은 아닙니다. 단지 사정이 생겼기 때문이죠. 그런 것이 아니라면 이렇게 늦는 일은 없었을 것입니다."

말없이 그의 행동을 지켜보던 레가트가 진지하게 입을 열었다. 눈앞에 선 그가 대단한 프라이드의 남자라는 것을 모르는 바는 아니었다. 언제나 자신에게 관대한 그이지만 그 프라이드를 뭉개가면서까지 자신에게 관대해 줄지는 확신하기가 힘들었다.

설마 하던 사태가 진짜로 일어나는 것은 아니겠지?

레가트는 자신도 모르는 사이 몸이 바짝 긴장하고 있음을 깨달았다. 그동안 안면을 트며 왕래했던 그와의 다툼을 원치 않음은 물론이며 그와 같은 사정을 전부 제하고서라도 눈앞에 선 저 남자와 싸우는 것은 극구 사양하고 싶었다.

"사정이라……. 나와의 약속보다 더 급한 사정이란 말인가?"

벽난로에서 천천히 몸을 돌린 그가 고개를 기울이며 물었다. 레가트는 얕은 한숨을 폭 내쉬었다.

"솔직히 지금까지 이렇게 절 불러내어 내리셨던 명령들은 전부 별것 아닌 것들이지 않았습니까? 저번만 해도 부름을 받고 부리나케 달려왔더니 티타임에 말동무를 해달라는 것이었고, 그전에는 그냥 심심해서 불러봤다고 말씀하시질 않나, 그래서 이번에도 역시 그런 일일 것이라 추측하고 일단은 급해 보이는 아이를 먼저 도우려고 했던 거죠."

명령 운운하고 있지만 사실 레가트는 이곳의 정식 일원이 아니었다. 단지 오지랖 넓은 성격 탓에 우연한 기회로 그를 알게 되었고 어쩌다 보니 코가 꿰어 이렇게 그의 부하 비슷한 존재에 이른 것이었다.

그러나 딱히 레가트는 부하 취급을 받지는 않았다. 비록 부름이 있으면 만사를 제치고 그에게 달려와야만 했지만 힘든 일을 맡아 고생을 한 적은 한 번도 없었다. 그저 모두가 경외해 마지않는 그와 오붓한 티타임이나 저녁 식사를 즐겼을 뿐.

"불행하게도 이번에는 그렇게 단순한 일이 아니었다. 너만이 수행할 수 있는 중요한 일이 있어 부른 것이었지. 내가 직접 움직일 것을 고려해 볼 정도로 아주 중요한 일!"

그는 마지막 '일'이라는 단어를 의미심장하게 강조하며 창가에 비치된 가죽 소파로 걸어갔다.

레가트는 낭패한 표정으로 이마를 짚었다. 하필 이럴 때에 그렇게 중요한 명령을 내릴 예정일 건 또 뭐란 말인가?

"그럼 그 중요한 일이라는 것이 무엇입니까? 좀… 늦긴 했지만 이렇게 왔으니 원하시는 말씀에 따르겠습니다."

"……."

레가트가 어떻게 뒷수습을 해보고자 그렇게 말했지만 남자는 소파에 깊게 몸을 묻은 채 별다른 대답을 하지 않았다. 단지 조금 전 벽난로에 불길이 일면서 자신의 장갑에 아주 조금 묻어난 그을음을—게다가 검은색 장갑이라 실눈을 뜨지 않으면 거의 보이지도 않을 정도로 묻어 있는 것을—불쾌한 듯 털어내고 있을 따름이었다.

침묵.

레가트는 방 안에 가득 찬 고요함에게 불길함을 감지했다. 말도 없이 며칠씩이나 그를 기다리게 한 데다가 중요한 일까지 훼방을 놓았으므로 진정으로 화를 내는 것도 무리는 아니다. 그 상대가 레가트라 할지라도 그냥 곱게 용서하진 않을 것 같았다.

'젠장, 릭샤에게 금방 돌아오겠다고 말했는데 마석까지 얻어 와서 이렇게 약속을 어기게 되는 건가?

손에 강하게 힘을 주며 레가트는 이를 악물었다. 그와 싸워 이길 승산도 거의 없고 만에 하나 이긴다 해도 그냥 끝나진 않을 터, 외롭게 자란 작은 아이를 배신하게 될 것이 가장 먼저 안타까움으로 돌아왔다.

그때, 소파에 깊게 몸을 묻은 채로 무표정하게 있던 남자가 갑자기 피식 웃음을 그렸다.

"하지만 그 일은 이제 됐다. 거기서 그렇게 서 있지 말고 여기로 와서 앉지 그래?"

"에?"

"나는 같은 말을 두 번 하는 것을 그리 좋아하지 않아."

손으로 털어내는 정도로 만족하지 못했는지 끝내는 장갑을 벗어 바닥으로 내던지며 그가 말했다. 레가트는 조금 얼떨떨함을 느끼면서도 일단은 그의 신경을 자극하지 않기 위해 조금 빠른 걸음으로 걸어가 맞은편 소파에 앉았다.

"그 일이라는 것은 괜찮은 것입니까?"

"그래, 의외의 변수가 있었지만 잘 마무리되었지."

그가 직접 움직일 것을 검토해 볼 정도로 중요한 일이 그토록 쉽게 해결되었다는 것에 레가트는 약간 의구심이 들었다. 그러나 이내 고개가 끄덕여졌다. 그의 밑에는 보통이 넘는 유능한 수하가 수두룩하다. 그 부하들이 자신을 대신해서 깨끗하게 일을 처리했을 것이다.

"어떤가, 차라도 들겠나? 아니, 릭샤를 기다리게 해둔 채로 왔으니 차를 즐길 만한 시간은 없겠군."

알 턱이 없는 '릭샤'를 너무나 자연스럽게 언급하는 그를 보며 레가트는 조금 질려 버렸다.

"그동안 제 동향을 전부 다 지켜보고 계셨군요."

"그래, 보았다. 아주 흥미로웠지."

"좋지 못한 취미라는 거 아십니까?"

"내가 나쁘다고 말하고 싶은 것인가? 네가 멋대로 약속을 어겼음을 숙지해 주었으면 하는데? 네가 어디에서 무엇을 하고 있느라 늦는지를 알아보는 것쯤은 내 당연한 권리라고 생각한다."

레가트를 대하는 그의 말투는 조금 전과는 달리 약간 장난기가 들어간 느낌이다. 하지만 그럼에도 그의 말에 은근한 압력이 깃들어 있음을 레가트는 모르지 않았다.

마음에 드는 상대에게 관대함을 베풀면서도 결코 동등하게 머리를 맞대지는 않는다. 거만하게 상대를 내려다보는 것은 그의 천성이었다.

하지만 이것을 아니꼽게 생각하는 자가 있을지라도 그의 앞에서 당당히 머리를 쳐들고 대들 수는 없을 것이었다. 그만큼 그의 강함은 압도적이었다.

똑똑.

두 사람의 대화를 끊는 작은 노크 소리가 들렸다. 이 방의 주인인 은청색 머리칼의 남자가 살짝 고개를 끄덕이자 어떻게 알았는지 밖에서 대기하고 있던 자가 문을 열었다.

레가트만큼의 장신에 허리까지 기른 흑발의 청년이 안으로 들어왔다. 흑요석의 눈동자와 살짝 치켜 올라간 눈매가 묘하게 매력적인, 그 역시 혀를 내두를 정도의 미남이었다. 이미 이 방 안에는 세 명의 화려한 미남이 있었다. 이쯤 되니 이렇게 아름다운 사람이 많아도 되는지 의문스러웠다.

새로 등장한 남자는 안쪽으로 들어오자마자 깊이 허리를 숙여 인사를 한 다음 손에 든 두루마리를 내밀었다.

"말씀하신 서류를 가지고 왔습니… 레, 레가트, 네놈?!"

뒤늦게 레가트의 존재를 깨달은 그가 소리쳤다. 주인 된 분의 앞이라 차마 목소리를 더 높일 수 없다는 것이 안타까울 따름이었다.

"서류는 책상 위에 두고 나가라, 에노이엘."

"그, 그러나… 진정 저 무례한 놈을 이대로 그냥 내버려 둘 작정이십니까? 지금에서야 뻔뻔스레 얼굴을 내밀다니!"

에노이엘은 얼굴까지 붉히며 화를 냈다. 사실 그는 자신의 군주가 무시당했다는 것보다 외부인이나 다름없는 천한 놈이 자신보다 더 높은 대우를 받는다는 것을 더욱 못마땅히 여기고 있었다. 물론 레가트가 이런 대우를 받는 이유를 모르는 바는 아니었지만.

“서류를 두고 나가라고 했건만 오늘 네 귀에 이상이라도 생긴 것인가?”

“윽!”

에노이엘은 목구멍에서 터져 나오려는 반발을 간신히 막고 책상 쪽으로 걸어가 두루마리를 올려두었다. 그리고는 레가트를 향해 강렬히 살기를 날리는 것으로 그 불만을 토해냈다. 조금은 억울하게 원망의 대상이 되었음에도 레가트는 난감한 웃음만을 흘릴 뿐이었다.

“잠깐.”

에노이엘이 방문을 나설 즈음 갑자기 청은발의 그가 손을 들어 올렸다.

“저기 장갑을 치워주겠나? 그리고 새로 낄 만한 것을 가져다 주었으면 하는데.”

그의 손이 가리키는 곳에는 조금 전 약간의 그을음 때문에 바닥에 팽개쳐진 장갑이 있었다.

에노이엘의 미간이 아주 약간 찌푸려졌다. 이래 뵈도 에노이엘은 고귀한 신분이었다. 바닥에 흘린 물건을 줍는 것은 미천한 종자들의 일이었다.

하지만 그보다 문제가 되는 것은 장갑이 떨어진 위치였다. 그것이 하필 레가트의 바로 발치 주변에 떨어져 있었던 것이다. 그것을 줍기 위해선 의도야 어찌 되었든 레가트의 앞에서 허리를 굽혀야 함을 뜻했다.

예리한 주군이 그것을 모를 리 없을 터.

에노이엘이 치욕적인 얼굴로 레가트의 앞으로 걸어갔다. 하지만 그가 허리를 굽히려던 즈음 레가트가 먼저 몸을 낮추어 땅에 떨어진 장갑을 주워 들었다.

"받으십시오."

레가트가 사람 좋게 웃으며 장갑을 건넸다. 그를 지켜보던 에노이엘은 한동안 말이 없다가 뺏어 들 듯 장갑을 받아 들었다. 고마워도 이렇게 고마운 일이 없었지만 이 정도로 레가트에 대한 감정의 골을 지우기엔 역부족이었다.

에노이엘이 방을 빠져나가자 레가트의 맞은편에 앉은 그가 피식하며 웃었다.

"지나치게 상냥하군."

"사실 제가 잘못한 것이 맞고 그들의 입장에서 화가 나는 것도 무리는 아니죠. 너무 그러지 마십시오. 수하를 소중히 여기셔야 하지 않겠습니까?"

"글쎄, 과연 그럴까? 최소한 방금 나간 에노이엘보다는 네가 더 믿을 만하지 않은가? 실력도 훨씬 낫고."

그의 입에서 어울리지 않게 칭찬이 술술 흘러나왔다. 레가트는 머쓱하게 머리를 긁고는 다시 본론으로 되돌아왔다.

"예의 그 일이라는 것이 잘 마무리되었다면 좀 이르지만 전 지금 가보겠습니다. 릭사에게 금방 돌아오겠다고 말해 두었거든요."

"그전에 먼저 할 일 같은 것은 없는가?"

먼저 자리에서 일어나는 것에 허락을 구하는 레가트를 향해 그가 대뜸 말을 던졌다. 잠시 고개를 갸웃하던 레가트는 뒤늦게 자신이 한 가지를 빼먹었다는 사실을 깨달았다. 레가트는 주머니를 뒤져 마석을 찾아낸 후 정중히 그에게 내밀었다.

"깜빡했군요. 부디 이 마석을 보석과 스테왈트 국 주화로 바꾸어 주셨으면 합니다. 계속 지켜보셨다면 미리 돈을 준비해 두셨을 만도 하다고 생각합니다만… 하하, 생각하니 이것참, 뻔뻔스럽군요.”

“물론 뻔뻔하지. 해준 것도 없이 오히려 일에 방해만 한 주제에 갑자기 나타나 그런 먼 나라의 주화를 내놓으라고 요구하다니 말이지.”

여전히 장난기를 담은 채 말을 건넨 그는 레가트에게서 건네받은 마석을 들어 가만히 빛에 비추어 보았다. 내상 치유계에 적합하게 가공된 마석이 아름다운 물빛으로 반짝였다.

“과연 말이 필요없을 정도로 훌륭한 솜씨다.”

그의 입에서 깊은 감탄사가 터져 나왔다. 저 마석은 릭샤가 만든 물품이었다. 결국 릭샤에 대한 칭찬을 들은 것이니 레가트의 성격상 아들 가진 아버지마냥 흐뭇해할 만도 하건만 순간적으로 머리를 스친 생각 덕에 그는 그리 기뻐할 수가 없었다. 오히려 정반대의 곤란함을 잔뜩 내보이며 레가트는 다급히 손을 저었다.

“비, 비록 그 아이가 상상을 초월할 정도로 대단한 잠재력을 가지긴 했지만 그, 그래도 당신의 위치에 해가 가는 일은 하지 않을 겁니다. 원체 욕심이 없고 착한 아이라…….”

“물론 알고 있지.”

당황한 레가트의 말허리를 자르며 그가 빙긋 웃었다. 너무 쉽게 릭샤의 존재를 허용하는 것 같아 몹시 찜찜했지만 일단 거짓말은 아닐 것이라는 직감을 받을 수는 있었다. 무엇보다 그가 거짓말 따위로 자신을 속이고 릭샤를 해하려 할 만큼 궁한 존재도 아니지 않은가? 죽이고 싶다면 당당히 마음에 들지 않는다고 선언하며 검을 내질렀을 터였다.

레가트가 스스로를 납득시키고 있는 사이 청은발의 그가 마석을 비취 보기 위해 들었던 손을 아래로 내렸다. 그 손에 작은 빛이 서리자 마석은 온데간데없이 사라지고 못 보던 가죽 주머니가 그의 손 위에 생겨났다. 이동 마법이었다.

"가져가라."

"아, 감사합니다. 그 짧은 시간에 진짜 준비해 두셨군요."

"뭐, 고생하는 것은 내가 아니라 내 명을 수행하는 자들이니까."

평소 다른 자들에게 쉽게 하지 않는 무책임한 종류의 말을 레가트의 앞에서는 쉽게 내뱉었다. 레가트는 어쩔 수 없다는 듯 어깨를 으쓱이며 주머니를 받아 들었다. 막 레가트가 일어나기 직전 그가 빙긋 웃으며 손을 흔들었다.

"부디 즐거운 여행이 되길 바라네."

"에, 예? 예, 감사합니다."

평소에 듣기 힘든 정중한 인사말에 레가트는 조금 주춤했다. 하지만 물어봤자 그리 좋은 대답을 들을 것 같진 않아서 그냥 자리에서 일어 났다. 세 번 가볍게 손을 튕기자 처음 이곳으로 왔을 때와 같은 터널이 나타났다. 다시 한 번 몸을 돌려 정중히 인사를 마친 레가트는 그 안으로 몸을 던졌다.

어느덧 레가트가 사용한 터널이 닫히고 마력의 기운까지 완전히 흩어졌을 때 홀로 남겨진 그가 눈을 덮은 머리카락을 천천히 쓸어 넘겼다. 진한 은청색의 눈동자가 새로운 장난감을 선물 받은 아이의 그것처럼 짙은 웃음기를 머금고 있었다.

제6화

역시 어쩔 수 없는 어린애였다! ■

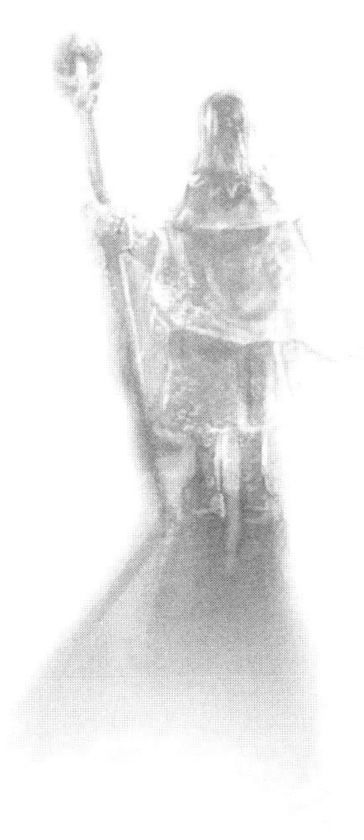

시장은 언제나 번잡한 곳이다. 하지만 아직은 해가 뜬 지 얼마 지나지 않아서 사람들은 별로 보이지 않았다. '작업' 에 들어가기엔 딱 좋은 시간이다.

애사드는 자신의 옷자락을 붙들고 있는 여섯 살가량의 소녀를 바라보았다. 그 시선을 느낀 것인지 소녀도 고개를 들었다. 눈이 딱 마주치자 소녀가 꽁알거리는 목소리로 말을 꺼냈다.

"저기요, 얼마나 맛있는 걸 줄 거예요?"

맛있는 것을 줄 테니 따라오라고 꼬신 덕에 애사드는 매 5분마다 계속 이런 질문에 시달리고 있었다. 귀찮은 김에 아무렇게나 얼버무리기만 하던 그는 문득 풍겨오는 소시지 냄새에 걸음을 멈추었다.

"저 구운 소시지보다 백배는 더 맛있는 거야. 너, 저런 거 좋아하지?"

“정말루요? 소시지보다두요?”

“물론이고말……!!”

방긋 웃으며 말하던 애사드는 순간 멈칫했다. 뒤늦게 소시지 가판대 앞에 선 자그마한 아이를 발견했기 때문이다.

푸른 기가 도는 검은 머리카락, 특이한 금색 눈동자, 그리고 깨끗하고 앳된 얼굴.

“아니, 이런 시장바닥에 웬 엘프가?”

애사드는 눈을 똑바로 뜨고 다시 한 번 그 아이를 확인했다. 귀가 동그란 것이 엘프는 아니었다. 천족일 리는 없으니 인간의 아이인 모양이다.

방금 건진 이 여자애도 상당한 수준이라 봉을 잡았다고 기뻐하던 차였는데 또다시 저런 거물을 건지게 되다니!

흥분한 애사드는 어리둥절해하는 소녀의 손을 잡아끌고 소시지 가판대 앞으로 걸어갔다. 그때까지도 검은 머리의 소녀는 애사드에게는 별 시선을 주지 않고 소시지를 먹는 데만 열중하고 있었다.

가까이까지 걸어간 애사드는 웃었다. 그 아이는 작은 크기의 소시지를 앞 이빨로 앙앙거리며 갉아 먹고 있었는데 크기가 줄어들 때마다 확연히 아쉬움을 드러냈다. 하는 행동을 보아하니 음식으로 유혹하면 십중팔구 넘어올 인상이었다.

“꼬마야, 그거 맛있니?”

아이가 고개를 들었다. 똑바로 상대를 바라보는 금색의 눈동자는 미에 일가견이 있는 사람이라면 오싹함을 느낄 정도로 아름다웠다. 물론 애사드도 직업이 직업인만큼 이런 쪽으로 보는 눈은 상당한 편이었다. 그는 반드시 이 아이를 데려가야겠다고 마음먹었다. 마침 부모도 어딜 갔는지 보이지 않으니 지금이야말로 절호의 기회였다.

"얘야, 내가 말이지, 그것보다 훨씬 더 맛있는 걸 먹을 수 있게 해줄 테니 날 따라오겠니?"

애사드는 자신만만하게 씨익 웃었다. 그러나 아이는 의외로 고개를 저었다.

"아니오. 일행을 기다리고 있는 중이라 그것은 곤란하군요. 저로서도 이 소시지보다 맛이 좋은 음식을 먹어볼 수 있는 기회를 뿌리치는 것은 몹시 아쉬우나 부디 어찌할 수 없음을 양해해 주십시오."

애사드는 잠시 당황했다. 소녀의 입에서 나온 말이 너무 반듯했다. 그는 다시 한 번 아이를 머리끝부터 발끝까지 가만히 훑어보았다. 아무리 봐도 여덟 살 남짓 되는 꼬맹이였다.

"으… 흠! 그, 그럼 일단… 이름이 뭐니? 난 애사드 던칸이라고 한단다."

"저는 릭샤라고 합니다."

"특이한 이름이구나. 나머지는?"

"성은 없고 그냥 릭샤라고만 합니다."

이상한 말투에 머뭇대던 애사드의 얼굴이 순간적으로 확 펴졌다. 노예라면 '누구 소유의 누구'라는 식으로 풀네임을 말하게 된다. 결국 이름만 댄다는 것은 천민임을 뜻하는 것이다. 인신매매를 해도 가장 뒷탈이 없는 계급이 바로 천민이 아닌가? 평민이라도 귀찮음을 무릅쓰고 데려가려 했건만.

"오오, 그으래?"

"네, 그렇습니다만, 무언가 기뻐 보이시는군요."

"흠흠, 아니… 별로. 흠."

애사드는 헛기침을 한 다음 벙긋벙긋 웃는 표정으로 바꾸었다. 그는 보기에는 마음씨 좋은 아저씨같이 생긴 얼굴이었다. 아이들의 호감을 얻어내기에는 안성맞춤이었다.

"애야, 기다리는 사람이 누군지는 몰라도 저기 소시지 할멈에게 이야기를 해두고 가면 되지 않겠니?"

릭샤가 눈을 깜빡이다가 소시지 할머니에게 슬쩍 시선을 주었다. 할머니는 똥 씹은 표정이었다. 애사드의 정체를 알고 있기 때문이었다. 할머니의 표정을 본 애사드가 가판대 위로 몸을 기대 상반신을 앞으로 기울였다.

"할멈, 이 아이가 기다리는 사람이 오거든 말 좀 해주지? 내가 데려갔다고 말이야."

아이들이 보지 못하는 각도였기에 말을 하는 마지막에는 웃는 얼굴을 은근히 일그러뜨려 보였다. 내 일에 협조하지 않으면 좋은 꼴 못 볼 거라는 무언의 압박이었다.

그때 릭샤가 발꿈치를 들어 그들의 사이로 불쑥 얼굴을 들이밀었다. 반사적으로 표정을 바꾸어 들키지는 않은 듯했지만 애사드는 순간 심장이 밖으로 튀어나오는 줄 알았다.

"제게 호의를 베풀어주시려는 마음은 알겠으나 할머니를 너무 곤란하게 하지는 마십시오. 이 소시지 값을 얼마 후에 도착할 형이 지불하기로 되어 있기 때문에 제가 자리를 뜨도록 허락하지 않을 것입니다."

애사드는 릭샤의 말을 듣고 다시 한 번 찜찜한 감정에 휩싸였다. 평범한 천민의 아이라기엔 말투가 너무 고상했다. 게다가 어린아이의 순진한 사고에서 벗어나지는 못했으되 그 범위 내에서는 나름대로 아주 논리 정연했다.

'에잇! 어쨌거나 데려가고 보는 거야! 뒤처리는 보드리아님께서 알아서 하시겠지!'

마음을 결정한 애사드는 손을 저으며 릭샤에게 말했다.

"그게 문제라면 소시지 값 하나 정도는 내가 내주마. 나중에 형이라는 사람을 만나 다시 받으면 되지 않겠어?"

"그렇게 해주신다면 저로서는 더 바랄 것이 없겠습니다. 최근 들어 친절하신 분을 많이 만나는 것 같아 정말 기쁘군요."

릭샤는 그렇게 말하며 방긋 웃었다. 감정의 변화가 풍부한 보통 아이들과는 달리 표정에 절제가 있어 보이던 아이가 이렇듯 미소하자 주변이 확 밝아지는 듯한 착각까지 가져왔다. 애사드는 다시 한 번 자신이 얼마나 대단한 꼬마를 발견했는지 감탄하며 괜히 스스로의 능력(?)을 자화자찬했다.

"할멈, 이거 받고 나머지는 알아서 잘 처신할 거라 믿지."

"예, 예. 알겠습니다."

할머니는 포기하고 그냥 돈을 받아 들었다. 릭샤가 한가락 하는 아이로 보이긴 했지만 일부러 끼어들어 애사드의 일에 토를 달고 싶지는 않았다. 트러블이 생겨도 저희들끼리 다 알아서 할 것이라고 추측하며 이 일에는 완전히 신경을 끊기로 했다.

그도 그럴 것이 애사드는 스테왈트 국, 아니, 전 대륙에서 가장 유명한 노예상 중 하나인 '보드리아' 의 일원이었다. 보드리아 노예상은 일찍부터 엘프를 사냥해서 노예로 파는 일에 뛰어들어 엄청난 부와 권력을 축적하고 있었다.

하지만 엘프를 잡는 일을 주로 하되 구입자들의 취향을 고려하여 지금처럼 귀엽게 생긴 인간의 아이를 간간이 잡아들이기도 하였다. 물론 평민의 아이를 멋대로 잡아서 노예로 만드는 것은 불법이었고 그렇게 아이를 납치당한 부모들이 가만히 있을 리가 없었다. 그러나 결국에는 거액의 보상금을 받고 아이를 팔아버리고 말거나 보드리아 노예상의 권력에 눌려 포기할 수밖에 없는 식으로 넘어가고 말았다. 자신의 아이가 관계된 일인만큼 끝까지 반항하는 자들도 다수 있었으나 그 인맥이 레기느멜젠 제국의 황실에까지 닿는다는 보드리아 노예상을 이기는 것은 평범한 서민의 신분으로는 결코 불가능했다.

애사드의 시커먼 속마음을 전혀 짐작지 못한 릭샤는 또 한 명의 어린 여자 아이와 함께 종종걸음을 옮겼다.

애사드의 손에 이끌려 릭샤가 도착한 곳은 보드리아 노예상 넬림 지점이었다. 하지만 그러한 간판을 읽고서도 릭샤는 일말의 의심도 하지 않았다.

건물의 깊숙한 안쪽의 한 방으로 들어가자 귀엽게 생긴 여자 아이들이 두 명 정도 더 모여 있었다. 릭샤는 그들을 보다가 애사드를 올려다보았다.

"아저씨는 귀여운 아이들을 좋아하시는 모양이군요? 일부러 저희들을 모아 음식을 베푸시려는 것을 보면 말입니다."

"아? 하하, 들켜 버렸나?"

애사드의 등 뒤로 삐질 식은땀이 흘렀다. 하지만 완전히 모든 사실을 들켜 버린 것 같지는 않아 안도의 한숨을 쉬었다. 언젠가는 들통날 일이지만 벌써부터 사실이 밝혀지면 일이 귀찮아진다.

그때 함께 온 여자 아이가 애사드의 옷자락을 끌어당기며 말했다.

"아저씨, 맛있는 거 언제 줘요?"

"응? 아, 잠시만 기다리렴. 이 음식은 격식을 차려 먹어야 하는 음식이기 때문에 일단 옷부터 갈아입어야 한단다. 펠린!"

애사드의 말이 떨어지자 한 여인이 작은 의복을 들고 들어왔다. 레이스가 잔뜩 달린 앙증맞은 드레스들이었다. 이 자리에 모인 아이들은 모두 천민이거나 하층의 평민이었기에 드레스를 보자 얼굴이 활짝 펴졌다.

"자자, 아주 많이 있으니까 아무거나 마음에 드는 걸로 입어보렴!"

"까아!"

"나는 이거!"

세 명의 소녀가 한꺼번에 달려들어 드레스를 뒤지기 시작했다. 하지만 릭샤만은 자리에 가만히 서 있었다. 또 저 아이인가 싶어 애사드는 골치 아프다는 듯 머리를 긁으며 릭샤에게로 다가갔다,

"왜 그러니? 음식을 먹으려면 꼭 이 옷으로 갈아입어야 한단다."

"꼭 이 옷들을 입어야만 먹을 수 있습니까?"

"물론. 게다가 아저씨가 보기엔 이 옷들이 네게 아주 잘 어울릴 것 같은데?"

릭샤는 심각하게 고민했다. 그가 알기로 남자는 드레스를 입지 않는 것이 상식이었기 때문이다. 하지만 이런 쪽으로는 상당히 무지한 편이니 어쩌면 드레스를 입어야만 먹을 수 있는 음식이 존재할지도 모른다.

"알겠습니다. 애사드 아저씨의 말씀대로 드레스로 갈아입도록 하겠습니다."

"그래, 잘 선택했어! 이 아저씨가 정말 맛있는 음식을 준비하라 일렀거든? 아, 이 옷은 어때?"

"애사드, 잠시만 이것 좀 봐줘."

옷을 골라주던 애사드는 누군가의 부름을 듣고 불만스럽게 입을 이죽였다. 좀 이상한 면이 없진 않지만 릭샤는 분명 깨물어주고 싶을 만큼 귀여운 아이였다. 그래서 매물로 넘어가기 전에 곁에 붙어서 이것저것 옷을 골라 갈아입혀 주고 싶었는데 누가 그를 방해하자 괜히 기분이 나빠졌다.

"쳇, 일 처리도 알아서 딱딱 못하나? 릭샤, 혼자서 입을 수 있지? 갈아입고 있으렴."

"예, 혼자서도 충분하니 걱정하지 말고 다녀오십시오."

공손한 건 좋았지만 너무 격식에 맞으니 찜찜하기 그지없었다. 애사드는 은근히 불안을 느끼며 자리에서 일어났다.

혼자 남은 릭샤는 조금 전 애사드가 집어준 드레스를 들고 허공에 대고 먼지를 털어내었다. 그때 옷을 고르며 이미 안면을 튼 다른 소녀들이 릭샤에게로 몰려들었다.

"애, 넌 어디서 왔어? 릭샤라고 부르면 되지?"

"그래, 릭샤라고 부르면 된다."

가장 먼저 말을 건 금발의 여자 아이에게 릭샤는 당당하게 말했다. 그리고 스스로 이름을 밝힌 만큼 상대도 자신의 이름을 밝혀올 것을 기대했다. 그러나 아이들은 소개를 할 생각은 않고 자신들이 하고 싶은 말만 잔뜩 늘어놓았다.

"꺄하하! 근데 너 말이야, 이상한 말투를 쓰네?"

"일부러 그렇게 말하는 거야? 꼭 늙은이 같애."

"맞아맞아, 난 웃겨 죽을 것 같아!"

여자 아이들이 말투를 가지고 깔깔대며 웃자 릭샤는 고개를 갸웃거리며 말했다.

“그에 대한 것이라면 이상한 말투랄 것도 그리 우스울 것도 없다. 단지 극히 필요한 부분만을 짧게 말하기보다는 주어, 목적어를 바로 붙이고 문장의 끝맺음을 분명히 하는 방식을 채택하여 상대에게 좀 더 정확하게 말의 핵심을 전하고 있을 뿐이지.”

“뭐라는 거야?”

“몰라. 넌 알아?”

어려운 이야기가 나오자 아이들이 자기들끼리 머리를 맞대고 쑥덕거렸다. 릭샤는 그들에게 자세히 설명을 해줄까 생각했지만 그보다는 애사드의 말대로 옷을 갈아입는 것이 더 득이 될 것이라 판단하고 일단 어깨에 메고 있던 가방을 벗어 땅에 내려놓았다.

하지만 자신들과는 어딘가가 다른 릭샤에게 호기심을 가진 아이들은 옷을 갈아입는 것은 뒷전으로 미룬 채 다시 릭샤에게로 몰려들었다.

“근데 말이야, 너, 굉장히 깨끗하네? 천민 주제에?”

“맞아. 얼굴도 하얘!”

“지레짐작하지 말았으면 좋겠군. 난 천민이 아니라 평민이다. 내게 성이 없는 것은 기억 상실로 이름을 잊어버렸기 때문이지.”

릭샤의 대답에서 기억 상실이라는 묘한 단어가 나오자 소녀들이 서로 얼굴을 마주 보았다. 세 명의 소녀 중 금발의 꼬마가 나서며 입을 삐죽이 내밀었다.

“기억 상실이 뭔데 이름까지 잊어버려?”

“머리에 강한 충격을 받아 과거의 기억을 잊어버리는 일종의 병을 기억 상실이라고 한다.”

“충격? 일종……?”

“잘난 척하나? 어려운 말만 쓰네?”

소녀들이 불만스러운 분위기를 풍기자 릭샤는 찬찬히 설명을 해주었다.

"충격이란 물체에 세게 가해지는 힘이란 뜻이고 일종이란 쉽게 생각해서 '한 종류의', 이런 뜻으로 생각하면 쉽다."

그제야 아이들은 고개를 끄덕였다. 릭샤는 간단한 문장을 이야기하는데도 단어 하나하나 뜯어가며 설명을 해주어야 한다는 사실에 조금 질렸다. 하지만 크게 내색은 않고 친절히 물었다.

"이제 기억 상실이 뭔지 알겠지?"

"물체에 강한 충격이 가해지는데 일종의 이름을 잊는다고?"

"뭐야, 그게?"

"이상한 소리 하고 있어."

소녀들은 다시금 입을 동그랗게 말았다. 릭샤는 그런 아이들의 모습을 보며 미간을 모았다.

문득 레가트의 이야기가 떠올랐다. '평범한 아이들은 너만큼 그리 똑똑하지 못해'. 하지만 그 차이가 이 정도일 줄은 상상조차 못했다.

어떻게 저토록 무식한 인간이 존재할 수가 있는 걸까? 저런 머리로 어떻게 하루하루를 살아 나갈 수 있을까?

"그래서 멍청한 어린아이에게는 성숙한 어른의 존재가 필수인 것이로구나."

깨달음은 소중한 것이다. 릭샤는 오늘 새로이 알게 된 사실을 마음 속 깊이 새기고 기억했다.

"근데 울 언니가 빨리 오라고 했는데 10시까지 다 먹을 수 있을까?"

"나도 심부름 가다가 왔거든? 엄마한테 맞아 죽을지도 몰라."

어느새 조금 전의 일은 잊어버린 여자 아이들이 옷을 홀랑홀랑 벗으며 말했다. 망토를 벗어 개어두던 릭샤도 고개를 끄덕이며 그들의 말에 동참했다.

"나는 그 정도로 무책임하게 움직인 것은 아니지만 레가트 형의 뜻을 묻지도 않고 애사드 아저씨를 따라온 것이 조금 마음에 걸리는군."

"형? 바아~보. 그럴 땐 오빠라고 하는 거야. 잘난 체는 혼자 다 하면서 그런 것도 몰라? 바보, 바보."

조금 전 릭샤의 어른스러운 말에 약간 불만을 가지고 있던 소녀 하나가 불쑥 나서며 놀려댔다. 릭샤는 어깨를 으쓱이며 말했다.

"난 남자이기 때문에 오빠가 아니라 형이라는 단어를 쓰는 것이 옳다. 너에게 바보라는 말을 들을 이유는 없다고 생각한다."

소녀들은 눈을 동그랗게 떴다. 반신반의하던 그들은 괜히 자기들끼리 쑥덕대며 결론이 나지 않을 토의를 한동안 계속하다가 의심스러운 눈초리로 다시 질문을 해왔다.

"네가 남자라고? 거짓말."

"거짓말이 아니라 나는 정말 남자다. 외모로는 판단하기가 어렵지만 목소리가 너희들에 비해 조금 낮은 톤이지 않아?"

"확실히 남자애 같은 목소리긴 해."

"나도 그런 생각은 좀 했어."

"진짜 그 지저분한 남자애들이랑 같다고?"

릭샤의 대답을 들은 여자 아이들이 다시 쑥덕대기 시작했다. 그리고 곧 릭샤가 남자라는 결론이 나자마자 모두가 함께 자지러지기 시작했다.

"꺄악! 더러워!"

"저리 가! 남자애는 싫어! 난폭하고 소꿉놀이 방해나 하고!"

"나도 남자 싫어! 저리 가!"

갑작스레 아이들이 하나가 되어 자신을 매도하자 릭샤는 의아함을 느낄 수밖에 없었다. 그때 가장 반응이 심하던 검은색 머리카락의 아이가 아주 애사드에게로 튀어가 고자질을 했다.

"아저씨! 릭샤 쟤, 남자래요! 난 남자애랑 같이 식사하는 거 싫어요! 랜디처럼 수프를 먹으면서 크르륵 소리를 낼지도 몰라!"

한창 이야기를 하다가 어린애가 달라붙자 애사드는 은근히 신경질이 났지만 그 아이의 말을 듣자마자 곧 눈이 동그래졌다. 그는 후닥닥 릭샤가 보이는 쪽으로 움직이며 소리쳤다.

"얘야, 너, 남자냐?"

"제가 보통 귀엽게 생긴 것이 아니라 여자 아이로 의심을 하신다 해도 어쩔 수 없는 일이나 분명히 저는 남자입니다."

뻔뻔한 이야기를 잘도 무표정하게 늘어놓는 릭샤였다.

애사드는 잠시 잘못 들었나 싶어 손가락으로 귀를 파보기도 했다. 사실 그도 알고는 있었다. 릭샤의 목소리가 여자 아이답지 못하다는 것을. 하지만 이런 일에 종사하는 만큼 그는 미소년이라는 존재가 얼마나 희귀한 존재인지 누구보다도 잘 알고 있었다. 하물며 여자 아이라 해도 찬사를 터뜨릴 만한 미모를 가진 남자 아이란!

애사드와 함께 이야기하고 있던 남자 역시 놀랍다는 듯 눈을 크게 뜨고 속삭였다.

"우와~ 재주도 좋아, 애사드. 안 그래도 미소년의 물량이 부족했는데 저런 거물을 집어오다니!! 안 그래도 보기 드물게 귀엽게 생긴 애라 보고를 올리려던 차였는데… 안 되겠다! 지금 당장 보드리아님께 말씀 드려야지!"

“그래, 보고해, 보고. 오오, 드디어 삼 년 동안 동결이던 급료가 오르겠구나! 오오……!”

애사드가 감격에 떨리는 목소리로 대답했다.

혀를 깨물 만큼 귀여운 남자 아이가 새로 들어왔다는 소식에 베넥트 보드리아는 빠른 걸음으로 복도를 가로질렀다. 그의 트레이드 마크인 상큼한 바르짓 향이 풍길 때마다 모든 하인들이 깊이 고개를 숙였다.

베넥트는 노예 상단의 주인이 주는 이미지와는 달리 무척이나 몸이 좋고 건장하게 생긴 남자였다. 그리고 생긴 것만큼이나 강력한 마검사로서 스테왈트 왕국에서는 상당히 유명세를 타는 중이었다. 때문에 그는 엘프를 사고파는 일을 할 뿐만 아니라 직접 그들을 사냥하는 일에도 앞장서곤 했다. 엘프 사냥은 변태적인 성생활과 더불어 그에게 있어 최고의 취미 생활이었다.

“예의 그 소년은 어디에 있지?”

수하의 안내에 따라 일층의 깊숙한 곳까지 걸어간 베넥트가 물었다. 애사드가 당장 그의 앞에서 허리를 굽실거리며 대답했다.

“예, 보드리아님. 저기 저 아이입니다.”

베넥트는 애사드가 가리키는 곳을 보았다. 과연 수하가 호들갑을 떨만큼 귀여운 아이가 그곳에 있었다. 엘프를 많이 보았기에 딱히 그 아이의 미모에 혹하거나 하진 않았지만 인간의 아이라는 사실에는 역시 놀랄 수밖에 없었다.

베넥트는 릭샤에게로 걸어가 사람 좋은 미소를 지어 보이며 물었다.

“이름이 릭샤라고?”

“예, 릭샤라 부르시면 됩니다. 그러한데 상대의 이름을 물으실 때는 자신의 이름을 먼저 밝히는 것이 예라고 생각합니다만……."

갑작스레 베넥트의 얼굴이 구겨졌다. 릭샤의 말이 너무 건방져서 그런가 싶어 애사드가 안절부절못하고 있을 때 베넥트가 갑자기 그의 목덜미를 잡아끌고 방 밖으로 빠져나갔다. 아이들의 시선을 피해 복도의 한편에 서서 베넥트가 말했다.

"저 아이, 정말 천민이 맞긴 한 거냐? 확실히 확인은 했고?"

"예? 예… 아니, 확실히는 확인하지 못했습니다만 제 입으로 성이 없다고 말하기에……."

베넥트의 얼굴이 더욱 험악해져 애사드의 말소리가 점점 줄어들었다. 베넥트가 보기 드물게 흥분하여 말했다.

"멍청한 놈! 어떤 천민이 저렇게 고상한 어투를 사용할 수 있단 말이야! 네놈은 머리도 없느냐?"

"무, 물론 저도 이상하게 여기긴 했지만 저 꼬맹이가 자기 입으로 분명 성이 없다고 말해서……. 입고 있는 옷도 영 허름한 게 신통찮고… 전 좀 똑똑한 꼬맹이라고만 생각… 했… 지요……."

베넥트는 이를 부득부득 갈면서 살벌한 기운을 풍겼다. 간신히 말을 끝까지 끝낸 애사드는 진땀을 뻘뻘 흘렸다.

"저기……."

"네놈, 정말 십 년 동안 이곳에서 일한 놈이 맞느냐? 아무리 귀여운 아이라도 천민이나 중산층 평민은 흙바닥을 구르며 자라서 피부가 거칠고 여기저기에 상처가 있단 말이다. 그런데 저 티끌 하나 없는 보드라운 피부를 봐라. 귀하게 자라지 않았으면 어떻게 저럴 수가 있단 말이냐? 설마 제까짓 게 마법사에게 치료라도 받았을까 봐?"

"그, 그래도… 만약 저 아이가 귀족이나 돈 많은 집 아이라면 뭐 하

러 그렇게 질도 좋지 않은 옷을 입고 있었겠습니까? 게다가 소시지 따
월 맛있게 먹고 있던 것을요. 폼도 은근히 게걸스러웠고……."

"멍청한 놈! 소문 좀 듣고 살아라! 최근 귀족 자제들 사이에서 더러
운 옷을 입고 평민처럼 거리를 돌아다니는 기이한 유행이 퍼지고 있다
지 않더냐! 보아하니 저 아이도 그런 사이코 같은 인종인 모양이다. 제
길, 갑자기 아이가 사라졌으니 당장에 호위 기사가 여길 들이닥칠 게
다!"

자기 자식이 아주 잠시나마 노예로서 취급당했다는 것은 명예를 소
중히 여기는 귀족으로서는 씻지 못할 수치다. 어쩌면 너 죽고 나 살자
식으로 선전 포고를 하고 스테왈트 국왕에게 하소연까지 올릴지 모르
는 일이다.

딱히 싸우자면 웬만한 귀족 따위 상대도 되지 않을 만큼 성장한 보
드리아 노예 상단이다. 하지만 이런 일을 하는데 쓸데없이 귀족 집안
과 트러블이 잦으면 오래 해먹지 못한다. 제아무리 쟁쟁한 위명을 떨
치고 있는 베넥트 보드리아라 해도 피치 못할 일이 아닌 이상 귀족과
정면으로 충돌하는 일은 피하고 싶은 것이 당연했다. 그러한데 멍청한
수하의 덕분에 귀족 집안에 큰 오명을 끼치게 생겼으니 이를 어찌하면
좋단 말인가?

베넥트는 오른쪽 뺨을 씰룩씰룩하다가 릭샤에게로 다가갔다. 그리
고 상냥히 질문했다.

"아이야, 아까는 미안했다. 난 베넥트 보드리아라고 한단다. 그런데
이 아저씨에게 네 진짜 이름을 말해 줄 수 없을까?"

"네? 어떻게 이 이름이 진짜가 아니라는 것을 아셨는지요?"

베넥트는 숨을 들이켰다. 비록 허황된 바람이긴 하되 그나마 애사드

의 말이 진실이길 바랐건만 자신의 추측이 진짜라니……!

"그, 그럼 성이 무엇인지……?"

"죄송합니다. 지금은 성이 무엇인지 말씀드리기가 곤란하군요. 그것이……."

"아닙니다. 밝히기가 곤란하시다는데 시시콜콜 캐묻지 않겠습니다."

베넥트는 고개를 저었다. 의아한 릭샤가 고개를 기울이며 물었다.

"어째서 갑자기 존댓말을 쓰시는지요?"

"아닙니다. 그냥 그러려니 하고 넘어가 주십시오. 부탁입니다."

베넥트가 고개까지 숙여 공손히 부탁하자 굳이 거절할 이유를 찾지 못한 릭샤가 순순히 고개를 끄덕였다. 하지만 이마저도 베넥트에게는 릭샤가 귀족이라는 확신을 가져다 주기에 충분했다. 평범한 평민이 고급스런 옷을 입은 어른의 인사를 받고도 어찌 태연할 수가 있단 말인가?

밖으로 걸어나간 베넥트는 당장 애사드에게 소리쳤다.

"당장 저분을 모셔라. 음식으로 꼬드겨 왔다고 했지? 그러니 최대한 푸짐하게 상을 차리고 소중히 대접해라. 우리는 그분의 정체를 먼저 눈치 채고 귀한 손님으로 모신 거다. 자신이 노예가 될 뻔했다는 사실은 철저히 모르게 숨겨. 일이 잘못되기라도 하면 네놈은 당장에 해고야! 거기에 거액의 손해 배상금을 물릴 테다!"

"헉! 그런……."

"그러니까 죽기 싫으면 빨리 움직여!!"

애사드는 화들짝 놀라 재빠르게 움직였다. 먼저 부하들에게 맛난 음식들로 식탁을 메우도록 시키고 또 다른 자들에게는 릭샤에게 깔끔한

정장을―이번에는 남성용으로―챙겨 입히게 했다.

물론 여기까지 오면서도 릭샤는 무슨 일이 일어나고 있는지 전혀 눈치 채지 못하고 있었다.

"릭샤님, 변변찮지만 이 베넥트 보드리아의 성의랍니다. 맛이라도 보시죠."

거의 50미터는 될 법한 긴 식탁 위에 반이 화려한 음식으로 메워져 있었다. 비단옷 덕에 제법 귀족다운 자태로 앉은 릭샤는 놀라다 못해 굳어서 그 음식들을 바라보았다.

"릭… 샤님……?"

베넥트는 불안하게 릭샤를 바라보았다. 설마 하니 릭샤가 장황한 음식에 넋이 빠져서 이러는 것이라고는 생각도 못하고 단지 무언가 불쾌한 일이라도 생긴 것인가 생각했다.

콰!

"보드리아님!"

베넥트가 릭샤를 향해 불편한 곳이 있느냐고 질문을 던질 무렵 한 병사가 다급히 안으로 들이닥쳤다. 베넥트는 불쾌한 표정이었지만 '어떠한 일'이 있을 시엔 앞뒤 가리지 말고 곧장 자신에게 연락을 하라고 말해 두었기에 나무라지 않았다.

"왔느냐?"

"예. 웬 남자가 몰래 숨어들었다가 마지막 관문을 지키고 있는 저희 보초병과 대치하게 됐습니다. 아, 제가 잠시 부하들과 싸우는 모습을 보았는데 순식간에 상대의 검을 빼앗아 휘두르는 폼이 장난이 아니더 군요. 후에 이야기를 들어보니, 아니나 다를까, 릭샤라는 아이를 찾고 있답니다."

“크으! 수다스러운 놈! 됐다. 이 당장 이리로 모셔라!!”

“옙!”

병사는 바람같이 사라졌다가 1분도 안 되어 한 남자를 데리고 들어
왔다. 무언가를 찾듯 조금은 불안한 표정으로 주변을 두리번거리는 그
자를 보는 순간 베넥트는 낭패감에 손으로 미간을 세게 짚었다.

릭샤를 찾아왔다는 남자는 금발의 푸른 눈을 가진 아주 잘생긴 청년
이었다. 또한 몸은 오랜 세월 단련했음을 확연히 알 수 있을 만큼 단단
하게 균형이 잡혀 있고 허리에 찬 장검도 그의 날카로운 안목으로 보
기에 무언가 유래가 있는 느낌이었다.

이건 아무리 봐도 평민이라고 하기엔 어폐가 심했다. 기사라 할지라
도 한가락 하는 자일 듯한 분위기가 팍팍 풍겼다. 저러한 자의 호위를
받고 있는 몸이니 릭샤는 또 얼마나 귀하신 분이랴.

베넥트는 그들이 자연스레 속아 넘어가 주기만을 바라며 만면에 웃
음을 띠었다.

“어서 오십시오. 아마도 알고 계시겠지만 저는 베넥트 보드리아라고
합니다. 송구하지만 존함을 물어도 되는지…….”

“레가트 카럴.”

레가트는 인상을 쓰고 짧게 대답했다. 베넥트에게는 시선도 주지 않
았다. 그는 잔뜩 굳어 식탁의 중앙에 앉은 릭샤를 보고 당장 그쪽으로
걸어갔다.

“릭샤, 괜찮으니? 릭샤!!”

“어? 레가트 형…….”

“왜 그래? 뭔가 몹쓸 짓이라도 당한 거야!?”

베넥트는 불안한 마음으로 그들을 바라보았다. 릭샤가 뭔가 이상한

소리라도 했다간 귀찮은 일에 휘말릴 듯하여 그는 속을 끓이고 있었다.

그러나 베넥트에게는 참으로 다행스럽게도 릭샤는 몹쓸 짓을 당했냐는 물음을 강력하게 부인했다.

"아니요. 모두가 친절한 분이신데 몹쓸 짓이라니요? 그런데 레가트 형은 제가 말도 하지 않고 여기까지 와서 화가 나셨습니까? 무서운 얼굴을 하고 계시군요."

"아……!"

레가트는 그제야 잔뜩 일그러뜨리고 있던 표정을 풀었다. 사실 릭샤에게 무슨 일이 있었다면 보드리아라는 놈을 잡아 배를 확 따버리고 도망칠 생각을 하고 있었던 것이다.

조금 떨어진 곳에서 상황을 살피던 베넥트가 조심스럽게 말했다.

"갑자기 릭샤님께서 사라지셔서 놀랐나 보군요. 제 수하가 시장에서 이분을 만나 대접이나 할까 싶어 이곳으로 뫼셨습니다만 미처 이분을 찾고 계실 카럴님에 대한 일에까지는 생각이 미치지 못했습니다. 비록 대접을 하려 한 것에 불과했으나 이렇듯 문제를 일으키고 만 것은 저희들의 불찰이니 어떠한 보상이라도 치르겠습니다."

베넥트는 '대접을 하려 했다'는 말을 몇 번씩 강조하여 말했다. 레가트는 힐끗 그를 바라보았다. 그도 생각이 있는 사람인 이상 어떠한 사정으로 릭샤가 귀하신 분으로 오해받았는지는 모르나 그전에 무슨 연유로 이곳까지 끌려왔는지 대강 짐작이 갔다.

이가 갈렸다. 사실 마음 같아서는 당장에 저 남자의 목덜미에 단검을 던져 주고 싶은 심정이었다. 하지만 재계의 유력자인 보드리아를 죽였다간 영원히 쫓기며 살아야 할 테고, 어쨌거나 릭샤가 무사하니 일단은 참기로 마음먹었다.

"릭샤, 나가자!"

"예? 하지만 이분들께서 애써 대접해 주셨는데 먹고 가는 것이 인지상정이 아니겠습니까? 물론 제가 소식을 하는 관계로 많이는 먹지 못하겠지만……."

레가트는 어이가 없었다. 그렇게 똑똑한 아이가 아직까지도 상황 파악을 못하고 있다는 사실이 말이다. 역시 아직은 어쩔 수 없는 어린애라는 건가?

"어쨌든 가자. 이런 건 내가 얼마든지 사줄 테니."

릭샤는 몹시 아쉬워하는 눈치였지만 금방 자리에서 일어났다. 음식이 좋기는 했지만 레가트를 거스르면서까지 식탁 앞에 붙어 있고 싶은 마음은 없었다.

게다가 자신이 가진 마석이 어마어마한 가치를 가진다지 않던가? 먹지 않고는 견디지 못할 정도라면 언제든 마석으로 음식을 구할 수 있을 것이다.

한시라도 이런 곳에 릭샤를 두고 싶지 않아 레가트는 릭샤를 번쩍 들어 어깨에 얹듯 앉히고 성큼성큼 밖으로 나섰다. 그리고 한차례 보드리아를 쏘아보았다가 홱하니 밖으로 나섰다.

쾅!

문이 닫혔다. 그들이 완전히 나가는 것을 보고 나서야 베넥트는 시선을 천장으로 옮기며 한숨을 푹 내쉬었다.

"다행히 그냥 가는군요."

곁에서 분위기를 살피던 애사드가 죽었다 살아났다는 표정으로 말을 거들었다. 베넥트는 이를 바득 갈며 말했다,

"그야 자신들의 입장에서도 우리 보드리아 상단과 정면 충돌을 피하

고 싶으니 그랬겠지. 하지만 조금만 더 일이 틀어졌어도 한바탕 소동을 피하기 힘들었을 거다. 알겠느냐!?"

"죄… 송합니다. 솔직히 평민 흉내를 내며 노는 귀족이 실제로 존재할 거라고는 생각 못했습니다. 솔직히 그 꼬마, 소시지를 먹는 폼이 은근히 게걸스러워서 귀족이라고는 영……."

"시끄러워! 닥치고 가서 일이나 해! 제길, 그래도 없으면 아쉬운 놈이니 자르지도 못하겠고……."

애사드는 마지막 말에서 해고당하지는 않을 것이라는 사실을 깨닫고 그나마 안도의 한숨을 내쉴 수 있었다. 이런 돌발 사고로 잘린다면 십 년 동안 노예 상단에서 쌓아둔 노하우와 경력이 아까워 견디기 힘들 것이었다.

그렇게 애사드가 주인의 말대로 일이나 하기 위해 식당을 나서려는 순간 베넉트가 고개를 저었다.

"아니, 그보다는 출발 준비를 서둘러라. 예정대로 레기느멜젠 제국에 가서 엘프 사냥이나 해야겠다. 조금 쉬어 가겠다고 넬림 촌구석에 며칠 머물렀다가 별 사나운 꼴을 다 당하는군."

"죄송합니다. 다음부터는 신중히 움직이겠습니다."

"제길……."

애사드의 사과를 무시하고 베넉트는 혼자 욕설을 내뱉었다. 거대한 식탁에서 산해진미가 무의미하게 식어가고 있었다.

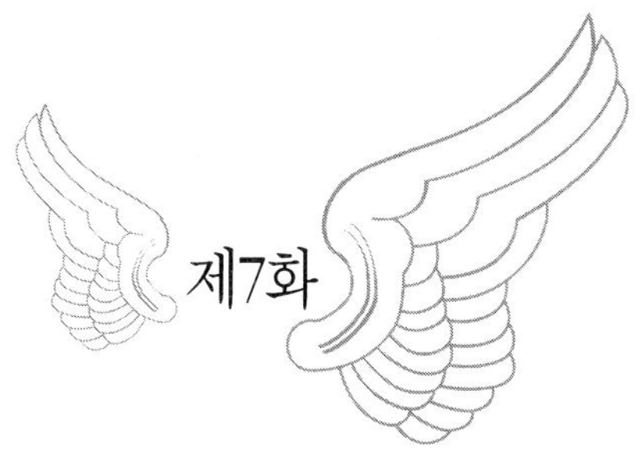

제7화

속세에서 평범하게 살아가는 방법 ■

넬림 마을을 완전히 빠져나오고 나서야 레가트는 릭샤를 땅에 내려 주었다. 릭샤는 보드리아 노예상을 빠져나오느라 반듯하게 갈아입지 못한 옷을 손으로 탁탁 털어낸 후 빼놓은 소지품은 없는지 가방과 품을 다시 한 번 살펴보았다. 하지만 그러한 꼼꼼한 속에서도 정작 노예상에서 있었던 일에 대한 의심은 전혀 품지 못하고 있었다.

이번 기회에 단단히 주의를 주어야겠다고 생각한 레가트가 손을 허리에 올리고 엄하게 설교에 들어갔다.

"릭샤, 모르는 사람을 졸졸 따라가선 안 돼! 조금 전만 해도 그래! 무슨 생각으로 그런 사람을 따라간 거야?!"

"어째서 모르는 사람을 따라가서는 안 된다는 말씀이십니까? 친절한 분이 호의를 베푸시겠다기에 따라나선 것입니다만……."

"릭샤, 아무런 대가도 없이 필요 이상으로 친절하게 구는 사람들은 경계해야 할 필요가 있단다. 그런 놈들은 백이면 백 다른 꿍꿍이가 있거든. 겉으로 험악하게 나오는 놈들보다 더 무서운 것이 바로 그런 놈들이지. 조금 전의 그놈들도 널 노예로 팔아먹으려고 그렇게 살갑게 대한 거야."

"하지만 레가트 형도 처음 만난 제게 무척이나 친절하게 대해주시지 않았습니까? 형도 실은 제게 무언가 바라는 것이 있어서 이렇게 동행을 해주고 계신 것입니까?"

"나야 순수한 호의고! 내 경우는 특별하지!"

릭샤가 말없이 투명한 금색 눈동자를 들어 레가트를 올려다보았다. 문득 레가트는 자신이 한 말에 머쓱해하며 머리를 긁적였다. 이런 말도 안 되는 소리를 하다니…….

"음, 그러니까… 그래, 좋아! 나는 물론이거니와 필요 이상으로 호의적으로 나오는 자들은 무조건 경계해! 상대가 무엇을 하는 사람인지 확실히 알아보고 네게 무엇을 바라는지도 한 번쯤 생각해 보고. 알았니?"

릭샤는 고개를 끄덕였다. 그제야 조금 안심이 된 레가트는 멀리 길을 올려다보았다. 그때 릭샤가 레가트의 옷자락을 잡아당기며 물었다.

"그럼 레가트 형의 신상에 대해 궁금한 것을 하나하나 짚어가도록 하겠습니다. 형은 무슨 일을 하시기에 거대한 여관 한 채를 망설임없이 지어줄 정도로 큰돈을 가지고 계신 것입니까? 형의 상관이라는 그분은 어디에 계시고 어떠한 직급을 가진 분이신지요? 그리고……."

릭샤가 손가락을 꼽으며 질문할 거리를 찾고 있었다. 그제야 레가트는 자기 무덤을 자기가 팠음을 깨달았다.

"대답해 주시지 않을 겁니까?"

"에… 그게……."

"그러고 보면 형에 대해 이름 말고는 아는 것이 하나도 없군요. 그저 첫 만남에서 호의적인 태도를 느꼈다고 하여 아무것도 알아보지 않은 채 당신과 여행을 하고 있었다니, 저도 상당히 어리석은 짓을 하고 있었습니다. 자, 모든 진실을 알려주십시오."

레가트의 이마에서 진땀이 줄줄 흘렀다. 그는 이리저리 눈동자를 굴리다가 손가락을 하나 펴고 활짝 웃었다.

"하하, 그냥 수상한 놈이려니 생각하고 양해해 줄 순 없겠니?"

"저는 이름밖에 모르는 수상한 놈과 함께 다녀야만 하는 것입니까?"

릭샤는 그렇게 말하며 성큼성큼 앞으로 걸어갔다. 레가트는 그 자리에 서서 먼저 걸어가고 있는 아이의 뒷모습을 바라보았다. 가능하면 힘이 닿는 데까지 도와주고 싶었지만 여기까지가 한계인 모양이었다.

"뭘 하고 계신 것입니까?"

저 앞까지 걸어가던 릭샤가 뒤를 돌아보며 말했다. 레가트가 그 자리에 가만히 서 있자 릭샤가 종종거리며 뛰어서 다시 되돌아왔다.

"무슨 문제라고 있으십니까?"

"아니, 아무래도 네가… 정체불명인 인간과 함께 여행하는 것을 껄끄럽게 여기지 않을까 싶어서……."

"껄끄럽긴 하지만 형과 함께 다니겠다는 마음에는 변함이 없습니다. 그에 대해서라면 걱정하지 않으셔도 됩니다."

"…하지만……."

"어리석은 일일지도 모르지만 일단은 위험을 감수하고서라도 형을 믿어보려고 합니다. 저는 레가트 형을 매우 좋아하고 있기 때문에 큰일이 닥치지 않는 한은 형과 헤어지고 싶지 않습니다."

릭샤는 얼굴색 하나 바꾸지 않고 막힘없이 말했다. 너무나 직설적인 말이 도리어 거짓말같이 느껴질 정도로. 하지만 이 꼬마에 한해서는 이런 의심 따윈 할 필요가 없다는 것을 알고 있다.

레가트는 피식 웃으며 릭샤를 꼭 안아 들었다. 그리고 녀석의 까만 머리카락에 얼굴을 폭 묻었다. 가식 따윈 모른 채 솔직하기만 한 아이가 너무나 사랑스러웠다.

"그래, 할 수 있는 데까지 같이 가자. 나도 우리 릭샤가 너무너무 좋거든!!"

"에? 지금 뭐라고 하셨습니까?"

릭샤가 갑자기 고개를 드는 덕에 레가트는 꼬맹이의 머리에 턱을 세게 부딪치고 눈물을 찔끔했다. 하지만 눈을 동그랗게 뜨고 있는 릭샤를 보고 금방 어리둥절해했다. 무슨 연유에서인지 이 꼬마가 어서 대답을 해달라는 듯 강렬한 눈빛을 보내고 있었다.

"리, 릭샤를 좋아한다고……."

레가트는 다시 한 번 얼떨떨하게 말해 주었다. 릭샤는 잠시 말을 않고 그 상태로 멈추어 있었다. 레가트는 이 꼬마가 왜 이러나 싶어 심각하게 릭샤를 내려다보았다.

그때였다. 갑자기 릭샤의 얼굴에 천천히 미소가 퍼지기 시작했다. 얼굴을 발그레하게 붉힌 릭샤가 그 어느 때보다 환한 웃음을 머금은 얼굴로 말했다.

"형도 저를 좋아해 주신다니 꿈만 같군요. 정말 기쁩니다."

레가트는 웃고 있는 릭샤를 가만히 바라보았다. 두근두근하는 심장의 고동 소리에서 품 안의 작은 아이가 진심으로 기뻐하고 있음을 전해 받을 수 있었다.

순간적으로 레가트는 자신이 큰 실수를 했음을 깨달았다. 똑바로 앞을 보고 척척 제 할 일을 해내는 모습만 보다가 그만 중요한 사실을 잊어버렸다. 릭샤가 사랑받지 못한 채 홀로 자란 쓸쓸한 어린아이라는 사실을 말이다. 그래서 그저 스쳐 지나갈 수도 있는 좋아한다는 말에 이렇게 큰 반응을 보인 것이다.

그래, 그 간절한 마음, 뼈저릴 정도로 잘 안다. 자신이 어떻게 그 기쁨을 잊을 수 있을까.

레가트는 이 아이를 위하여 자신이 할 수 있는 일을 생각했다. 그리고 얼마 안 가 어렵지 않게 해답을 찾을 수 있었다.

"릭샤, 그럼 이렇게 해줄까?"

"예? 어떻게 하자는 말씀이십니까? 그렇게 주어, 목적어를 다 빼놓고 말씀하시면 레가트 형이 전하고자 하는 말의 핵심을 파악하기가 몹시 힘듭니다."

릭샤는 이런 상황에서도 시시콜콜 잔소리를 하고 있었다. 레가트는 밉살맞은 꼬맹이의 머리를 꼭꼭 누르며 말했다.

"오늘부터 내가 매일매일 너를 좋아한다고 말해 주마. 지겨워서 더 이상 듣고 싶지 않을 때까지 이야기해 주겠어."

"어째서 그런 행동을 하시겠다고 말씀하시는 겁니까?"

레가트는 다짜고짜 릭샤를 하늘 위로 번쩍 들어 올렸다. 그리고 크게 소리쳤다.

"형이 릭샤를 너무너무 좋아하기 때문이지!"

"…좋… 아하기 때문이라고요?"

"그런 거야!"

레가트가 소리 높여 말하자 눈동자만 깜빡거리던 릭샤가 다시 한 번

함박웃음을 지었다.

"그럼 원하시는 대로 해주십시오."

"좋아, 다시 한 번 말해 줄까? 형은 우리 릭샤가 세상에서 제일……!!"

"부녀지간이슈?"

다시 한 번 소리치려던 레가트는 뒤에서 들려오는 소리에 고개를 돌렸다. 이미 뒤에서 누군가가 다가오고 있다는 사실은 알았지만 분위기를 망치기 싫어서 무시하고 있던 차였는데 그쪽에서 먼저 말을 걸어온 것이다.

"거 우리같이 고향에 아들딸 남겨두고 온 사람들은 눈물 나서 살겠나?"

"맞다, 맞어. 딸 자랑은 집에 가서 아내한테나 하라고."

여덟 명의 용병으로 이루어진 무리가 레가트와 릭샤를 보며 야유를 보냈다. 하지만 나쁜 의도는 담겨 있지 않은 순수한 장난이었다. 레가트는 릭샤를 땅에 내려놓으며 호감이 가는 미소로 그들의 말에 답했다.

"릭샤는 딸이 아니라 동생이랍니다. 그것도 남동생이죠."

용병들은 하나같이 놀랍다는 얼굴을 하고 릭샤를 바라보았다. 조막만한 손으로 약간 구겨진 망토를 톡톡 털어내고 있는 아이를 머리끝에서 발끝까지 훑어보던 그들이 하나둘 소감을 내뱉었다.

"저게 사내 녀석이라고? 허허, 세상은 과연 넓구나."

"바보 녀석! 저것도 다 어리니까 가능한 거야. 다 크고 나면 힉스 녀석보다 더 우락부락해질지도 모르는 일이지."

"크아, 그건 무릴 거 같지 않냐?"

"너, 알아? 나도 왕년엔 동네에서 귀염받던 깜찍한 꼬마였다 이거야!"

처음 릭샤를 만날 때 보았던 음흉한 용병 무리와는 전혀 다른 유쾌
한 자들이었다. 레가트는 흐뭇하게 웃다가 릭샤의 손을 꼭 잡았다. 용
병들과 가볍게 인사라도 나누고 레기느멜젠 제국으로 길을 재촉하려는
생각이었다.

그때 용병 무리에서 리더로 보이는 남자가 앞으로 나섰다. 그는 짧
게 자른 머리카락을 벅벅 긁으며 말을 걸었다.

"이 길로 가는 걸 보니 그쪽도 국경으로 가려는 거요? 애가 딸려 있
으니 의심스럽긴 하지만 뭐… 일단은 검깨나 쓰게 생겼는데……."

"예? 국경으로 갈 예정인 건 맞습니다만……."

레가트는 말끝을 흐렸다. 그러고 보면 바로 오늘 아침에만 해도 상
당수의 용병들이 이 주변을 다니는 것을 의아하게 여기지 않았던가.

"국경에 무슨 일이라고 터진 겁니까?"

"애구, 그 소문을 듣지 못했단 말이오? 그 일 때문에 스테왈트 왕국,
마우릴 왕국, 레기느멜젠 제국, 이렇게 삼 국에서 용병을 모으고 난리
도 아니라오."

"음… 최근 일 때문에 약간 바빠서 소문에 신경을 쓰지 못했거든
요."

레가트의 대답을 듣고 그 남자가 앞으로 성큼 나섰다. 그리고 릭샤
를 힐끗 바라보았다가 뭔가 중대 발표라도 하듯 분위기를 잡고서는 입
을 열었다.

"국경에!!"

"국경에?"

자신이 주목받고 있다는 것을 알고 릭샤가 되물었다. 용병은 씨익
웃으며 말했다.

“아주 사악한 블랙 드래곤이 나타났단다. 우리는 그 드래곤을 때려 잡으러 가는 거지!”

“드래곤 슬레이어가 되겠다는 말씀이십니까?”

릭샤가 눈을 동그랗게 뜨고 묻자 남자는 괜히 뿌듯한 마음에 양팔을 저어가며 설명했다.

“하하! 뭐, 그렇게까지 거창한 건 아니지만 이렇~게 크고 이만~큼이나 무시무시한 드래곤 놈이 국경 근처의 마을로 내려와 난동을 부리기에 삼 국이 힘을 합쳐 놈을 잡아들이기로 했단다. 우리들은 그에 힘을 보태러 가는 거고.”

“국경이라면 어디쯤의 마을입니까?”

이제는 레가트도 흥미를 가지고 질문했다. 이야기에 더욱 흥이 붙었는지 그가 고개를 끄덕이며 말했다.

“글론토요. 때마침 삼 국의 국경이 딱 마주치는 곳에서 드래곤이 난동을 부린 거지. 스테왈트 국 한구석에 처박힌 드래곤이었다면 세 나라의 연합 공격까지는 받지 않았을 것을.”

“아직 어린 드래곤인가 보군요. 드래곤이 인간을 벌레 이하로 취급하긴 하지만 그들도 생각이란 것이 있는 만큼 그런 장소에서는 자신이 불리할 것을 예상하고 신중히 움직일 터인데. 그렇지 않으면 인간들이 먼저 드래곤의 심기를 크게 거스를 만한 일을 저지른 건가?”

레가트가 혼잣말로 툭 던진 말에 용병들의 시선이 집중되었다. 언뜻 보기에도 귀족적인 생김새의 남자가 유식하니 이야기를 하자 문득 의심이 솟구친 것이다. 가장 덩치가 큰 남자가 조금 저자세로 질문했다.

“아, 뭐… 그렇긴 한데… 혹시 어디의 기사님쯤 되십니까?”

“예? 아뇨. 기사라니… 그냥 평범한 여행자일 뿐입니다.”

"그런데 되게 유식하시군요."

"유식하긴요. 그냥 돌아다니다가 흘려들은 이야기일 뿐입니다. 하하."

레가트는 머리를 긁으며 웃었다. 소박한 웃음과 겸손하게 말하는 모양새가 어찌 보면 또 귀족과는 거리가 먼 듯 보여 용병들은 그냥 그러려니 하고 이 화제는 뒤로 묻어버렸다. 잠시 후 이야기를 주도하던 용병이 다시 나섰다.

"난 데브 앨코크라 하오. 우린 국경으로 가다 만난 용병들인데 어쩌다 보니 이렇게 패거리가 되어버렸다오. 어차피 똑같은 길을 가는데 그쪽도 국경 근처까지만 이 패거리에 끼겠소?"

"음… 릭샤, 어때?"

나쁘지는 않을 법한 제안에 레가트는 릭샤에게 동의를 구했다. 릭샤도 순순히 그에 응낙하여 고개를 끄덕였다. 용병들이 없으면 순간 이동 마법을 통해 훨씬 빠른 속도로 제국까지 도착할 수 있을 테지만 딱히 마법을 고집해야 할 만큼 상황이 바쁜 것도 아니었다.

"좋습니다. 저는 레가트 카럴이고 이 녀석은 릭샤 카럴이라고 하죠. 잘 부탁드립니다."

자신의 이름에 레가트의 성이 붙은 것을 듣고 릭샤가 잠시 고개를 들어 그를 올려다보았다. 그러나 레가트는 그냥 릭샤의 머리를 부드럽게 쓰다듬어 주었다.

자신을 데브라고 소개한 용병이 서글서글하게 말했다.

"아, 좋소. 그런데 아무리 봐도 내 쪽이 형님뻘 돼 보이니 난 말을 팍 까도록 하지. 어때?"

"아… 하하, 뭐, 좋습니다."

“엇! 팔자에도 없는 미남 동생이 생겨 버렸군. 외모로 비교당하는 건 질색인데 말이야.”

“데브 놈, 얼굴에 철판 깐 건 여전해.”

“하하하하!”

용병들은 대부분이 시원시원한 성격이었고 레가트 역시 사교성이 좋아 그들은 금세 친해졌다. 어느새 열 명으로 늘어난 일행이 왁자지껄 떠들며 국경을 향해 길을 재촉해 갔다.

늦은 오후에 넬림을 출발한 그들은 해가 질 무렵이 되어 야영을 하기로 했다. 이대로 삼 일 정도 더 걸으면 번화한 테밀튼 성이 나온다. 그때까지는 모두가 침대의 푹신함을 그리워해야 할 것이다.

중앙에 모닥불을 피운 일행이 죽 둘러앉아 마른 음식을 꺼냈다. 딱 삼 일 동안의 여정에 일부러 수프를 끓이는 등의 귀찮은 일을 벌이지는 않았다.

데브 역시 가방에서 마른 고깃덩어리를 집어 들었다. 그리고 다리춤에서 단검을 꺼내 하늘로 높이 던졌다가 가볍게 받아 들었다. 고기를 살짝 베어 입에 문 다음에는 다시 허공으로 검을 던졌다. 괜한 그의 손버릇이었다.

“으아, 정신 사납다, 데브.”

“내버려 둬.”

데브는 고기를 질겅질겅 씹으며 검을 높이 던졌다 받아 들었다를 계속했다. 단검을 쳐다보고 있지도 않았지만 정확히 단검의 손잡이 부분을 착착 받아 들고 있었다.

그렇게 평소처럼 검 던지기를 계속하던 데브는 문득 누군가의 강렬한 시선을 느꼈다. 고개를 들었을 때 그곳에는 자신을 똑바로 쳐다보고 있는 금색 눈동자의 꼬맹이가 있었다.

"…신기하니?"

"아니오. 신기하다기보다는 능숙한 모습이 멋지다고 생각하고 있었습니다. 저도 한번 배워보고 싶군요."

"하하, 꼬마 녀석, 똘똘한 줄만 알았더니 보는 눈도 있구나. 하지만 아서라. 다칠라."

"걱정은 감사합니다만 조심히 다루면 문제없을 것이라고 생각됩니다. 레가트 형, 단검을 빌려줄 수 있으십니까?"

레가트는 조금 생각했다가 검을 하나 꺼내주었다. 그리고 릭샤의 머리를 슥슥 쓰다듬으며 충고했다.

"처음이니까 데브 형님처럼 막 던지면 안 되고 처음부터 끝까지 검을 잘 보고 받아 들어야 한다. 알았지?"

"예, 알겠습니다."

릭샤가 검날을 쓸어 내리자 용병들이 하나둘 끼어들어 극구 만류했다. 그러나 데브만은 릭샤를 응원했다.

"오오, 배짱있구나, 꼬마야. 나도 딱 여덟 살부터 검 던지기를 시작했단다. 덕분에 여기 새끼손가락 끝도 날려먹고 그랬지만 남자애들이란 다 그 정도 상처 하나둘은 생기면서 크는 거지. 암!"

"야, 이 썩을 놈아! 너 같은 놈의 새끼손가락이랑 저 귀여운 아이의 손가락의 가치가 어떻게 같을 수가 있냐?"

"아가야, 다친다. 그만 하렴. 겉보기에만 번지르르하지 만고에 쓸데가 없는 짓이란다."

"자식들이, 뭐가 쓸 데가 없다는 거냐? 이것도 단검술의 기초다 이 말씀이야!”

데브와 다른 용병들이 와글와글 떠드는 가운데 릭샤가 단검을 조심스레 고쳐 들었다. 그리고 검날의 끝을 가만히 주시하다가 하늘 높이 똑바로 집어 던졌다.

“헉! 처음인데 뭘 그렇게 높이……!!”

“왓! 위험해!!”

단검을 얼핏 눈에 띄지 않을 만큼 높이 던지는 것을 보고 용병들이 화들짝 놀라 소란을 피웠다. 하지만 그 소란스러움은 곧 황당함이 되어 가라앉았다. 릭샤가 하늘에서 원을 그리며 떨어지는 검을 양손으로 정확하게 받아 들었기 때문이다.

“엇?”

“잉?”

“뭐야?”

도합 여덟 명의 용병이 하나같이 어안이 벙벙해진 가운데 레가트만이 웃으며 릭샤의 머리를 쓰다듬어 주었다. 가장 먼저 정신을 차린 데브가 얼떨떨하니 말했다.

“저, 정말 처음 시도해 본 게 맞나?”

의심에 가득한 용병들의 시선이 릭샤에게로 집중되었다. 뭔가 은근히 분위기가 불편해져 가고 있는데 갑자기 레가트가 히죽 하고 웃으며 손을 릭샤의 머리 위에 턱 얹었다. 그리고 제법 거만스럽게 고개를 쳐들고서 말했다.

“후후후… 뭐, 이거… 자랑은 아니지만 말입니다, 우리 릭샤가 못하는 게 없어서 말이죠. 원래 한 번 보여주면 뭐든지 척척 잘하거든요? 보시다시피 몸도 날렵한데 거기에 머리까지 좋아서 여덟 살인 지금에 와서는 6클래스의 마법사가 됐다는 게 아니겠습니까. 하하하하!"

릭샤가 놀라 곧장 레가트를 올려다보았다. 분명 그가 자신의 입으로 고위 마법사라는 사실을 숨기라고 하지 않았던가. 그렇지 않으면 큰 소란이 일어나게 될 것이라고.

아나나 다를까, 조금 경직되었던 용병들의 얼굴이 한결같이 일그러졌다. 릭샤는 몸을 조금 움츠리고 가만히 반응을 살폈다.

그때 데브를 비롯한 용병들이 땅을 탕탕 치며 소리쳤다.

"제길! 겨우 그 정도에 잘난 척은! 내 열 살 된 딸년은 말이야, 치유 마법을 쓴다 이거야! 다른 마을에서 치유를 받으러 올 정도라고!"

"우리 네 살짜리 아들놈은 벌써부터 아빠처럼 되겠다고 롱 소드를 들고 설치는데 내가 가끔 대련도 해주지! 그놈의 재능이 어찌나 대단한지 가끔씩은 나를 밀어붙이기도 해!"

"고향에 있는 내 아들놈 얘기도 들어봐! 그놈은 일에 지친 이 아버지를 돕겠다고 태어난 지 세 달 만에 도끼를 들고 장작을 팼다 이거야!"

"큭! 오우거의 아들이냐? 힉스 네놈, 그 어마어마한 덩치를 볼 때부터 알아봤어야 하는 건데!"

"어우씨, 왜 나만 갖고 그러는 건데?!"

조금은 어색해질 뻔한 분위기가 다시 화기애애해졌다.

하지만 릭샤만은 의아한 듯 고개를 기울였다. 전에 노예상에서 보았던 아이들의 지능과 악력을 감안해 볼 때 아무래도 용병들이 하고 있는 말과 같은 일은 도저히 불가능했다. 자신과 같은 천재라면 가능할 법한 일이지만 이 자리에 모인 모든 용병들의 아이가 천재일 가능성은 몹시 희박했다.

결론은 저들 모두가 서로서로 거짓말을 하며 그것을 즐기고 있는 중이라는 것이다. 애초에 이야기의 발단이 된 자신에 대한 레가트 형의 이야기까지 거짓이라고 생각하면서.

한동안의 생각 끝에 릭샤는 상황을 파악할 수 있었다. 용병들의 이야기를 끝까지 흥미롭게 듣던 녀석은 문득 손에 들린 검을 보다가 레가트에게 물었다.

"계속해 볼까요?"

"응, 하지만 몇 번 정돈 실수를 해주렴."

그가 고개를 조금 내려 이마에 키스하는 척하며 작게 속삭였다. 릭샤는 고개를 끄덕였다. 사람들 속에서 무언가 한 가지 깨닫게 된 느낌이었다.

삼 일의 시간이 빠르게 지나갔다. 그동안 릭샤는 시간이 날 때마다 데브에게 기초적인 단검술과 검술을 배웠다. 가끔씩 보여지는 릭샤의 초월적인 능력에 용병들은 매번 깜짝깜짝 놀라며 믿지 못하겠다는 얼굴을 했지만 레가트가 천연덕스럽게 농담을 건네 상황을 슬그머니 무마시키거나 그렇지 않으면 애초부터 모든 능력을 보이지 못하도록 릭샤를 말려주었다.

"아, 드디어 도착인가?"

정오가 조금 지났을 무렵 멀리에 어렴풋이 회색의 성벽이 보였다. 국경을 가기 전에는 꼭 한 번쯤 거치게 된다는 테밀튼 성이었다.

"드디어 따뜻한 수프를 먹을 수 있겠다. 그렇지, 릭샤?"

릭샤가 무엇을 가장 좋아하는지 알고 있었기에 레가트는 싱긋 웃으며 그렇게 말했다. 릭샤는 고개를 다섯 번이나 끄덕였다.

테밀튼 성안은 상당히 북적였다. 북서쪽 글론토에서 드래곤을 잡는

다는 명목으로 용병을 모집 중이기에 거리를 돌아다니는 것은 대부분
이 경장을 하고 검을 허리에 찬 사내들이었다. 용병이란 보통은 거칠
고 야만적인 성격이기에 분위기는 전체적으로 살벌했다.

혹시나 하는 생각에 릭샤를 보호하듯 손을 꼭 붙든 레가트는 가장
먼저 음식도 함께 먹을 수 있는 여관을 찾았다. 하지만 용병들은 레가
트의 행동에 왁자지껄하니 장단을 맞추지 않고 그 자리에 멈춰 서 아
쉽게 웃기만 했다. 뒤늦게 그들의 반응을 본 레가트가 의아하게 물었
다.

"왜 그러시죠?"

"우린 이곳에서 쉬지 않고 곧장 글론토로 향할 거야. 너희들은 드래
곤과는 관계없이 제국에 볼일이 있을 뿐이라 했으니 굳이 위험하게 글
론토를 거칠 것 없이 서쪽 관문으로 나갈 테지. 결국 여기서 헤어져야
한다는 이야기지."

"곧 날도 저물 텐데 여기서 하룻밤 쉬고 가는 것이 낫지 않겠습니
까?"

"아니, 우린 최대한 길을 재촉해야 해서 말이지. 지금 삼 국이 각자
드래곤 퇴치를 위해 용병을 구하고 있는데 나라별로 용병을 대하는 태
도가 완전히 다르거든. 예를 들어, 마우릴 왕국은 용병을 아주 하찮게
여기고 급료도 짜게 준단 말씀이야? 너무 늦게 가면 재수없게 마우릴
왕국 쪽에 끼어야 할지도 모르니 한시라도 바삐 움직일 수밖에."

레가트는 고개를 끄덕였다. 똑같이 드래곤 퇴치라는 위험한 일을 하
면서 자신만 급료가 나빠지는 것을 좋아하는 자는 없을 것이다. 생계
를 위해 하는 일에 발목을 잡을 수는 없는 일이었다.

레가트가 어쩔 수 없이 작별 인사라도 하려는데 데브가 먼저 릭샤에

게로 다가가 머리를 슥슥 쓰다듬었다.

"릭샤라고 했니? 어른들의 여행에 잘도 그 짧은 다리로 지치지 않고 따라오더구나. 내 장담하건대 넌 크면 엄청난 사내대장부가 될 거다!"

"감사합니다. 데브 형 덕분에 유익한 호신술도 많이 배울 수 있었으니 어떻게 보답이라도 해야 하는 것이 아닌가 싶은데……."

릭샤의 예의 바른 대답에 데브는 호탕하게 웃었다. 허리에 양손을 턱 올린 그가 자랑스럽게 말했다.

"그래, 내 유익한 가르침을 길이길이 새기도록 하여라. 그래도 내가 검은 좀 하는 편이란다. 사실 난 글론토에 조금 늦게 도착한다 해도 큰 걱정은 없지. 거기서 티바울프 용병단과 합류할 예정이거든."

"체, 그깟 용병단에 신참내기로 들게 됐다고 자랑은!"

"스테왈트 국 제일의 용병단을 향해 그깟 용병단이라니! 인간은 그래도 빽이 있어야 되는 거야. 일단 그곳에 들면 일거리도 안정적으로 들어오고 조직적으로 움직일 수도 있으니 훨씬 더 낫지."

레가트는 평소처럼 말싸움을 하는 그들을 보고 빙긋 미소했다.

"티바울프 용병단이라면 저도 아는 사람이 좀 있으니 다시 만나는 일은 그리 어렵지 않겠군요. 언제 들르게 되면 술이라도 한잔 거하게 하죠!"

"오, 그곳에 아는 사람이 있나? 역시 보통내기는 아니로구만. 어쨌거나 우리도 바쁘니 이만 헤어지지. 하는 일마다 잘 풀리고 가는 길마다 돈 주머니가 떨어져 있길 빌겠어!"

"하하, 웬일로 엄청난 축복을 내려주고 가시는군요. 또 뵙지요!"

레가트와 릭샤는 손을 흔들며 곧장 북문으로 향하는 용병들을 배웅했다. 그들의 모습이 완전히 사라질 때쯤 되자 레가트는 릭샤를 향해 빙긋 웃어 보였다.

"그럼 우리도 갈까? 어디 보자, 테밀튼에서 유명한 음식이… 그래, 델리 오리 구이였지?"

"델리 오리 구이입니까? 어서 가지요!"

"그래그래."

음식 이야기가 떨어지자마자 릭샤가 눈을 반짝 빛내며 먼저 손을 잡아끌었다. 레가트는 기분 좋게 명물 음식을 파는 곳을 탐색하며 걸음을 옮겼다.

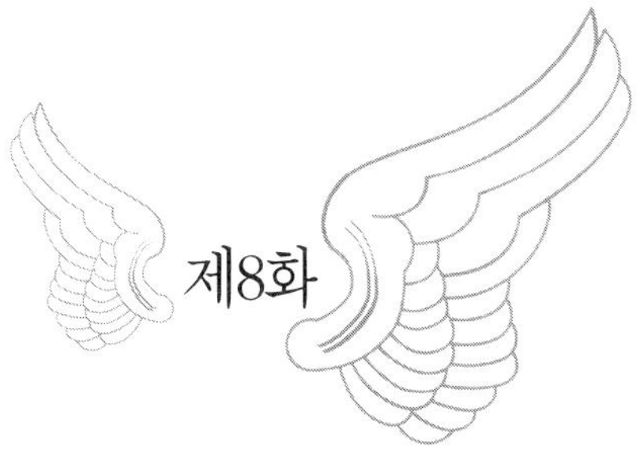

제8화

그들까지 글론토로 향하게 된 연유 ■

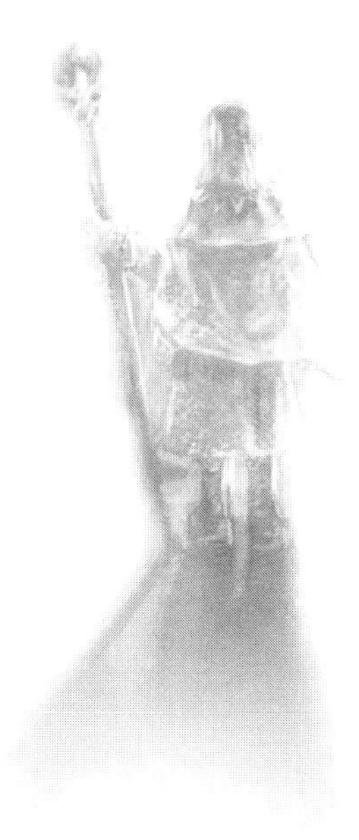

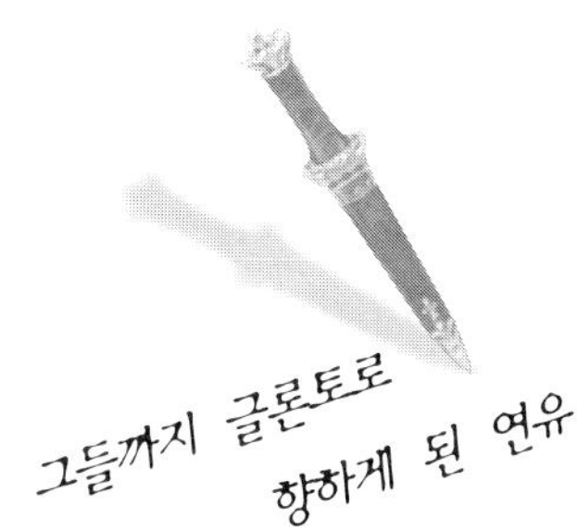

두 사람이 점심을 먹기 위해 방문한 식당 겸 여관은 서문 쪽 꽤 으슥한 골목에 있었다. 위치만큼이나 건물과 실내 인테리어가 낡고 지저분했지만 일부러 물어 물어 간 곳인만큼 음식 맛은 최고였다.

식사를 마친 그들은 일단 짐을 이층의 숙소에 가져다 둔 후 밖으로 빠져나왔다. 레가트는 이미 냉철한 마이페이스를 되찾은 릭샤를 가만히 내려다보다가 피식 웃었다.

"델리 오리 고기 말이야, 정말 맛있었지?"

"네, 오리 고기를 한 조각 씹어 넘길 때마다 말로 형용할 수 없는 그 깊은 맛에 몇 번이고 감격하고 말았습니다. 기회가 된다면 반드시 이 요리를 창안해 내신 분을 만나뵙고 이 벅찬 감동을 전해 드리고 싶습니다."

릭샤가 한쪽 팔을 앞으로 내밀며 중요 연설이라도 하듯 열변을 토했다. 레가트는 참지 못하고 결국 쿡쿡 소리 내어 웃고 말았다.

"좋아, 아직 배가 완전히 차지는 않았지? 이제부터 군것질거리를 찾아가 볼까?"

웬만한 일에는 꿈쩍도 않는 릭샤지만 음식에 관한 한은 평범한 어린아이 못지않은 귀여움을 발산해 내는 녀석이다. 이렇다 보니 자꾸 무언가를 먹여주고 싶은 충동이 생기는 것도 당연했다.

"레가트 형이 귀찮지만 않으시다면 저는 대찬성입니다."

"좋아, 가자! 큰길로 나가서 동쪽으로 가다 보면 시장이 나올 거야."

대답을 하는 릭샤는 조금 들떠 있었다. 레가트도 저도 모르게 흥이 나 성큼 앞장섰다.

삐걱대는 여관문을 뒤로하고 지저분한 골목의 사이사이를 열심히 걸었다. 그 정도로 여관은 깊고 후미진 곳에 위치해 있었다. 하지만 이러한 불편을 겪으면서도 그 여관에서 체크아웃을 해야겠다는 생각은 추호도 하지 않았다. 레가트의 입맛에도 그 여관의 오리 고기는 일품이라는 말이 아깝지 않았기 때문이다. 그는 릭샤를 위해서라도 이 여관에 오래오래 머물자고 결심하는 중이었다.

한참 좁을 골목 사이를 걷고 있을 때였다. 뒤쪽에서부터 요란한 소리가 울려 릭샤는 반사적으로 몸을 조금 긴장시켰다. 레가트는 그런 릭샤의 손을 꼭 쥐며 걱정하지 말라는 듯 웃어주었다.

"온다, 와!!"

"어서 뛰어! 늦기 전에 가보자!!"

소년과 소녀가 떠들썩하게 그들의 곁을 스쳐 지나갔다. 무언가 구경거리라도 생긴 모양이다. 그러고 보면 여관에서도 몇몇이 웅성거리며 밖으로 빠져나가는 것을 얼핏 보았다. 하지만 릭샤는 음식에 정신이 팔려서, 레가트는 그런 릭샤의 모습을 보느라 그쪽으로는 조금도 신경을 쓰지 않았다.

"조금 전부터 사람들이 뭔가에 들떠 보이던데 무슨 사건이라도 생긴 것일까요?"

"뭐, 큰길로 나가보면 알게 되겠지."

레가트는 이미 먼 곳에서 들려오는 떠들썩한 소리로 큰 거리에서 무슨 일이 일어나고 있다는 사실을 알고 있었다. 신경을 집중한다면 사람들의 말소리로부터 자세한 사정을 확실히 들을 수 있을 터였지만 일부러 그러한 수고를 들이지는 않고 릭샤와 함께 가볍게 걸음을 옮겼다.

중앙 도로는 상상 이상으로 굉장한 수의 사람들로 꽉 메워져 있었다. 이쯤 되자 릭샤는 물론이거니와 레가트도 무슨 일이 일어났는지 궁금해졌다.

"무슨 일입니까?"

레가트가 나서 인파 중 가장 뒤에 까치발로 선 중년 남자에게 질문했다. 남자는 무엇이 그리도 급한지 듣기가 거북할 정도로 빠른 어조로 대답해 주었다.

"벌써 수도에서 군대가 도착했다네. 내성(內城)으로 들어가려면 이 길을 지날 테니 다들 그걸 보러 모인 거야."

"아, 군대가……."

"게다가 대공께서 직접 5천의 군을 끌고 오신다지 아마? 우리 같은 놈들이 대공 전하를 직접 뵐 기회가 이럴 때 아니면 또 언제 있겠어. 아, 제길, 그런데 이렇게 복잡해서야 전하의 옷자락이라도 볼 수 있을지 몰라? 좀 일찍 올 것을."

남자는 묻지도 않은 말까지 수다스럽게 주절주절 늘어놓고서 다시 고개를 돌렸다. 이야기를 해주는 남자가 대공에 대해 아주 대단한 듯 말하자 릭샤는 호기심이 생겼다.

"레가트 형, 우리도 적당한 자리를 잡고 구경하도록 하죠."

"대공 전하라……"

레가트는 그렇게 중얼거리다가 머리를 긁적였다. 무언가 걸리는 것이 있는지 그는 금방 릭샤의 요구에 답하지 않고 머뭇댔다.

"레가트 형? 대공 전하께 무슨 문제라도 있는 건가요?"

"응? 아니, 그런 건 아니고 그저… 에잇! 뭐, 아무럼 어때! 우리 릭샤가 보고 싶다니까 한번 가볼까?"

레가트는 고개를 휘휘 저은 다음 릭샤를 번쩍 들어 목마를 태웠다. 그리고 미어터질 듯한 인파 사이에 그나마 키가 작은 사람들이 모인 쪽을 찾아 자리를 잡았다.

"우와아아아!"

수도의 군대가 도착한 것인지 거리의 저 끝에서부터 커다란 환호성이 들려오기 시작했다.

"대공 전하께서 오시는 모양이군요."

"아아, 벌써 가까운 곳까지 오신 모양인데? 드래곤이 나타나 난동을 부린 지 얼마 되지도 않았다는데 대응이 굉장히 빠르군."

"그런데 사람들의 호응이 대단하군요. 대공 전하께서는 많은 백성에게 큰 존경을 받으시는 분인가 봅니다."

"아니, 꼭 대공 전하의 인기 때문이라기보다는 사악한 드래곤을 무찌르기 위해 오는 군대라서 그럴 거야. 그렇다고 전하께서 나쁜 분이라는 건 아니지만……."

릭샤와 레가트가 대화를 나누는 동안 군의 행렬이 어느새 가까운 곳까지 다가왔다. 행렬의 선두에는 우아한 갈색 머리칼에 은빛의 갑옷을 차려입은 30대의 남자가 있었는데 가끔씩 손을 흔들며 환호하는 군중의 뜻에 답했다. 바로 그가 이 군을 이끄는 대공임이 분명했다.

릭샤는 대공이 얼마나 대단한 자이기에 조금 전 그 남자가 그토록 흥분했나 싶어 고개를 쭉 내밀었다. 한동안 세심히 관찰하던 릭샤가 고개를 갸웃했다.

"왕족이라도 일단 겉보기에는 평범한 사람들과 다를 바가 없군요."

"하하, 그야 겉보기엔 똑같이 생긴 인간이지. 설마 왕족이라고 피부에 금칠이라도 하고 있을까 봐?"

조금 걸리는 것이 있어 몸을 사리던 레가트는 릭샤의 진지한 이야기를 듣고 허허 웃음을 터뜨렸다.

그때였다. 돌연 당당히 전진하던 군의 행렬이 멈추었다. 선두에 선 대공이 말을 세웠기 때문이다. 호위 기사들이 잔뜩 당황하여 뭐라 말을 건네는 가운데에서도 그의 시선은 오로지 왼편의 군중에게로만 향해 있었다.

"대공 전하께서 이쪽을 보시는 것 같지 않습니까?"

"응? 으응……."

무등을 탄 릭샤가 레가트의 뺨을 건드리며 말했다. 하지만 레가트는 무언가에 곤란해하며 시원찮은 반응을 보였다. 릭샤는 의아하게 여기다가 다시 고개를 들어 대공 전하의 행동을 지켜보았다.

대공이 대뜸 말머리를 돌려 그들이 있는 쪽으로 움직이기 시작했다. 호위 기사들은 조금 전 행렬을 멈추었을 때보다 더욱 놀랐지만 일단은 주군의 곁을 떠나지 않으며 군중에게 길을 비키도록 종용했다. 하지만 그러한 호위 기사들의 노력이 없어도 감히 대공 전하께서 가는 길을 막는 자는 없었다. 군중은 이미 빽빽이 사람이 들어서 포화 상태나 다름없는 공간을 억지로 비집어들며 옆으로 물러서 길을 내어주었다.

그러나 단 한 사람, 그에게 자리를 내놓지 않는 사람이 있었다. 릭샤를 무등 태운 레가트였다.

"레가트, 역시 그대였군!! 이런 곳에서 만나게 되다니……!!"

대공의 목소리는 감격에 차 있었다. 레가트는 머쓱한 표정을 지었다가 릭샤를 땅에 내려놓고 한쪽 무릎을 꿇어 예를 갖춰 인사했다.

"오랜만에 뵙습니다, 대공 전하."

"오랜만이고말고! 마지막으로 본 후로 벌써 칠 년이 넘었으니!!"

대공은 거기까지 말하다가 잠시 멈칫했다. 그리고 레가트를 위에서 아래로 죽 훑어본 후 조금 떨떠름하게 말했다.

"그런데 그대는 칠 년 전에나 십 년 전에나 하나도 변하지 않았군. 여전히 20대 초반의 젊은이 같아."

"예, 자주 젊어 보인다는 소리를 듣습니다."

레가트가 고개를 좀 더 숙이며 대답했다. 대공은 눈가를 좁히고 레가트를 내려다보다가 장난기 어린 몸짓으로 퉁명스럽게 말했다.

"허허, 동안(童顔)이라 이건가? 그대는 좋겠군. 난 벌써부터 젊은 시절이 그리워져 가고 있는데 말일세. 뭐, 그것보다는 어서 일어나지. 언제까지 그러고 있을 참인가?"

레가트는 그제야 자리에서 일어났다. 그리고 얼떨떨한지 곁에서 눈만 말똥거리고 있는 릭샤를 달래듯 머리를 쓰다듬었다. 그때 뒤늦게 릭샤의 존재를 발견한 대공이 레가트에게 물었다.

"그 아이는 누구지?"

"제 사촌 동생입니다. 릭샤 카럴이라고 합니다."

"아, 그렇군. 그런데 이건 집안 내력인가? 그 아이도 그대 못지않게 참으로 대단한 외모를 가지고 있군."

"아니, 그런 건 아니고……."

농담을 던지고 재밌다는 듯이 웃던 대공이 손을 내밀었다.

"일단은 함께 내성으로 들어가지. 이 이상 행군을 지체하기는 곤란하니 말이야."

"아닙니다. 저는……."

"아니, 사양하지 말게나. 실은 부탁이 한 가지 있어서 그러하네. 이번에 편성된 드래곤 토벌군에 그대가 힘이 되어주었으면 해서 말이지. 상대가 상대인만큼 그대와 같은 뛰어난 마검사의 힘이 반드시 필요하다네."

대공이 흥분하여 소리쳤다. 마지막의 마검사라는 이야기에서 레가트는 머리를 긁적이며 릭샤를 잠시 내려다보았다. 아이가 어떤 반응을 보일지 궁금했기 때문이다. 그러나 릭샤의 표정에는 조금의 변화도 없었다.

"마검사인가……?"

그저 그렇게 중얼거렸을 뿐이다. 사실 릭샤는 이미 그 사실을 알고 있었다. 첫 만남에서 릭샤의 정체를 살펴볼 때 레가트가 적은 양이나마 마력을 사용한 탓이었다. 릭샤는 애초부터 그가 마검사이거나 가능성은 적지만 마검사 겸 마법사일 가능성을 꼽고 있었다.

검과 마법을 모두 사용하는 자를 마검사라 칭하는 것은 아니다. 사람들이 마검사라 부르는 존재들은 오로지 검에 파고드는 검사이긴 하되 자신이 쓰는 무기를 스스로의 마력으로 강화시켜 사용하는 자들이다. 그들은 내재 마력이 부족해서 원거리 공격이나 치유 등의 일반적인 마법을 행하지는 못하지만 바윗덩어리조차 종잇조각처럼 잘라내며 활용하기에 따라서는 마법 공격마저 간단히 물리치는 강력한 무기를 들고 접근전에서 활약한다. 비록 마력이 부족해 마법사는 되지 못했으되 다른 분야로 중요한 역할을 해내기에 그들의 지위는 마법사 못지않게 높았다. 오히려 높은 마력을 가지고 있으면서도 마법사가 아닌 마검사를 선택하는 자들도 다수 존재할 정도였다.

"레가트, 왜 그러나? 함께 가지 않을 텐가?"

대공이 대답을 재촉하자 잠시 생각하던 레가트는 고개를 저으며 정중히 입을 열었다.

"죄송합니다, 전하. 힘이 되어드리고 싶은 마음은 굴뚝같으나 저는 지금 사촌 동생의 일로 레기느멜젠 제국으로 향하고 있는 중입니다. 안타깝지만 토벌군에 참가하는 일은 무리일 듯싶습니다."

대공는 의외의 대답을 듣고 낭패한 표정을 했다. 이런 일이라면 레가트도 반드시 응해주리라 믿고 있었는데 의외로 걸림돌이 생긴 것이다.

"음, 사촌 동생에게 어떤 일이 있는 것이지?"

"예… 실은 동생의 병을 치료하기 위해 제국의 유능한 치유술사를 찾는 중입니다."

기억 상실이라는 병을 치료하기 위해 기억의 단서가 있을지도 모를 제국으로 가는 중이니 반은 맞는 소리였다. 레가트가 릭샤를 향해 이해하라는 듯 웃고 있으려니 대공이 의아한 듯 물어왔다.

"병? 그 아이가 병에 걸렸단 말인가? 겉보기에는 멀쩡해 보이는데?"

"예, 겉보다는 속이 아픈 병이지요. 쉽게 볼 수 없는 희귀한 병으로 웬만한 치유술사들도 고개만 젓기에 보다 못한 제가 이렇게 제국까지의 먼 발걸음을 하게 되었답니다.”

“그런… 것인가……?”

아끼는 동생의 병을 치료하기 위해 간다는데 그를 막을 수는 없는 일이었다. 대공은 몹시 안타까운 표정으로 한숨을 쉬었다.

“그렇다면 어쩔 수 없군. 그대의 힘을 빌릴 수 있다면 연합군이 승리할 가능성이 좀 더 올라갈 것을…….”

“이만큼이나 많은 병력이 모였으니 반드시 승리할 것입니다. 걱정하지 마십시오.”

“물론이지. 삼 국이 연합전선까지 펼치는데 여기서 패배해서야 인간 역사에 영원한 수치로 남을 걸세. 그럼 안타깝지만 후에 보도록 하지.”

“예, 전하의 승리를 기원하겠습니다.”

대공은 고개를 끄덕이며 말고삐를 돌렸다. 하지만 오랜만에 만나 이 정도 짧은 대화로 헤어지기엔 무척이나 아쉽다. 걸음을 옮기는 것이 개운치 않아 주저하던 대공이 결국 고개를 돌려 크게 소리쳤다.

“레가트, 이 일이 마무리되었다는 소문이 들리거든 반드시 왕궁에 들르게나. 이번에도 몇 년 동안 감감무소식이라면 전국에 수배령을 내리고 말 것이네!”

“예, 알겠습니다, 전하! 수일 내로 반드시 찾아뵙겠습니다!”

레가트가 마찬가지로 소리쳐 확답을 해주었다. 그제야 마음이 풀린 듯 대공은 시원하게 웃어 보이며 다시 행렬의 선두로 가 섰다.

잠시 동안 지체되었던 행군이 다시 시작되었다. 옆으로 물러서 끙끙거리던 구경꾼들도 다시 제자리로 찾아들었다. 그들의 시선은 이번에는 중앙의 행군하는 병력이 아니라 길가의 레가트와 릭샤 쪽으로 집중되었다.

“사람들이 왜 저희들을 쳐다보고 있을까요?”

“음, 글쎄… 왜일까?”

릭샤의 티끌 하나 없는 순수한 의문에 레가트는 뒤통수를 벅벅 긁었다. 군중들 중 가장 배짱이 좋은 중년 남자 한 명이 레가트에게 다가왔다.

“저기, 실례합니다만… 성함이 어떻게 되십니까? 어떻게 대공 전하를 알고 계시는지……?”

“아, 그러고 보면 저도 궁금하군요. 어떠한 경유로 대공 전하를 알게 되어 그토록 친근한 대우를 받게 되신 것입니까?”

릭샤까지 한술 떠서 질문하자 레가트는 어쩔 수 없이 대답했다.

“음, 그러니까 우연찮은 계기에 위기에 빠진 그분을 내가 구해 드린 적이 있단다. 알지? 내가 그런 일을 보면 그냥 지나치질 못한다는 거. 그때도 누가 곤란해하고 있는 것 같기에 곧장 뛰어들어 참견을 한 거야. 귀족일 거라 예상은 했지만 대공 전하일 줄은 꿈에도 몰랐지.”

“그렇다면 레가트 형은 대공 전하의 은인이시군요?”

“좀 거창하지만… 그런 셈이지.”

레가트가 멋쩍게 답하자 이야기를 듣던 사람들의 얼굴에 잔뜩 호기심이 돌았다.

“오오, 얼마나 대단한 실력자이기에 대공 전하를 위기에서 구해 드린단 말인가!”

“정체를 숨기고 다니지만 실은 유명한 기사님이 아니십니까?”

주변에서 레가트의 말을 주워들은 사람들이 와글와글 몰려들어 질문들을 해댔다. 덕분에 빼도 박도 못하게 된 두 사람은 사람들의 틈에 끼어 낑낑거리며 한참을 시달려야만 했다.

“정말 엄청난 질문 공세였습니다. 정신이 하나도 없군요.”

간신히 으슥한 골목까지 도망쳐 나와 숨을 돌리게 되었을 때 가장 먼저 꺼낸 릭샤의 한마디였다. 레가트는 털썩 주저앉아 고개를 절레절레 저었다.

“아, 이런 식으로 주목받긴 처음이라 정말 놀랐네. 전하와의 대화가 끝나는 즉시 그 자리에서 도망쳤어야 하는 건데 말이야.”

“레가트 형에게 귀족이 아니냐며 묻고는 있지만 정작 행동은 전혀 귀족을 대하는 태도가 아니었습니다. 저 역시 물증과 심증은 있으되 고개를 숙여야 한다는 생각이 들지 않는 것을 보면 레가트 형에게는 사람을 압도하는 위엄과 기품이 부족한 모양입니다.”

“아, 그런가?”

당연한 일이라며 웃어야 했지만 레가트는 이유 모를 찜찜함을 느꼈다. 아마도 말이 너무 노골적이기 때문이 아닐까?

레가트의 이러한 마음을 모르는 건지 무시하는 건지 릭샤는 자신의 망토를 툭툭 털어냈다. 하지만 망토의 주름을 펴기 위한 그 움직임은 조금 다르게 변했다. 손으로 허리 근처만을 계속 더듬던 릭샤는 결국에는 망토를 완전히 벗어버렸다.

“왜 그러니, 릭샤?”

레가트가 고개를 젖혀 뒤쪽의 릭샤를 바라보았다. 릭샤는 미간을 좁힌 채로 허리춤을 가만히 바라보고 있었다. 무언가 심각함을 느낀 레가트가 바로 앉아 릭샤를 마주 보았다.

“릭샤?”

“레가트 형, 제가 심히 폐를 끼칠 만한 짓을 저지르고 말았습니다.”

“응? 왜 그래? 걱정하지 말고 말해 보렴.”

레가트가 다정히 머리카락을 쓰다듬자 용기를 얻은 릭샤가 말했다.

“마석과 돈이 든 주머니를 도둑맞았습니다.”

“뭐?”

레가트가 자리에서 벌떡 일어나며 주변이 쩌렁 울릴 정도로 소리쳤다. 가치를 매기기도 힘들 정도로 어마어마한 수를 자랑하는 마석과 며칠 전 교환해 온 현금이 모조리 릭샤의 품에 있었다. 릭샤가 평범한 어린아이가 아니라는 것을 감안하여—게다가 애초부터 그것들은 전부 릭샤의 것이었으므로—모든 돈을 관리하도록 넘긴 것이었다.

“그걸 모, 모조리 도둑맞은 거야? 마석이 든 주머니까지?”

릭샤는 고개를 끄덕이며 진지하게 말했다.

“반성하겠습니다. 두 개의 주머니를 도둑맞기까지 약간의 조짐도 느끼지 못했습니다. 레가트 형과 함께 다니며 저의 주의력이 크게 흩뜨러진 것 같습니다.”

“그, 그야 소매치기당해도 눈치 채지 못할 만큼 소란스러웠으니 그럴 수도 있지. 하지만 하필 그 주머니를 도둑맞다니… 맙소사, 이를 어째…….”

레가트는 안절부절못하며 그 자리에서 왔다 갔다 했다. 릭샤가 한 걸음 나서며 난호히 말했다.

“제가 여행비를 모두 감당하겠다고 말했으니 끝까지 책임지겠습니다. 숙소의 가방에 든 스태프의 루비나 제가 차고 있는 팔찌 중 한 개를 팔면 돈이 될 것입니다. 걱정하지 마십시오.”

“릭샤, 여행비 때문에 이러는 게 아니야. 나도 수중의 돈을 펑펑 쓰는 편이지만 그 마석들은 내가 이제껏 쓴 돈이 만 분의 일, 아니, 백만,

아니아니, 천만 분의 일에도 못 미칠 정도로 어마어마한 금액이었다고. 그걸 한순간 소매치기당하다니!! 넌 그 마석들이 아깝지도 않니?"

"당연히 아깝습니다."

릭샤가 고개를 주억거리며 대답했다. 하지만 표정은 여전히 올 마이 페이스였다. 왠지 흥분하여 날뛴 자신이 바보 같다고 느껴지는 레가트였다.

"좋아, 일단은 찬찬히 마석을 찾아보자."

"마석을 되찾는 것은 무리가 아닐까요? 저는 어떤 사람이, 하물며 언제쯤 그 주머니를 소매치기해 갔는지조차 짐작할 수가 없습니다."

"음, 일단은… 도둑 길드를 찾아가 볼까? 그곳에 아는 사람이 있으니까 그의 이름을 대면 정보를 얻을 수 있을지도 몰라."

"도둑 길드에도 아는 분이 계십니까? 왕실에서부터 도둑 길드에 이르기까지 광범위한 인맥을 자랑하시는군요."

"응, 자랑은 아니지만 상대를 가리지 않고 여기저기 참견하며 다니다 보니……."

중얼거리던 레가트는 한숨을 폭 쉬었다. 마석을 찾을 길이 정말 막막했기 때문이다.

도둑이 길드원이 아닐 가능성도 있다. 게다가 만약 그놈이 주머니 안의 마석들을 보았다면 십중팔구 그 누구에게도 이야기하지 않고 조용히 도망쳤을 가능성이 높다. 이곳은 삼 국의 가운데 위치한 국경 마을이다. 도망치려고 마음만 먹는다면 마우릴 왕국, 스테왈트 왕국, 레기느멜젠 제국 중 원하는 데로 갈 수 있다. 게다가 지금은 드래곤의 일로 한창 왕래가 많아 하루에도 수십에서 수백의 타지인이 동, 북, 서에 있는 세 개의 성문을 출입한다. 도둑의 행방은 사막에서 바늘 찾기만큼 어렵다.

후에 고가의 마석을 파는 자에 대한 소문으로 그 도둑을 찾을 수 있을지도 모른다. 하지만 꽤나 시간이 걸릴 테고 당장에 그를 잡아들이는 것은 불가능할 것이다. 문제는 바로 이거다. 그들에게는 지금 땡전 한 푼도 없다는 사실.

"후후후, 운이 따라주길 바라는 수밖에."

상황을 정리한 레가트는 해쓱한 얼굴을 한 채 릭샤의 손을 붙들었다. 적은 가능성에 희망을 걸고 도둑 길드로 향하는 그들의 등 위로 정오의 해가 뜨겁게 내리쬐었다.

내성으로 들어가는 문의 작은 벽보 게시판. 그곳에는 드래곤을 퇴치하기 위해 힘을 모으자는 내용의 벽보가 빽빽이 붙어 있었다.

레가트는 무심히 그 벽보를 지나쳐 내성의 문 앞에 섰다가 주먹을 꽉 쥐고 비장하게 말했다.

"결국 도둑은 찾아내지 못했지. 역시 방법은 이것뿐이야."

"그냥 제 마석을 파는 쪽이 마음 편하지 않겠습니까?"

"안 돼. 팔찌의 마석은 네가 사용해야 하잖니. 게다가 스태프에 달려 있던 루비를 팔았다간 엄청난 소란이 일어날 거야. 어른의 주먹보다 훨씬 더 큰 마석에 그 어떤 계열의 마법에도 거부가 일지 않는 다각도 세밀 가공까지 되어 있으니 어디서 캐낸 마석이냐느니 누가 가공을 했냐느니 대답하기 곤란한 질문을 잔뜩 숙제로 받게 될 거야."

릭샤는 조용히 고개를 끄덕였다. 레가트의 제안을 받아들이기로 한 것이다.

마석을 모조리 소매치기당하고 빈털터리가 되자 두 사람은 당장에 여관비조차 치르지 못할 처지에 직면했다. 여관에 사정을 봐달라고 애원했다가 한바탕 욕을 얻어먹고 짐을 챙겨 나온 그들은 앞으로의 여비를 어떻게 감당해야 할지 심각한 토론에 들어갔다.

물건을 팔아야 하나? 전부 팔기 곤란한 물품들뿐이다. 그러면 잠시 어딘가에서 잡일이나 하며 돈을 벌까? 하지만 그 방법으로는 여행이 상당 기간 지연될 것이다. 그리하여 레가트는 결심했다.

"가자! 염치 불구하고 대공 전하께 돈을 빌려보는 거야. 그래도 생명의 은인 비슷한 수준은 되니까 시원하게 내어주겠지?"

"레가트 형에게 상당한 호감을 가지고 계시는 분이니 얼마간의 돈이라면 흔쾌히 빌려주시리라 믿습니다."

서로 의지를 다진 두 사람은 당당히 내성의 호위병에게로 걸어갔다.

세 방향으로 긴 창문이 여러 개 위치해 있어 실내는 몹시 밝았다. 손님을 맞이하기 위해 만들어진 응접실의 중앙에는 향나무로 만든 키 낮은 탁자와 물소 가죽으로 다듬은 고급스런 소파가 놓여 있었다.

대공의 친위 기사 토펜카브는 사나운 눈길로 왼쪽 소파에 앉은 금발의 청년과 어린아이를 훑어보았다. 꼬맹이에 대한 것은 몰라도 남자 쪽의 내력은 침이 마르도록 칭찬을 해대는 대공 덕에 시시콜콜한 것까지 지나칠 만큼 잘 알고 있었다.

십 년 전 왕위 계승으로 시끄러울 때쯤 왕세자(스테왈트 국의 현 국왕)의 유일한 우방이었던 대공이 습격을 당한 적이 있었다. 그때 어떤 무명의 마검사가 나타나 적을 모두 해치우고 대공의 목숨을 구했다. 대공의 은인이며 더 나아가서는 국왕 폐하의 은인이기까지 한 레가트는 큰 신임을 받아 한동안 왕궁에서 머물기까지 했고 작위와 영지까지 상

으로 내려졌다. 하지만 그는 모든 부귀와 영예를 정중히 사양하고 홀
연히 왕궁을 떠났다.

워낙 베일에 가려진 인물인지라 실제로는 별것 아닌 검사임에도 그
평가가 괜히 부풀려진 것이라고 언제나 토펜카브는 그렇게 생각했다.
어차피 평민에 지나지 않는다. 제아무리 재능이 뛰어나다 해도 제대로
배우고 단련해 온 귀족 기사들보다 뛰어날 수는 없는 법이다. 대공을
위기에서 구해낸 것도 이미 전대(前代)의 친위 기사들과 전투를 하느라
힘이 다 빠져 버린 상대였기에 가능했으리라.

그런데 저 뻔뻔한 놈이 제 분수를 모르고 전하께 친근한 척 달라붙
더니—이건 절대로 과장이지만—결국은 비굴하게 돈을 몇 푼 얻고자 하
지 않겠는가.

"죄송합니다. 이런 일로 다시 찾아뵙게 되어서."

레가트가 눈치를 보면서 어색하게 웃었다. 토펜카브의 은근한 악의
를 느낀 때문이었다. 아니나 다를까, 토펜카브가 도끼눈을 하고 레가
트에게 소리쳤다.

"죄송한 줄 알면서도 대공 전하를 찾아온 것이냐? 전하께 감히 그
따위 천박한 요청이나 하다니!"

"토펜카브 경."

대공이 불쾌하다는 듯 시선을 주며 말했다. 토펜카브는 한 발자국
뒤로 물러서서 입을 다물었다. 하지만 그 불만 어린 표정은 여전했다.

"돈을 빌려달라……. 그런 일이야 어렵지 않지만서도……."

대공은 양손을 깍지 낀 채 말끝을 흐렸다. 토펜카브에게 물러나라고
말했지만 정작 그도 쉽게 돈을 빌려주겠다고는 말하지 않았다.

돈을 직접 만지는 일조차 천하게 여기는 귀족들이다. 그러한데 돈

좀 빌려달라고 손을 내미는 평민이 곱게 보일 리가 만무했다. 토펜카브의 반응은 개인적인 불만을 제하고도 당연한 일이었다.

생명의 은인이라는 간판을 구실로 돈을 빌려보고자 했는데 역시 무리였던 것일까? 레가트는 남모르게 한숨을 폭 내쉬었다.

그때 갑자기 릭샤가 정중한 태도로 대화에 끼어들었다.

"대공 전하, 단 한 번의 부탁으로 인하여 레가트 형의 오랜 신의가 무너지지 않을까 저어되어 감히 한마디 올리겠습니다. 형은 병에 걸린 저를 고생시키고 싶지 않은 마음에 무례임을 알면서도 전하게 손을 벌릴 결심을 하게 된 것입니다. 전부 제가 나쁜 것이니 부디 형을 금품이나 탐하는 천한 사람으로 생각하지 말아주십시오."

레가트는 겉으로 드러내지는 않았지만 크게 당황했다. 대공을 만나기 전에 따로 이렇게 하자고 정한 것도 아닌데 릭샤가 그럴듯한 이유를 꾸며내어 상대의 동정을 구하고 있었기 때문이다. 며칠 전까지만 해도 순진한 얼굴로 노예 상인을 쫄쫄 따라가던 녀석이었는데 언제 이렇게 눈치가 잽싸졌단 말인가?

레가트와는 다른 이유로 대공도 깜짝 놀랐다. 일고여덟 살 정도 되어 보이는 어린아이의 말이 너무 조리가 있는 것이 그 이유였다.

뒤늦게 대공의 이상한 표정을 본 레가트는 뒷수습이 필요함을 느끼며 안타깝게 고개를 떨궜다.

"머리가 아주 좋은 아이입니다. 이런 아이가 병에 걸렸으니 제가 더욱 답답한 것이죠."

"아, 그런가?"

대공은 레가트의 해명 아닌 해명을 쉽게 받아들였다. 실은 그보다 더 중요한 일이 있었기에 관심이 멀어졌다고 보는 편이 좋을 것이다.

"이런, 아이의 말을 들어보니 뭔가 오해를 한 듯싶군. 내가 자네 성격을 모르는 것도 아닌데 어찌 돈에 눈이 먼 인간으로 본다는 겐가? 내가 뜸을 들인 이유는 이거야. 돈 몇 푼이야 언제든 흔쾌히 줄 터이지만 이번만은 대가를 받고 싶다는 것이지. 레가트 자네가 드래곤 퇴치군에 합류해 주어야겠어."

"예? 그건……."

레가트가 시원찮은 반응을 보이자 대공은 더욱 강하게 밀어붙였다.

"이 아이의 병을 치료하는 것이 그토록 촉각을 다투는 일인가? 어떻게 해도 손을 빌려주지 못할 정도로 급한 일인가 말일세. 3만에 이르는 대병력이 글론토로 모여들고 있네. 하지만 보통 방법으로는 상처를 입히기 힘든 드래곤을 상대로 1백의 일반 병사보다 단 한 명의 마법사와 마검사가 더 강력한 힘을 발휘하지."

"하지만 겨우 저 하나 더 가담한다고 그렇게 큰 힘이 될지……."

"나는 아직도 십 년 전 그대의 활약을 잊지 않고 있네. 그것이 막 20대에 들어선 새파란 젊은이 때의 실력이었으니 연륜이 붙은 지금에는 얼마나 더 대단할지 상상이 가질 않는군!"

"과찬이십니다. 그렇게 대단한 것은……."

"겸손은 그만 하게. 지금은 그럴 때가 아니야. 진정 끝까지 거절할 셈인가? 이렇게 부탁하는데도?"

대공이 무척 절실해 보이자 본래 물러 터진 성격의 레가트는 크게 흔들렸다. 거절의 이유로 내세우고 있는 릭샤의 병이란 것은 사실 전부 핑계에 불과하다. 물론 기억 상실이라는 병을 치유하기 위해 여행을 하고 있기는 하지만 이것은 조금도 급할 것이 없지 않은가.

잠시 망설이던 레가트가 힐끗 릭샤를 바라보았다. 릭샤는 눈이 마주

치자마자 천천히 고개를 끄덕였다. 원하는 대로 하라는 뜻이었다.

"…예, 대공 전하께서 이렇게까지 말씀하시는데 더 이상은 거절하지 못하겠습니다. 비록 미력한 힘이나마 전하의 뜻에 도움이 되었으면 좋 겠습니다."

"오, 그렇게 해주겠나?"

레가트가 합류하겠다고 말하자 대공의 얼굴이 활짝 펴졌다. 그는 아예 레가트의 손을 덥석 잡고 그에 대한 신뢰를 숨김없이 드러냈다.

"아아, 그대가 있으면 나도 한결 안심이야. 정말 기쁘네. 그리고 레가트, 내 몇 번이나 말했지 않았는가. 그렇게 딱딱하게 격식 차릴 필요 없이 간단히 로드노스라고 불러주게. 대공 전하라는 호칭은 그만두고. 그리고 릭샤라고 하였느냐? 네게도 내 이름을 입에 담는 것을 허락할 터이니 어렵게 생각지 말거라."

"예, 그리하겠습니다."

빠직!

화기애애하게 대화를 나누던 레가트는 뭔가 살벌한 소리가 들린 것 같아 고개를 돌렸다. 그리고 이를 부득부득 갈고 있는 토펜카브의 모습을 발견할 수 있었다. 전보다 더욱 노골적으로 변한 그의 시선이 레가트의 얼굴에 따갑게 꽂혔다.

'윽, 그러고 보니 저 사람도 있었지?'

과연 이곳에서 조용히 넘어갈 수 있을지 벌써부터 걱정이 되는 레가트였다.

제9화
글론토에서 만난 이상한 마신관 ■

햇빛에 부서지는 모래알 빛이 아름다웠다. 그러나 시야를 넓혀 주변을 살펴보면 그곳은 황폐하기 그지없었다. 마을을 이루고 있었을 수많은 건물들이 모조리 파괴되어 멀쩡한 것을 세는 쪽이 빠를 정도였다. 남겨진 것은 그저 흩날리는 흰 모래 알갱이뿐.

하지만 폐허가 되다시피 한 글론토는 매우 번잡했다. 한발 앞서 도착한 1만 5천의 제국군, 그리고 마찬가지로 5천의 마우릴 왕국군이 진을 치고 있는 탓이었다. 게다가 각국의 용병들까지 합세해 수많은 사람들이 분주히 움직이고 있었다.

스테왈트 국의 군대가 진지를 완전히 구축할 즈음이 되어 먼저 도착해 있던 용병 지원자들이 몰려왔다. 마우릴 왕국의 용병이 되지 않으려 애쓰는 자들이 많은 덕에 일대가 한동안 몹시 혼란해졌다.

잠시 동안 시간이 나자 레가트는 릭샤의 손을 꼭 잡고 주변을 둘러보기로 했다. 당연하지만 전쟁터에는 이질적인 어린아이의 존재는 많은 사람들의 시선을 끌었다.

"역시 괜히 왔나 싶구나. 이런 위험한 곳에 너를 끌어들이게 되다니."

"저 역시 동의한 일이고 최대한 주의를 기울일 테니 걱정하지 않으셔도 괜찮습니다."

릭샤가 또랑또랑하게 대답했다. 그래도 레가트는 마음이 편치 않아 고개를 저었다. 위험함은 제쳐 두고서라도 피의 전쟁터에서 어린아이가 배울 일은 아무것도 없었다. 오히려 해악이 될 만한 일들뿐.

그러다 레가트는 문득 익숙한 목소리를 들었다. 보통 사람에 비해 몇 배는 귀가 밝은 그였기에 이 소란 통에서도 그 소리를 들을 수 있었다. 레가트가 고개를 돌리자 릭샤도 따라서 그쪽을 돌아보았다.

"데브 형이군요."

"그렇구나. 가볼까?"

하지만 레가트와 릭샤가 미처 걸음을 옮기기도 전에 데브 쪽에서 먼저 그들을 알아보았다. 함께 다니던 일행과는 헤어진 듯 그 혼자만 두 사람에게 다가왔다.

"아, 아니, 어째서 너희들이 이곳에!?"

"하하, 실은 돈을 모조리 소매치기당하는 바람에 여비를 벌기 위해 드래곤 퇴치군에 끼어들게 되었습니다."

"거참, 뭣하게 되었군. 내 마지막 인사가 저주가 되어 돌아갔나? 어쨌거나 이곳에 있는 것을 보니 스테왈트 군의 용병으로 들어갔나 보군."

레가트는 머쓱해하며 웃었다.

"아니요, 스테왈트 군은 맞는데 기사단 쪽입니다."

"엥?"

"실은 제가 마검사라서… 특별 취급을 받게 된 겁니다."

"허허, 마검사였다고? 자네가?"

놀란 얼굴로 레가트를 뚫어져라 바라보던 데브는 휘파람을 길게 뺐다.

"휘유, 대단하군. 마검사라니……. 하긴 그러한 메리트가 있었으니 이런 곳에 어린아이를 데리고 오는 것을 허락받았겠지."

스테왈트 국의 대공이 백그라운드로 있지 않았다면 제아무리 마검사라 할지라도 전장에 어린애를 데리고 오는 것은 허락받지 못했을 것이다. 그러나 이런 이야기를 나누다 보면 대공과 친해진 사연까지 일일이 이야기해야 할 것이 자명했으므로 레가트는 은근슬쩍 화제를 다른 쪽으로 넘겼다.

"그러나저러나 지독하군요. 이 정도로 일을 저질렀으니 각국이 연합하여 군대를 동원하는 것도 당연하겠지요."

레가트의 말을 듣던 데브가 무언가가 생각난 듯 손을 탁 마주쳤다.

"아, 그리고 보니 네 말이 맞았어. 이번 사건 말이지, 인간들 쪽에서 먼저 일을 저질렀다더군. 보다시피 글론토 주변의 토질이 영 엉망이잖아. 하지만 동쪽으로 조금만 더 가면 아주 비옥한 습지가 있지. 오랜 세월 드래곤의 영토로 인간의 손이 닿지 못했던 곳 말이야."

"설마 글론토의 주민이 그곳을 탈취하려고 했단 말입니까?"

"바로 그거야. 그렇지 않아도 요 근방이 흉작을 맞자 결국 사람들이 시선을 그쪽으로 돌린 거지. 사실 드래곤이 농사를 지을 것도 아닌데 그렇게 좋은 땅 같은 건 필요없잖아? 그저 아름답고 비옥한 곳을 차지

한 채 자신의 땅이라 알리며 유세를 떨고 있을 뿐이지."

레가트는 드래곤의 영토가 위치한 동편으로 멀리 시선을 주었다.

"아무리 흉작이었다고 해도 마을 사람들이 갑자기 무슨 바람이 불어 감히 드래곤의 영역에 침범할 생각을 했을까요?"

"크으, 역시 날카롭군. 왜일 것 같나?"

데브는 괜히 뜸을 들였다. 전에도 그랬지만 그는 소문 따위를 흥미진진하게 남에게 알려주기를 좋아하는 사람이었다.

"어째서이죠?"

곁에서 조용히 그 이야기를 듣던 릭샤가 재촉했다. 데브는 일부러 얼굴에 그늘을 드리워 분위기를 잡으면서 말했다.

"바로 마신(魔神)의 신전에서 선동을 한 거란다."

"마신의 신전에서?"

"투쟁과 약육강식의 당위성을 가르치는 마신의 신전! 가르침의 내용도 내용이지만 마족들과도 연관이 있을지 모른다는 소문 때문에 그들의 교리는 널리 퍼지지 못했지. 하지만 마신관 한 명 한 명은 그 가르침에 따라 엄청난 실력을 가진 마법사이며 마검사 내지는 계략가가 아니겠어? 전쟁이 일어날 때마다 일부러 신관들을 초빙하러 올 정도라니 말이야."

"그게 어쌨다는 것입니까?"

"그 마신관들이 실의에 빠진 글론토의 주민에게 드래곤과 싸워 땅을 되찾아야 할 때가 왔다고 선동했단다. 그리고 자신들이 힘을 빌려주겠다고 말했던 거지. 피에 전 마신에 대한 거부감을 가진 주민들이지만 신관들의 힘은 이미 전부터 인정하는 바였고 어떤 방식으로든 성공만 하게 되면 어마어마한 이득이 자신들에게 돌아올 테니 그에 동조한 거야. 하지만 글론토 주민들의 항쟁은 보다시피 이렇게 실패로 끝나고 말았지.”

한참 과장된 동작까지 곁들여 설명하던 데브는 이야기 중간에 무언가를 발견하고 눈을 반짝였다. 말을 끝낸 그는 얼른 손을 들어 전방을 가리켰다.

“오오, 호랑이도 제 말 하면 온다더니! 봐, 마신의 신관이야! 원래 있던 신관들이 크게 다쳐 새로 파견된 모양이군!”

데브의 손가락 끝에 일곱 명가량 되는 남자들의 무리가 있었다. 모두가 망토와 바지, 신발, 하물며 가방까지 검은색으로 통일하고 있었기에 금방 마신의 신관이라는 것을 눈치 챌 수 있었다.

“언제 봐도 우스꽝스러운 옷차림이로군. 검은색 일색이라니……. 안 그래?”

데브가 피식 웃으면서 레가트에게 동의를 구했다. 레가트도 자연스럽게 수긍하며 계속 그들의 행렬을 지켜보았다.

그때였다. 갑자기 선두에서 걷던 신관이 멈추어 서더니 대뜸 레가트와 릭샤에게 시선을 주었다. 마신관의 행동을 한동안 더 주시하던 릭샤는 고개를 들어 레가트를 올려다보았다.

“레가트 형, 이번에도 저희들이 주목받고 있는 것 같지 않습니까?”

“…글쎄… 아무래도 그런 것 같지?”

아닌 게 아니라 그 신관은 정확히 두 사람을 향해 시선을 고정하며 걸어오고 있었다. 릭샤가 다시 물었다.

“미리 물어두는 것입니다만 마신의 신전에도 아는 분이 계십니까?”

“…없다면 거짓말이겠지만 그래도 저런 사람은 모르는걸.”

릭샤와 레가트가 속삭이는 동안 그 신관이 그들의 지척까지 와서 우뚝 섰다. 그는 마신의 신관이라는 말이 주는 음침한 분위기와는 달리 부드러운 미소로 일관하는 50대 후반 정도의 남자였다. 그가 레가트를 향해 목례를 하며 예의 바르게 말했다.

"레가트님이시군요. 처음 뵙겠습니다. 마신의 가르침을 따르는 덱스틴 렉런이라고 합니다. 본래는 중앙 교단에서 수행을 쌓는 자입니다만 소식을 듣고 이렇게 힘을 보태러 달려왔습니다."

"아, 예. 그런데 어떻게 저를 아시는지……?"

"에엑? 어째서 마신관께서 레가트에게 경어까지 쓰는 거지? 역시 그는 귀족……!?"

레가트가 무어라 말을 하기도 전에 함께 서 있던 데브가 크게 놀라며 말을 가로막았다. 덱스틴은 빙긋 웃는 얼굴로 데브에게 말했다.

"죄송합니다만 레가트님과 이야기를 나누고 싶습니다. 잠시 비켜주시겠습니까?"

용병인 데브에게도 사용되는 언어는 경어였다. 그제야 데브는 이것이 저 남자의 말버릇이라는 것을 알게 되었다. 어쨌든 그의 부탁이 있었기에 일단은 다른 사람들과 함께 멀찍이 뒤로 물러났다. 겉보기엔 저렇게 온화해 보여도 상대는 마신의 신관이다. 수틀리면 언제 어떻게 변할지 모른다.

대화를 나눌 여건이 만들어지자 덱스틴이 다시 레가트에게 말을 건넸다.

"다시 한 번 인사드리지요. 이렇게 만나뵙게 되어 영광입니다. 로드 노스 대공 전하께 들렀다 오는 길인데 생각지도 못하게 이런 곳에서 뵙게 되는군요."

"아아, 대공 전하께 제 이야기를 들으셔서 저를 아시는 모양이군요?"

"그렇게 생각한다면 가장 무난하겠군요."

"네?"

갑자기 애매한 대답이 돌아오자 레가트는 눈을 동그랗게 떴다. 그러나 마신관은 더 자세한 해명은 하지 않고 이번엔 릭샤에게로 시선을 옮겼다. 마치 관찰하는 듯한 그의 시선이 온몸을 샅샅이 훑다가 마지막으로 신비한 금색 눈동자에서 멈추었다.

"당신이 릭샤님… 이시군요."

덱스틴이 갑자기 릭샤의 앞에서 무릎을 꿇었다. 이 갑작스러운 광경에 다른 곳으로 한눈을 팔고 있던 사람들까지 시선을 집중하고 수군거리기 시작했다. 하지만 어떻게 보면 단순히 키가 작은 아이와 눈을 맞추기 위한 행동으로 보이기도 했다. 마신관이 무릎을 꿇기만 하고 고개를 숙이거나 하진 않았기 때문에 잠시 후엔 사람들의 관심도 곧 멀어졌다.

겨우 주변이 가라앉자 덱스틴은 매우 상냥하게 웃으며 릭샤에게 인사를 건넸다.

"처음 뵙겠습니다. 처음 당신의 이야기를 들었을 때부터 계속 만나뵐 날을 기대하였는데 운이 좋았는지 이렇게 금방 기회가 찾아왔군요."

"무엇 때문에 그렇게 제가 보고 싶으셨다는 겁니까?"

"매우 강인하며 총기가 넘치는 분이라고 들었습니다. 이 두 눈으로 그것을 확인하고 싶었지요."

덱스틴의 이야기를 듣자니 레가트는 더욱 의아함을 참을 수 없었다.

덱스틴은 누구에게 자신들의 이야기를 들은 걸까? 물론 가장 유력한 것은 로드노스 대공이다. 하지만 그렇게 생각하자면 한 가지 오류가 생긴다.

생명의 은인인 자신에 대해서라면 대공이 과장까지 뒤섞어가며 격찬을 했을 만도 했다. 하지만 만난 지 며칠 되지도 않았고 특별히 뛰어난 모습을 보인 적도 없는 릭샤를 그렇게까지 칭찬했다는 건 이상하지 않은가?

덱스틴이 점점 수상쩍게 느껴져서 레가트는 릭샤를 자신의 품으로 끌어당겼다.

"대체 누구에게서 저나 릭샤에 대한 이야기를 들었습니까? 로드노스 대공이 아니지요?"

덱스틴은 무릎을 털고 일어나며 순순히 대답했다.

"예, 대공 전하는 아니십니다. 다른 분이시지요. 레가트님도 매우 잘 알고 계시는 분으로, 바로 일전에 넬림에서 뵙지 않았습니까?"

"에… 에에?! 그, 그분 말씀이십니까?"

정말 상상도 못했던 대답이었다. 난데없이 여기서 그가 튀어나올 줄이야.

고귀한 청은발에 오만한 태도를 가진 그의 모습이 즉시 레가트의 눈앞에 떠올랐다. 그가 무엇 때문에 갑자기 마신관들과 접촉을 시도했다는 걸까? 신관들을 이용해서 대체 무슨 일을 벌이려고? 마신관들이 최근에 도모한 일이라면…….

결론은 쉽게 도출되었다.

바로 글론토 항쟁.

"설마… 이번에 드래곤과 맞붙게 된 일이 '그분' 과 연관되어 있는 것은 아니겠지요?"

레가트가 침을 꿀꺽 삼키며 큰맘 먹고 질문을 건넸으나 덱스틴은 대답할 생각은 않고 빙긋 웃기만 했다. 하지만 지금까지의 대화로 추측해 보면 아무래도 긍정일 가능성이 높아 보였다.

"대체 노리는 것이 무엇입니까? 드래곤을 죽여 대체 뭘 어쩌겠다는 겁니까?"

레가트는 시험 삼아 다른 질문도 던져 보았다. 이번에도 대답하지 않고 딴청을 부릴 가능성이 높았지만 뭐, 사실 대답하지 않아도 상관은 없었다. 무슨 일이 일어나고 있는지 궁금하긴 해도 복잡한 일에 말려드는 것을 좋아하지 않기 때문이었다. 덱스틴이 굳이 대답하지 않겠다면 그냥 이대로 넘어갈 생각이었다.

하지만 레가트의 질문이 떨어졌을 때 덱스틴의 얼굴이 갑자기 기괴하게 변해갔다. 입술이 즐거워 견딜 수 없다는 듯 양쪽으로 길게 당겨 올라갔고 눈은 징그러울 만큼 가늘게 호선을 그렸다. 부드럽게 웃던 중년은 어디로 가고 순식간에 허연 안광을 희번뜩이는 남자만이 남았다.

"지금 드래곤을 죽이려는 이유가 무엇인지 물으셨습니까? 그 이유가 뭐냐고?"

끝이 갈라진 목소리가 심상치 않아 레가트는 얼른 릭샤를 안아 들고 뒤로 물러섰다. 하지만 덱스틴은 아무래도 관계없는 듯 미치광이처럼 큭큭 웃어대며 앞으로 몇 발자국 걸어갔다. 자연히 주변에 있던 대부분의 사람들이 하던 일을 멈추고 눈으로 덱스틴의 움직임을 좇기 시작했다. 주변에 있던 군중의 시선이 모두 자신에게 집중되었을 때 그가 일장 연설이라도 하듯 소리쳤다.

"중간계에서 가장 뛰어난 생물이 누구인가? 바로 이곳에서 오만한 드래곤의 뱃가죽을 산 채로 갈라 그 해답을 보이는 것입니다! 드래곤의 심장을 이 손에 쥐고 중간계의 모든 이종족들에게 경종(警鐘)을 울리고자 함입니다! 두려워해라! 깨달을지어다! 인간이야말로 중간계의 패자이며 이윽고 주인이 될 자이니!"

그의 목소리는 점점 희열에 차 떨려왔다. 말을 마친 덱스틴은 결국 광기 어린 얼굴로 크게 웃어 젖혔다. 그야말로 마신의 신관에 어울리는 모습이었다.

하지만 덱스틴으로부터 시선을 떼거나 눈살을 찌푸리는 자는 의외로 적었다. 왜냐하면 그의 행동은 마신관에 대한 거부감을 불러일으키기도 하지만 한편으로는 인간으로서의 우월감과 자긍심을 자극시키기도 하기 때문이었다.

태초에 인간은 중간계에서 가장 나약하고 초라한 생물이었다. 그들은 항상 벌레 취급을 받으며 강한 힘으로 무장한 이종족들에게 쫓겨다니기만 했다. 그러나 단결이라는 힘을 깨달았을 때 사정은 달라졌다. 왕국과 제국을 건설한 시점에서 대륙의 2/3 이상은 모두 인간의 차지가 되었다. 이제는 더 이상 그 어떤 이종족의 앞에서도 두려움을 느낄 필요가 없었다.

인간은 강하다! 드래곤마저 굴복시킬 만큼!

덱스틴의 연설은 바로 인간의 긍지였다.

"흠흠, 이거 실례했군요."

겨우 웃음을 멈춘 덱스틴이 어느새 인상 좋은 중년의 아저씨로 돌아와 가볍게 사과의 말을 건넸다. 그는 이 정도로만 하고 돌아가려는 듯 레가트와 릭샤를 향해 깊이 고개를 숙였다.

"다음에 또 뵙겠습니다. 부디 마신의 축복이 깃들기를."

"어울리지 않는 인사를 하는군요. 고위 신관이라면 마신께서 인간에게 축복을 내려주실 리가 없다는 것을 잘 알고 있지 않습니까?"

레가트가 바로 반문하였으나 덱스틴은 대답하지 않았다. 다른 신관들과 함께 자신의 갈 길을 갈 뿐이었다. 이상한 의문과 흥분을 남겨둔 채로.

제10화

일이 묘하게 꼬이다 ■

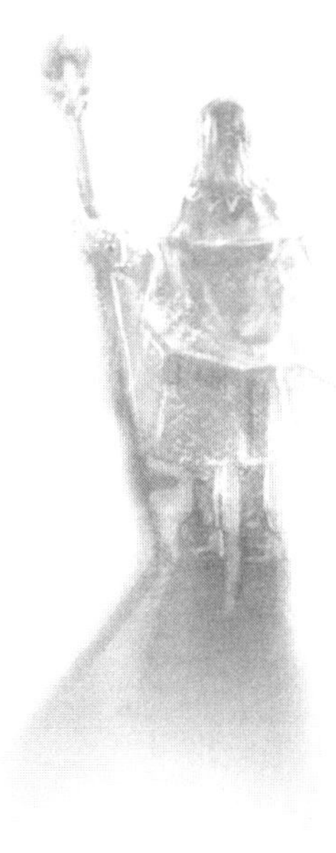

마신관과 대화를 마친 릭샤와 레가트는 데브와 헤어져 로드노스 대공의 막사로 향했다. 길을 걷는 도중 릭샤가 가만히 의문을 제기했다.

"마신관이 계속 수상쩍은 이야기를 하지 않았습니까? 이번 글론토 전투의 뒤에 무슨 음모가 도사리고 있는 것일까요?"

"글쎄다……. 도대체 알 수 없는 이야기만 늘어놓으니 무슨 일인지 알 수가 있어야지. 그럴 거면 아예 말을 말든지."

레가트가 가볍게 불만을 터뜨리자 릭샤는 고개를 기울였다.

"그래도 레가트 형은 어느 수준까지는 알고 계신 모양입니다만? 대체 '그분'이란 게 누구입니까?"

"엉? 어… 그건……."

순간 레가트는 매우 당황했다. 힐끗 그의 반응을 보고 릭샤가 다시 물었다.

“이번에도 대답하기 곤란하십니까? 자신의 신상에 관련된 것이라서?”

“응… 좀… 곤란한데…….”

“알겠습니다.”

한두 번 정도는 추궁을 더 해볼 만도 하건만 릭샤는 깔끔하게 의문을 접고 사뿐사뿐 제 갈 길을 걸었다. 그저 레가트 혼자서만 어린아이를 속인다는 죄책감에 휩싸여 끙끙거렸다.

이야기를 나누는 사이 어느새 대공의 천막에 다다랐다. 그 즈음에서 둘은 낯이 익은 얼굴을 보게 되었다. 로드노스 대공의 친위 기사인 토펜카브가 바로 그였다. 그는 가슴과 양 어깨에 가벼운 은색의 갑옷을 착용한 네댓 명의 기사들과 함께였다.

“엇? 저놈들은…….”

토펜카브도 얼마 안 가 릭샤와 레가트를 발견했다. 그는 전쟁터에 어울리지 않는 어린애와 기생오라비 같은 청년을 보고 눈살을 있는 대로 찌푸렸다. 하지만 곧 번개같이 머리를 스치는 생각에 바로 씨익 미소 지었다.

“으음, 불길한 미소네.”

레가트가 자신을 향해 걸어오는 토펜카브를 보고 중얼거렸다. 릭샤는 토펜카브를 자세히 훑어보다가 고개를 기울였다.

“토펜카브 경의 저 미소가 불길하게 느껴진다는 말씀이십니까? 저는 잘 모르겠습니다만.”

“다년간의 경험에서 나온 직감이야. 이건 불길해.”

그들이 이야기하는 사이 토펜카브와 그 일당―실은 대공의 친위 기사―이 바로 앞까지 와 섰다. 토펜카브가 앞으로 나서 레가트를 향해 손을 내밀었다.

"레가트, 갑작스러운 말이라 당황스러울 것이라 생각하네만 나와 검을 거루어보겠는가? 대공 전하께서 그토록 감탄하시는 자네의 실력을 몸으로 느껴보고 싶네."

예상이 대강 들어맞았기에 레가트는 겸손한 미소를 보였다.

"아닙니다. 대공 전하는 저를 너무 과대평가하고 계십니다. 저 같은 미천한 실력을 가진 자가 어찌 대공 전하의 친위 기사 대장님과 검을 맞댈 수가 있다는 말씀이십니까?"

"어허, 대공 전하께서도 검에 무지한 분은 아니시네. 그대가 감히 전하를 무시하는 것인가?"

"그런 것이 아니옵고……."

"그럼 긴말할 것 없이 당장 날 따라오게. 그저 자네의 실력을 한번 보고 싶을 뿐이니까."

제멋대로 일을 결정해 버린 토펜카브는 몸을 돌려 가까운 곳에 마련된 임시 무투장으로 향했다. 다른 친위 기사들이 차례로 레가트를 흘깃 쳐다보며 비웃음을 흘린 뒤 그의 뒤를 따랐다. 그들의 조롱 섞인 표정에도 웃음만 짓고 있던 그가 친위 기사들의 시선이 전부 거두어진 뒤에야 한숨을 푹 내쉬었다.

"어쩔 수가 없구나. 가자, 릭샤."

"예, 레가트 형."

임시 연무장에는 이미 많은 기사와 용병들이 모여 북새통이었다. 토펜카브는 구경꾼이 많은 것에 굉장히 흐뭇해하며 레가트를 힐긋 돌아보았다. 이 기회를 통해 레가트의 실력이 별것 아니라는 사실을 대공 전하께 알리고 자신의 중요성을 또 한 번 강하게 어필하고자 하는 그의 투혼이 뜨겁게 불타올랐다.

"검을 뽑아라. 최소한의 비겁한 짓이 아니라면 규칙은 없다. 네 실력을 내게 보여다오!"

구경꾼들을 모두 일정선 뒤로 물리고 중앙에 선 토펜카브가 레가트를 향해 소리쳤다. 하지만 레가트는 당장 앞으로 나서지 못하고 머뭇거렸다.

"저기… 죄송한 말입니다만 제게도 검을 하나 빌려주시겠습니까?"

"자네에게도 검은 있지 않나? 설마 장식용으로 달고 다녔던 것은 아니겠지?"

토펜카브가 미간을 좁히며 레가트의 허리에 걸린 검을 가리켰다. 지금에 와서 보니 검집 안의 날은 어찌 되어 있는지 몰라도 손잡이만은 굉장히 세심하게 세공된 검이었다. 토펜카브의 눈길이 진지해지자 레가트는 자신의 화려한 가드를 일부러 더 앞으로 꺼내 보았다.

"창피하지만 보다시피 장식용이 맞습니다. 아는 분께 받은 검이라서 이렇게 차고 다니는 것이지요. 가지고 다니지 않으면 서운해하시기 때문에."

"허, 명색이 마검사가 검도 없이 다닌다는 말인가?"

"마검사라고는 하지만 검술을 전문으로 하는 것도 아니고… 꼭 필요할 때는 이렇게 단검을 사용하곤 합니다."

레가트는 망토 안의 왼쪽 품을 젖히며 단검들을 보여주었다. 토펜카브가 그 즉시 비웃음을 터뜨렸다

"하, 단검술?"

"단검뿐만이 아니라 주먹질도 하고 급해지면 이것저것 체계없이 이

용하고 있습니다."

"하하하! 그런가?"

토펜카브는 뒤쪽에 선 친위 기사들과 시선을 주고받으며 킬킬 웃었다. 그 모습을 멀리서 지켜보던 릭샤가 레가트의 옷자락을 잡아당겼다.

"저분들이 왜 레가트 형을 비웃는 것이죠? 형은 큰 잘못을 한 것도 없는데 그들의 하는 행동이 굉장히 불쾌하군요."

"괜찮아, 괜찮아. 오히려 이러는 편이 더 낫지. 자, 이 검을 들고 좀 기다려 줄래?"

"네. 검에 대해서는 걱정하지 마시고 어서 가서 레가트 형의 실력을 보여주고 오십시오."

검을 건네받은 릭샤가 두 손을 불끈 쥐었다. 언제나 무표정인 아이가 흥분까지 할 정도라 레가트도 그 기대에 부응해 주고 싶은 마음이 차올랐다. 하지만 아쉽게도 속 시원한 대답을 해줄 만한 상황은 아니었다.

레가트가 친위 기사에게 평범한 검을 하나 빌려서 토펜카브의 앞으로 걸어갔다. 드디어 두 사람이 제대로 자리를 잡고 서자 한 남자가 나와 시작 신호를 울렸다. 토펜카브가 먼저 검을 앞으로 내밀어 소리쳤다.

"이 검의 날카로운 빛이여!"

말이 떨어지기가 무섭게 그의 검이 흰 빛으로 감싸졌다. 물론 레가트도 가만히 있지 않고 검을 내밀었다.

"하염없이 떠돌아 피를 갈망하는 빛이여, 내 적의 목을 앗아 이 검을 피로 적실 빛이여!"

주문이 끝나고 레가트의 검에도 흰 빛이 감돌기 시작했다. 하지만 그의 경우는 마나를 주입하기 위한 주문이 굉장히 길었다. 게다가 굉장히 빠른 템포로 소리친 토펜카브와는 달리 레가트는 릭샤의 마법 주문처럼 느긋한 박자를 맞추어 이루어졌다.

토펜카브가 흰 빛을 머금은 검을 내리고 그 모습을 보다가 짜증스럽게 소리쳤다.

“그 느려 터진 주문이 자네가 애용하는 주문인가? 그러다간 마법사에게도 당해 버리겠군! 지금 나랑 장난하자는 겐가?”

“네? 아, 오랜만에 마검을 사용하는 거라서 좀 신중해져 봤습니다. 불쾌하셨다면 부디 용서를 해주십시오.”

레가트가 아차 해서 다급하게 대답했다. 토펜카브는 공손한 대답을 들었는데도 왜인지 모르게 더욱 기분이 불쾌해졌다. 그래서 뭐라 한마디도 않고 곧장 검을 내려 발을 한 번 앞으로 굴렀다. 짧은 주문이 그의 입에서 터져 나왔다.

“이 몸은 거센 폭풍일지니!”

토펜카브의 몸이 단번에 튕겨져 나가 열 발자국도 넘게 떨어져 있는 레가트의 눈앞으로 순식간에 쇄도해 왔다. 보통 사람이라면 결코 불가능한 움직임이 마법의 힘으로 가능해지고 있었다. 하지만 단순히 근력을 강화시켜 주는 마법에 불과한 만큼 이 주문을 얼마나 능숙하게, 그리고 유용하게 사용하는가는 오로지 검사의 몫이었다.

“이 몸은 폭풍일지니!”

레가트도 몸에 마나를 실어 응수했다. 따로 생각나는 주문이 없어서 토펜카브의 주문을 그대로 인용해 버렸다. 하지만 몸의 스피드와 근력에 관계된 주문은 주로 폭풍에 비유하기 때문에 아주 트집 잡힐 일은 없을 것이다.

투웅!

흰 빛을 머금은 검끼리 청명한 소리를 울렸다. 토펜카브는 쉬지 않고 검을 휘둘렀다. 평범한 사람들의 눈에는 그저 흰 빛이 번쩍 했을까 싶을 정도로 빠른 움직임이었다.

"합!"

몇 번 정도 대등하게 검을 나누던 레가트가 조금 전과는 달리 강하게 기합을 주어 한층 더 빨라진 스피드로 허리를 노렸다. 토펜카브 또한 만만치는 않아 충분한 간격을 두어 검을 피해냈다. 하지만 레가트가 순간적으로 검에 마나를 더 실어 빛의 길이를 조금이나마 더 길게 늘어 그의 허리춤을 얕게 베고 지나갔다.

"칫! 제법 하긴 하는군!"

얕은 상처 정도는 눈길조차 주지 않고 토펜카브가 소리쳤다.

"그래도 나를 뛰어넘을 정도는 아니다."

검을 피하기 위해 물러섰나 싶었던 그가 굉장한 힘으로 회전하는 몸을 멈추어 반대쪽 방향으로 검을 든 팔을 휘둘렀다. 그와 동시에 레가트가 했던 것처럼 토펜카브의 검에 실린 흰 빛도 조금 더 늘어났다. 순간적으로 허를 찔린 듯 당황한 움직임의 레가트가 바로 눈앞에서 겨우 검을 막았다. 하지만 이미 몸의 균형은 크게 흐트러져 있었다.

그 빈틈을 놓칠 토펜카브가 아니었다. 그의 검이 레가트의 이마를 스치고 지나가며 금발을 몇 가닥 잘라내었다. 레가트는 그대로 뒤로 엉덩방아를 찧고 말았다.

"윽!"

"항복인가?"

토펜카브가 레가트의 앞에서 검을 겨누었다. 레가트는 자신의 검을 바닥에 내려 항복의 표시를 하며 일어났다.

"아구구, 역시 토펜카브 경의 상대는 안 되는군요. 정말 대단하십니다."

"뭐, 하지만 자네도 확실히 대공 전하께서 칭찬하실 만했네. 내게 상처를 입힐 정도의 실력이니."

"하하, 칭찬에 감사드립니다."

완전히 레가트의 코를 눌러주진 못했지만 자신의 실력이 우위라는 것을 확인한 이상 토펜카브도 이 이상 레가트에게 시비를 거는 것은 관두자고 생각했다. 사실 레가트가 터무니없이 약한 놈인 것도 대공 전하의 위신에 상처를 입히게 되는 일인 것이다.

토펜카브가 그곳에서 벗어나기 시작하자 레가트는 모든 것이 좋게 해결되었다고 안도의 한숨을 쉬었다. 그때 멀리서 지켜보고만 있던 릭샤가 자기 키만한 검을 들고 그에게로 열심히 뛰어왔다.

"레가트 형."

"그래그래, 릭샤. 혹시 형이 다칠까 봐 걱정했니?"

"아니오. 첫 합에서부터 이미 걱정 따윌 할 필요는 없다고 생각했습니다만."

친위 기사들과 되돌아가고 있던 토펜카브가 릭샤의 말을 얼핏 듣고 멈추어 섰다. 레가트는 더 이상 토펜카브를 자극시켜서는 안 된다는 일념 하에 재빨리 릭샤의 입을 틀어막았다. 그러나 이미 당돌한 꼬맹이 쪽에서 몇 마디를 한 직후였다.

"충분히 피할 수 있는 검을 일부러 받아주셨지 않습니까? 어째서 그렇게 어색한 움직임을……."

"응? 누구 얘기 하는 거니, 릭샤?"

레가트가 애써 다른 사람의 이야기로 위장하기 위해 주변을 두리번
거렸다. 하지만 이미 사방은 구경꾼들로 가득 메워져 따로 대련을 하
는 사람은 찾아볼 수가 없었다. 땀이 이마를 타고 한 방울 주룩 흘렀
다.

"호오, 그러니까 꼬맹아, 네 말은 레가트가 이 몸을 봐주었다는 뜻이
렷다?"

릭샤의 앞에 길게 그림자를 드리우고 선 토펜카브가 잔뜩 비꼬아 물
었다. 릭샤는 술렁이고 있는 주위의 분위기와 낭패한 얼굴을 하는 레
가트를 보고 그제야 상황이 잘못되었다는 것을 깨달았다.

"아니요. 죄송합니다. 레가트 형이 진 것이 분해서 한번 해본 말이
었습니다. 토펜카브님에게까지 들린 모양이군요. 진심으로 사과드리
겠습니다. 너무 불쾌하게 여기지 말아주십시오."

짧은 순간 릭샤가 그럴듯하게 변명을 늘어놓았다. 하지만 토펜카브
의 짜증은 조금도 사그라지지 않았다.

보통의 어린아이가 말했다면 곧이곧대로 믿고 머리만 한번 쥐어박
은 뒤 떠났을지 모른다. 하지만 눈앞의 꼬맹이만은 달랐다. 그 조리있
고 똑바른 말투가 되려 거짓으로 둘러대고 있다는 느낌을 강하게 주었
다.

그것은 이성적인 판단이라기보다는 순전히 직감과 감정에서 나온
판단이다. 하지만 그것만으로도 토펜카브의 짜증 지수는 이미 한계에
다다랐다. 별것 아닌 검사 나부랭이 따위에게 대공의 신임을 빼앗긴
것으로 부족해 코딱지만한 꼬맹이에게 놀림거리가 되다니!

스쳐보기에도 토펜카브가 크게 화가 났다는 사실을 느낄 수 있었기

에 릭샤는 다급히 그의 옷자락을 붙들었다.

"토펜카브님, 마음을 차분히 가라앉히시고 제 말을 들어주십시오. 제가 강한 형을 무척 자랑스럽게 여겼기 때문에 다른 사람에게 진 사실을 인정하고 싶지 않았던 것입니다. 토펜카브님이라면 형이 누구보다도 강한 존재이길 바라는 동생의 마음을 알아주실 것이라……."

"닥쳐! 이 더러운 꼬마 놈이 어딜 건드려?"

변명의 내용이 점점 더 상세하게 향상되자 한계에 다다라 들썩이고 있던 토펜카브의 뚜껑이 드디어 열리고 말았다. 토펜카브가 릭샤의 손을 뿌리치기 위해 손을 들었다. 그 모습을 본 릭샤가 재빠르게 레가트의 검을 앞으로 내밀어 방어 동작을 갖췄다.

퍼억!

빠른 조치는 경이로울 정도였지만 그 작은 몸으로 토펜카브의 공격에 버티는 건 어림도 없었다. 토펜카브가 강한 힘으로 손을 쳐낸 것만으로 릭샤가 종잇조각처럼 날아 땅바닥에 길게 쓸려갔다. 그에게 아직 마법의 힘이 남아 있던 탓이었다.

"으읏!!"

릭샤는 땅을 짚으며 바로 자리에서 일어났다. 여전히 레가트의 검을 꼭 쥔 채 무게 중심을 낮게 하여 본능적으로 전투 자세를 갖추었다.

어린 꼬마가 땅바닥에 쓰러져 끙끙대고 있었으면 토펜카브도 금방 자신의 실수(?)를 깨달았을 법도 했는데 그 강인한 모습이 더욱 성질을 돋우었다.

"이놈이!!"

토펜카브가 이를 부득 갈며 한 발자국 나섰다. 완전히 꼭지가 돈 그는 지금 당장이라도 릭샤를 밟아 죽일 기세였다.

턱!

하지만 토펜카브는 몇 걸음 걷다 말고 멈추어 섰다. 레가트가 그의 얼굴 앞에 팔을 내밀고 있었다. 고개를 돌리자 평소 헤실헤실 웃고 있던 놈이라고는 생각할 수 없는 모습으로 살벌한 기운을 풍기고 있었다.

"어린아이가 한 일에 그렇게까지 하셔야만 했습니까?"

"감히 누구의 앞을 막는 것이냐?"

토펜카브는 이미 이성을 잃어 레가트의 변화 따윈 안중에도 없었다. 그저 저 무례한 두 놈을 쓸어버리겠다는 일념뿐이었다. 크게 한 발자국 물러선 토펜카브가 검을 뽑아내어 소리쳤다.

"이 검의 날카로운 빛!"

검에 마나를 주입하는 주문이 조금 전보다 더욱 빠르고 짧았다. 그때까지 검조차 빼 들고 있지 않은 레가트였지만 토펜카브가 직전으로 돌진해 왔을 때 순간 몸을 옆으로 돌려 피해내며 품에서 단검을 꺼내 들었다. 품에서 빠져나오는 동안 짧은 단검은 이미 흰색의 빛으로 가득 덮여져 있었다. 그 길이는 거의 중검 수준이었다.

카창!

토펜카브의 검이 허무하리만치 쉽게 하늘을 날았다. 주인의 손에서 벗어나 빛을 잃은 검이 바닥에 떨어져 평범한 금속음을 냈다.

"어?"

검을 잃은 토펜카브가 너무 당황스러운 나머지 된소리를 냈다. 뜨겁게 흥분했던 머리가 순식간에 차갑게 식어 내렸다. 그의 시선이 레가트의 손에 들린 검으로 향했다. 자신은 흉내도 못 낼 어마어마한 길이의 마검(마력이 주입된 검)이 있었다.

짝짝짝!

“과연, 과연 레가트다!!”

잠시 소강상태가 되었을 때 인파 사이에서 누군가가 유쾌하게 박수를 쳤다. 그는 스테왈트 국의 로드노스 대공이었다. 뒤늦게 그의 등장을 깨닫자 인파가 양옆으로 다급하게 갈려졌다. 넋을 잃은 토펜카브를 제치고 레가트에게로 다가간 대공이 그의 손을 덥석 잡았다.

“레가트 자네, 검술뿐만이 아니라 마력의 양까지 굉장하군! 그런데도 마법사가 아닌 마검사의 길을 택한 건가? 하긴 자네에겐 빠르고 파워풀한 마검사가 어울려! 하하하!”

“…기다려 주십시오, 로드노스님.”

레가트는 그의 손을 정중히 뿌리치고 릭샤에게로 향했다. 하긴 이런 이야기보다는 상처 입은 아이를 먼저 돌보았어야 했는데, 로드노스 대공은 자신의 실수를 깨달았다.

레가트가 릭샤를 추슬러 안는 것까지 확인하며 대공은 토펜카브를 날카롭게 노려보았다.

“토펜카브 경, 나는 경이 그리 옹졸한 인간인 줄 오늘에서야 알았소! 기사의 신분으로 어린아이에게 주먹을 휘두르다니!”

“아, 대, 대공 전하!”

토펜카브는 완전히 당황했다. 레가트의 콧대를 눌러주려 했던 작전이 이상하게 돌아가고 있었다. 대관절 저놈의 정체가 무엇이기에 저토록 강력한 검술을 가진 데다가 가공할 만한 마력까지 가지고 있단 말인가?

토펜카브가 열심히 머리를 굴리고 있는 사이 레가트는 로드노스 대공에게 걸어갔다.

“제 동생의 몸이 안 좋아 보이는 관계로 그만 가서 쉬겠습니다. 허락해 주시겠습니까?"

"아, 그러게. 내 치유술사라도 보내줄까?"

"아닙니다. 그 정도로 다친 것은 아닌 것 같으니……."

레가트가 짧은 인사를 끝내고 그만 떠나려던 참이었다. 그때 토펜카브가 다급히 소리쳤다.

"기다려! 네 스승은 대체 누구지? 그렇게 강력한 검술을 가졌다면 스승 정도는 가지고 있을 텐데!?"

"토펜카브 경!"

"대공 전하, 그가 강하다는 것은 인정하겠습니다. 하지만 저것이 일개 떠돌이 검사가 다다를 수 있는 경지입니까? 게다가 칠 년 전에도, 지금도 그는 정확한 자신의 출신을 밝히지 않았습니다. 도대체 이유가 무엇일까요? 너무나 수상쩍지 않습니까?"

대공은 당장에 토펜카브를 물리치고 싶은 마음이 앞섰지만 그의 주장도 완전히 틀린 것은 아니라 어쩔 수 없이 망설였다. 이렇게 된 바에야 레가트가 자신의 출신 성분을 밝히고 당당히 토펜카브를 눌러주면 좋으련만.

사실 로드노스 대공은 레가트가 평민이라는 사실을 믿지 않고 있었다. 평민이라도 그 나름의 사연이 있는 가문의 자제라고 믿었다. 레가트는 소탈했지만 예의와 격식을 알았고 귀족적인 외모에 뛰어난 마검사였다. 하위 계급이라는 사실 자체가 어불성설이었다.

"말해 보아라! 네 스승이 누구인지!!"

"레가트, 말해 보게! 사연이 있더라도 이 내가 무마시켜 주겠네!"

여기저기서 터져 나오는 요구에 레가트는 곤란한 표정을 했다.

"죄송합니다. 전에도 그러했지만 제 출신에 대해서는 말씀드릴 수가 없습니다."

예상대로의 대답이었다. 로드노스 대공은 몸소 레가트에게 다가가 어깨를 다독였다.

"레가트, 그대가 혹 엄청난 과오를 저질렀다 해도 은인인 그대를 저버리진 않을 것이네. 차라리 이 기회에 묵은 사연을 모두 풀어버리고 내게 도움을 받는 것은 어떤가?"

"죄송합니다. 제가 칠 년 전 전하의 곁을 그냥 떠난 것도 제 출신을 밝힐 수가 없어서였습니다. 이곳에 계속 머물다간 폐만 끼칠 것 같으니 저는 그냥 떠나겠습니다."

돈벌이가 급하긴 하지만 이런 상태에서 계속 머무는 것은 위험할 것 같아서 레가트는 얼른 발길을 돌렸다. 로드노스 대공은 매우 다급해져 손을 들었다.

"레가트, 멈추게! 출신 따위는 아무래도 관계없으니!!"

"대공 전하! 어찌 그런 말씀을 하십니까! 그가 적국의 스파이인지, 아니면 드래곤의 수하인지 전혀 모르는 상황이 아닙니까? 그런 자를 곁에 두시겠다니!!"

"시끄럽소, 토펜카브 경! 질투에 눈이 벌어 우수한 인재를 쳐내려 하는 그대의 행각에 치가 떨리오!"

"제가 정말 질투에 눈이 멀었을는지는 모르오나 이 요청만은 충심에서 나오는 말입니다! 제발 냉정히 생각해 주십시오! 대사를 앞에 두고 있는 위태로운 상황입니다!"

로드노스 대공의 얼굴이 시뻘게졌다. 토펜카브가 하는 짓은 정말 진심으로 마음에 들지 않았지만 자신이 하고 있는 일이 너무 성급하고 주먹구구식이라는 것도 알고 있었다.

레가트는 정말 하나부터 열까지 수상하지 않은 부분이 없다. 그저 마음에 든다는 사실 때문에 정체도 모르는 자를 측근으로 둘 수는 없는 법이다.

로드노스 대공은 피를 토하는 심정으로 레가트를 향해 들고 있는 손을 내렸다.

"그쪽이 버린다면 이쪽에서 받지."

갑작스러운 목소리였다. 그와 동시에 술렁이던 구경꾼들이 또 한 번 크게 갈라지며 길을 내었다. 그들의 사이로는 가벼운 차림을 한 30대의 남자가 걸어나왔다. 고귀한 금발을 보고 로드노스 대공이 눈을 크게 키웠다.

"화, 황제 폐하!"

대공이 다급히 앞으로 나서 놀란 음성을 내뱉었다. 눈앞에 선 금발의 남자는 레기느멜젠의 황제 크로제츠 9세였다.

그는 자세히 보지 않고는 황제라는 것을 알 수 없을 만큼 간소한 차림으로 주변을 둘러보던 중이었다. 그저 이 주변에서 재미있는 일이 벌어진다는 소리를 듣고 직접 걸음을 한 것뿐인데 우연히 기대하지도 않은 수확을 거두게 된 듯했다.

레가트의 모습을 훑어보며 크로제츠 9세는 미소했다.

"짐으로서도 그의 정체를 완전히 무시하고 받아들일 수는 없다. 하지만 지금은 인류의 공통된 적인 마성의 드래곤을 상대하는 자리이다. 그 또한 인간일 테니 최소한 드래곤이 날뛸 때까지는 딴마음을 먹지 못하리라. 따라서 드래곤의 퇴치가 마무리될 때까지는 나 크로제츠 9세가 그의 신분을 보장하여 제국군의 일원이 되도록 하겠다."

막 떠나려고 준비하던 레가트는 순간 굳어버렸다. 크로제츠 9세가 저리 많은 사람 앞에서 공표를 해버렸으니 이제 그는 떠나고 싶어도 떠날 수가 없게 되었다. 만약 그의 호의를 무시하고 가버리면 황족 모욕죄의 이름 앞에 영원히 쫓기는 신세가 될 것이다.

"레가트라고 했던가? 함께 가지."

"아, 예……."

레가트는 망설였으나 결국은 황제의 뒤를 따를 수밖에 없었다. 그는 힐끗 뒤를 돌아보고 로드노스 대공에게 어색하게 웃으며 인사했다. 미안함이 담긴 마지막 인사였다.

아쉬움과 안타까움에 엉망이 된 심정으로 로드노스 대공은 한동안 그 자리에 서 있었다. 레가트의 멀어져 가는 뒷모습을 보니 화까지 치밀어 올랐다. 그가 장장 십 년 동안 등용하고 싶어했던 인재인데 이렇게 허무하게 제국 측에 빼앗기게 되다니. 그는 치밀어 오르는 울분을 참지 못하고 토펜카브를 노려보았다.

"토펜카브 경, 오늘 일은 내 결코 잊지 않을 것이네!!"

"저는 항상 충심으로 전하를 모셨습니다!"

토펜카브는 당당하게 고개를 들었다. 하지만 별것 아닌 일에 먼 미래의 출셋길에 막대한 지장을 초래했다는 사실을 되새기고 남몰래 피눈물을 흘릴 수밖에 없었다.

제11화

평범함을 추구하는 길은 진정으로 험난하다 ■

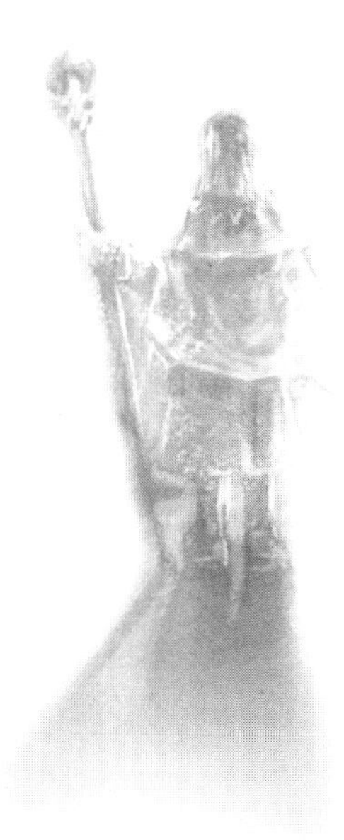

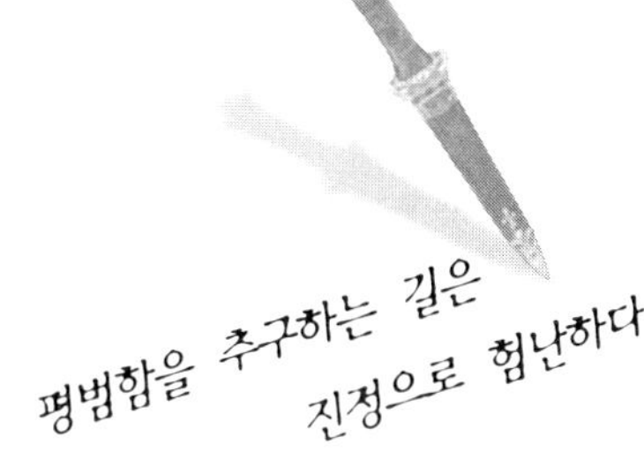

레가트와 릭샤는 제국군의 진영으로 오게 되었다. 황제는 레가트의 뛰어난 실력을 인정해 개인 막사까지 하사했다. 상황이 이상하게 꼬이기는 했지만 레가트는 일단 막사에서 쉬면서 릭샤의 상태를 보았다. 릭샤의 상처는 긁힌 상처를 제하면 대단치 않았다.

"따로 아픈 데가 있는 건 아니지?"

"예, 보다시피 생채기가 쓰라린 사실만 뺀다면 아무렇지도 않습니다. 나중에 이곳에서 벗어나게 되면 마법으로 말끔히 치유하도록 하지요."

"응, 그래."

레가트가 그제야 밝게 웃었다. 보통 그런 공격에 얻어맞았으면 그 작은 몸이 몇 군데는 부러지고도 남았을 것이다. 그것을 순간적인 재치로 무마시킬 정도로 릭샤의 운동 신경은 엄청났다.

“그건 그렇고, 한 가지 질문드릴 것이 있습니다. 저의 상담 상대가 되어주시겠습니까?”

“아, 응.”

침대 위의 릭샤가 바른 자세로 앉아 물었다. 레가트는 잠시 멍해 있다가 고개를 끄덕였다.

“묻고 싶은 것은 토펜카브님을 속이기 위해 변명을 내놓았던 그때의 일 때문입니다. 저는 나름대로 이치에 맞는 변명이었다고 생각했습니다만 토펜카브님은 일말의 재고도 없이 저를 내치셨습니다. 어째서 저의 거짓말이 그토록 빨리 들통나고 만 것일까요?”

“아하하, 그것 때문이구나. 그건 네 말투 때문이지.”

“저는 최대한 공손한 태도로 정확하게 의사를 전달했습니다만?”

릭샤는 도무지 이해하기가 힘들다는 듯 미간을 모았다.

“하하, 잘 모르겠니? 그러니까 이런 거야. 릭샤 넌 고작 여덟 살의 어린아이인데 마치 어른처럼 유식한 말을 늘어놓잖아. 그것은 몹시 이상한 장면이기도 하지만 때와 상대에 따라서는 상대의 신경을 불쾌하게 자극하기도 하지. 음… 뭐랄까… 어린아이에게 무시당하는 기분이랄까? 그때 토펜카브 경도 네 말이 굉장히 거슬렸던 거야.”

“호오, 자신의 신분과 다른 언동을 한다는 것은 여러모로 많은 문제를 파생시키게 되는군요?”

명쾌하게 결론을 내린 릭샤는 침대에서 뛰어내려 레가트의 바로 앞에 섰다. 이런 식으로 서로 마주 보고 있자니 어쩐지 불길한 일이 일어날 것 같아 레가트는 약간 긴장했다.

그때였다. 시종일관 무표정한 꼬맹이의 얼굴에 갑자기 방긋 웃음이 만개했다. 그것뿐만이 아니다. 녀석은 혓바닥까지 삐죽 내밀며 깜찍하게 말했다.

"레가트 형, 가르쳐 줘서 넘 고마워요."

쿠당!

조금 긴장한 걸로는 턱없이 모자랐다. 의자에 비스듬히 앉아 있던 레가트가 뒤로 완전히 넘어져 버렸다. 깜작 놀란 릭샤가 다급히 뛰어와 레가트의 머리를 살피며 소리쳤다.

"앗! 어떻게 해! 레가트 형, 아프죠?"

"캑캑! 쿨럭쿨럭! 자, 잠깐!"

넘어진 데다 사레까지 걸린 레가트가 겨우겨우 몸을 일으켰다. 그는 당장에 릭샤의 어깨를 꽉 쥐었다.

"가, 갑자기 그게 무슨 짓이야?"

"이 말투 때문에 놀란 거예요? 이젠 어린애답게 하려고요. 전에 노예상에서 애들이 하는 거 잘 봐뒀거든요."

릭샤가 헤헷 웃으며 쑥스럽게 머리까지 긁적였다. 레가트의 안색을 창백하게 만들 정도로 완벽하고 자연스러운 연기였다.

"그, 그, 그, 그거 갑자기 그렇게 하면 어색하지 않니?"

"어색해요. 하지만 노력할 거예요. 그럼 익숙해지겠죠?"

"그, 그래. 쿨럭."

의자를 다시 바로 세우고 앉았다. 릭샤도 레가트가 아무렇지도 않다는 것을 확인하고 침대 위로 올라가 앉았다. 그동안의 절제된 움직임과는 달리 쓸데없는 동작이 많고 통통 튀는 발걸음이었다.

"릭샤……."

"네? 왜요?"

릭샤가 또 한 번 방긋 웃었다. 문장은 최대한 짧고 어투는 아주 생기

발랄했다. 레가트의 온몸에서 소름이 두두둑 돋았다.

릭샤는 조그마한 꽃봉오리처럼 몹시 귀여운 아이였다. 그랬기에 이와 같은 어투와 행동은 그의 이미지에 딱 부합하는 것이었다. 하지만 레가트는 도저히 견딜 수가 없었다. 과거와 현실의 갭이 너무나 막대하게 컸다.

"그, 그거 꼭 해야만 하겠니?"

"해야죠. 자꾸 귀족 아저씨들한테 걸리면 큰일 나잖아요. 형이 아무리 강해도 군대를 상대할 순 없으니까요. 문제를 일으키기 전에 제가 먼저 노력해야죠. 전에 형도 저보고 말투를 바꾸라고 막 그랬잖아요."

"그, 그야 처, 처음엔 그랬지."

레가트가 눈을 지그시 감고 고개를 돌렸다. 하나에서부터 열까지 릭샤의 말은 틀린 부분이 없다.

하지만 못 견디겠다. 어떻게 할까? 어찌하면 좋을까? 귀여운 말투 같은 거 너한테 하나도 안 어울린다고 하면 상처받으려나?

"형아."

릭샤가 고개를 기울이며 무려 '형아' 라고까지 말했다. 순간 크게 움찔한 레가트가 끙끙대다가 결국은 릭샤에게 다가가 그의 어깨를 비장하게 쥐었다.

"릭샤, 현실과 타협하기 위해 갑자기 말과 행동을 바꾸니 얼마나 힘에 겨우니! 그래서 하는 말인데 형과 단둘이 있을 때만이라도 원래대로 하자꾸나."

"아네요. 그렇게 힘들지 않아요. 금방 익숙해질 건데요."

"아니야. 이 형은 어린 네가 조금이라도 힘들어하는 것은 견딜 수가 없어. 릭샤도 알지? 내가 우리 릭샤를 얼마나 소중하게 여기는지."

릭샤는 소중하게 여긴다는 말에 굉장히 놀란 듯 벙하게 있다가 곧이
어 고개를 끄덕끄덕했다. 그리고 조금 전 연기할 때와는 확연히 달라
보이는 표정으로 방긋 웃었다.

"저도 레가트 형이 굉장히 좋아요."

"응, 형도 우리 릭샤가 너무 좋아. 정말 좋아."

레가트는 순진한 릭샤를 속이는 것이 몹시 양심에 찔렸지만 그래도
거짓말은 아니니까 괜찮을 것이라 홀로 고개를 주억거렸다.

잠시 동안 아주 솔직하게 자신의 감정을 표현한 릭샤가 다시 안면을
포커페이스로 바꾸었다.

"그럼 말씀대로 하겠습니다. 다른 사람들의 앞에서만 말투와 행동을
바꾸도록 하지요."

"으, 응, 그래. 형이 좀 더 능력이 있었으면 우리 릭샤가 하고 싶은
대로 하게 해줬을 텐데 미안하구나."

그냥 인사치레 정도로 한 말이었지만 한편으로는 레가트의 진심이
담겨 있었다. 이토록 어린아이가 다른 사람의 이목 때문에 이중적인
모습을 가져야 한다는 것은 분명 안타까운 일이었다. 하지만 릭샤는
아무렇지도 않게 고개를 저었다.

"아닙니다. 그냥 무식한 척하며 표정이나 문장의 사용법을 조절하면
되는 것입니다. 크게 힘들 것도 없으니 너무 마음 쓰지 마십시오."

"으, 응."

레가트는 떨떠름히 대답했다. 무식한 척이라……. 릭샤가 자신 이외
의 아이들을 어떻게 바라보고 있는지 알 것 같았다.

"레가트님, 황제 폐하의 명을 받고 온 자입니다. 잠시 실례하겠습니
다."

문득 천막 밖에서 한 여인의 목소리가 들려왔다. 황제의 신분 보장 덕으로 레가트의 지위는 어느새 '님'이라는 말을 들을 정도로 훌쩍 뛰어올라 있었다. 레가트와 릭샤는 대화를 멈추고 천막의 입구를 바라보았다.

입구의 천이 걷히며 전쟁터와는 어울리지 않는 늘씬한 여인이 들어왔다. 허리까지 닿는 머리칼은 곱게 염색된 실크 자락에서나 볼 수 있을 만한 부드러운 물색이고 눈동자도 마찬가지였다. 피부는 갓난아기의 그것 같아 살짝 손이 스치는 것만으로도 생채기가 날 것 같았다.

"에, 엣? 어째서?"

일단 자리에서 일어난 레가트가 그녀를 보고 굉장히 놀랐다. 그녀의 귀가 길게 뻗은 데다가 그 끝이 뾰족했기 때문이다.

"어? 엘프네요? 그죠? 엘프죠? 근데 황제 폐하의 명으로 어째서 엘프가 와요?"

어린아이 버전으로 둔갑한 릭샤가 안으로 들어온 그녀를 가리켰다. 엘프 여인이 고개를 깊이 숙여 인사를 했다.

"저는 레이젤레스 루미엔. 물의 정령에게 호의를 받는 엘프이며 황제 폐하의 정령사입니다. 드래곤의 일이 마무리될 때까지 여러분을 모시며 행동을 함께하라는 그분의 명령이 있으셨습니다."

"아, 그러시군요."

레가트는 떨떠름하게 그녀의 인사를 받았다. 말이 모시라는 거지 실제로는 자신들의 행동을 감시하라고 보낸 자임이 틀림없었다. 정체가 불분명하니 어쩔 수 없는 조치였을 것이다.

"그런데 레이젤레스 루미엔님, 인간과 엘프는 적대하고 있다는데 아니었나요? 황제 폐하의 정령사라는 것도 있어요?"

릭샤의 질문에 레이젤레스가 씁쓸하게 웃었다.

"그냥 레이젤레스라고 불러주세요. 그리고 서로 적대하고 있다기보다는 인간의 정복 정책에 엘프가 속수무책으로 당할 뿐이죠. 인간의 손에 잡힌 엘프들은 모두 노예가 되어 여러 용도로 팔리지만 저처럼 강력한 정령술을 가진 경우에는 그 힘을 바치는 대가로 같은 동족의 노예들에 비해 많은 권리를 보장받으며 살아갈 수가 있답니다."

"아아, 일종의 고급 노예인 것이군요?"

조금 안타까운 이야기였는데도 릭샤는 아무렇지도 않게 결론을 짓고 다시 자리에 앉았다. 레가트는 이 상황을 어찌 받아들여야 하나 조금 고심했다.

그러고 보니 릭샤는 사람들이 살해당하는 것을 눈 하나 깜짝 않고 쳐다보기도 했다. 비록 자신을 해하려던 상대이긴 했으나 좀 지나칠 정도다. 릭샤는 너무 순진무구하여 의심이나 악의를 모를 뿐 아니라 측은함과 동정마저도 모르는 것 같았다.

"으음, 어쨌거나 좀 앉으시죠, 레이젤레스 양."

"아뇨. 그보다 두 분, 나갈 준비를 해주시겠습니까? 폐하께서 중앙 회의실로 모셔오라고 하셨습니다."

"예? 릭샤까지 회의장에 가는 건가요?"

"네, 폐하께서 릭샤님의 능력도 눈여겨보셨답니다."

레가트는 낭패감에 이마를 짚었다. 토펜카브와의 실랑이를 지켜보며 릭샤도 보통 아이가 아니라는 사실을 눈치 채버린 모양이었다.

이렇게 된 이상 어쩔 수 없다고 생각한 레가트는 자신 쪽에서 먼저 연막을 쳐야겠다고 생각했다. 그는 일부러 어리숙하게 뒷머리를 긁으며 입을 열었다.

"하하, 역시 폐하의 눈은 속일 수가 없군요. 릭샤는 1클래스의 마스터로 풍술사랍니다. 어린아이가 마법사라고 하면 시선을 너무 끌 것 같아 걱정이 되어서……."

'릭샤, 앞으로 너는 1클래스 풍술사다. 알았지?'

릭샤가 자신의 생각을 눈치 채주길 바라며 레가트는 힐긋 릭샤에게 시선을 주었다. 다행히 아이는 자신의 의도를 이해한 듯했다.

"와, 이제 일고여덟 살 정도로밖에 안 보이는데 정말 1서클 마스터란 말씀이세요? 마법은 엘프의 정령술과는 달리 굉장히 까다로울 텐데……."

"아닙니다. 우리 릭샤가 좀 어려 보여서 그렇지 올해로 열세 살이랍니다. 그래도 대단히 빠른 편이긴 하죠."

"확실히 그렇군요."

레이젤레스는 방긋 웃으면서 가볍게 답했다.

대강 이야기를 마치고 셋은 밖으로 나왔다. 레가트는 가능한 한 레이젤레스의 눈을 피해 손짓 발짓을 하며 릭샤에게 주의할 것을 전했다. 하지만 릭샤가 상황에 맞게 자연스러운 행동을 할 수 있을지 걱정되었다. 황제의 눈치가 보통이 아니라는 것도 마찬가지로 걱정의 한 요소였다.

'에라, 정 안 되면 박차고 도망치지 뭐.'

레가트는 이미 최악의 상황까지 생각하는 중이었다. 그렇게 회의장 용도로 이용되는 막사에까지 다다랐다. 갑자기 그의 곁에 서 있던 릭샤가 손가락을 들어 위를 가리켰다.

"저기 좀 봐요. 웬 인간이 하늘을 훨훨 날고 있네요. 와, 굉장히 예쁜데요? 이리로 오는 것 같아요."

"뭐, 뭐라고? 설마 드래곤? 아무 소리도 안 들렸는데?"

레가트는 화들짝 놀라 품 안의 단검으로 손을 뻗었다. 하지만 얼마 안 가 자신이 잘못 생각했다는 것을 알았다.

가까운 하늘에는 정말 인간이 날고 있었다. 자기 몸의 두 배나 되는 새하얀 날개를 길게 뻗은 여인이 우아한 자태를 뽐냈다.

"천족? 어째서 천족이 이런 곳까지?"

"천족은 아닙니다. 선신(善神)의 신전의 상징과 같으신 분, 성녀 로티라이니아님이십니다. 이번 회의에 참석하실 것입니다."

"아아!"

레이젤레스의 설명에 레가트는 그제야 고개를 끄덕였다. 마당발인 그는 선신의 신전에도 아는 사람이 있었고 그녀에 대한 이야기를 자세히 들을 기회도 있었다. 그것이 아니더라도 로티라이니아는 이 대륙 내에 모르는 자가 없을 정도로 유명인이었다.

심심할 때마다 인간계에 내려와 살인, 강간을 일삼는 마족들과는 달리 선신의 믿음을 따르는 천족은 거동이 몹시 조심스러워 큰일로 인간들에게 가르침을 내릴 때 외에는 인간계에 접근하지 않았다. 때문에 마족의 혼혈과는 달리 천족의 혼혈은 극히 드물었다. 로티라이니아는 바로 그 몇 안 되는 천족의 혼혈 중 하나였다. 특히나 그녀는 푸른빛까지 머금는 순백의 날개에 청아한 성품으로 남녀노소가 혀를 내두를 미(美)까지 가지고 있어 거의 천족 그 자체로 보아도 무방할 정도였다. 하지만 아쉽게도 그녀는 혼혈이었기에 선신의 말씀을 들을 수가 없었고 천계에 발을 들이는 것이 불가능했다. 그 대신 선신을 받드는 신전에 머물고 있는 것이다.

"자, 그만 들어가자. 폐하를 너무 기다리시게 했다가 무슨 봉변을 당하려고."

"예, 그러죠."

"제가 안내하겠습니다."

이제 막 땅으로 내려서고 있는 그녀를 바라보다가 천막 안으로 들어섰다.

붉은 천을 걷고 들어서자 바로 맞은편으로 보이는 최고 상석에 레기느멜젠 제국의 황제 크로제츠 9세의 모습이 있었다. 그의 좌우에는 스테왈트 왕국의 로드노스 대공과 마우릴 왕국의 왕세자가 자리를 잡고 있었다. 그들은 각각 병으로 몸져눕고 노쇠한 국왕을 대신하여 정계를 다스리고 있었으며 사실상 그 나라의 최고 실권자들이었다. 게다가 마신의 신전에서 파견된 최고 신관까지 참석하고 있으니 이 대륙을 한 손에 쥐고 흔드는 실세가 모조리 이 막사 안에 모인 격이었다.

"폐하, 예의 그분들을 모셔왔습니다."

레이젤레스가 레가트와 릭샤가 당도했음을 고했다. 그때 새로운 사람이 막사 안으로 더 들어왔다.

새로운 등장인물은 천족의 분신이라 불리는 로티라이니아였다. 천족의 핏줄답게 무척이나 고귀한 외모에 막사 안의 권력자들은 겉으로 표시는 내지 않았으되 새삼 감탄했다. 엘프인 레이젤레스가 아름다운 것은 당연한 일이었고, 그녀의 곁에 선 레가트와 릭샤 역시 인간으로서 수준급 이상의 외모를 가지고 있었으니 로티라이니아까지 낀 그들 넷이 옹기종기 모인 곳은 천계가 따로 없었다.

"하하하, 이거 참! 그 신분과 입장은 다르나 외모 하나만은 비등하게 극상의 경지를 달리시는군요. 제 눈이 다 즐겁습니다."

마신의 신관들 중 리더라 할 만한 덱스틴이 호탕하게 웃으며 그 심경을 털어놓았다. 로티라이니아의 뒤를 따라 들어오다가 그 소리를 들은 선신의 신관 중 한 명이 몹시 불쾌해하며 말했다.

"로티라이니아님은 당신을 즐겁게 해주기 위한 싸구려 창녀가 아니오!"

"이런, 전 순수하게 미모에 격찬을 드렸을 뿐입니다. 그리 비꼬는 말을 했던 기억은 없습니다만, 제가 마신의 신관이라고 너무 선입견을 가지신 것은 아닌지?"

"그만 하세요. 실례했습니다."

로티라이니아는 신관들을 말리며 덱스틴에게 사과한 뒤 차례로 각국의 왕들에게 목례를 주고 지정석에 앉았다. 입구 근처에서 순번을 기다리던 레이젤레스는 그제야 크로제츠 9세에게 정중히 고개를 숙였다.

"황제 폐하, 두 분을 어디로 모셔갈까요?"

"그래, 이쪽으로 모셔라."

릭샤와 레가트는 황제와 가까운 자리로 안내되었다. 유일하게 그들에 대하여 무지한 마우릴의 왕세자는 노골적으로 의아함을 내비쳤다. 레가트 쪽은 그렇다 치더라도 열 살도 채 안 되어 보이는 저 꼬맹이는 다 뭐란 말인가?

크로제츠 9세가 그것을 꿰뚫어 보고 두 사람을 소개시켰다.

"이들에 대해 궁금해하실 것 같아 먼저 말씀드리겠소. 이쪽은 레가트 카릴이라고 제국에서도 찾아보기 힘든 뛰어난 수준의 마검사요. 이번 드래곤 토벌 작전에 큰 도움이 될 것이라 생각하여 이 자리에 참석시켰소."

"그럼 저 아이는 누구입니까?"

마우릴 왕세자가 더 이상 궁금증을 참지 못하고 릭샤를 가리켰다.

"네 소개는 직접 하도록 하라."

황제의 그 말을 듣는 순간 레가트의 목이 긴장감에 바싹 말라왔다. 레이젤레스의 눈과 귀 때문에 릭샤에게 제대로 언질을 해주지 못한 것이 몹시 마음에 걸렸다. 각국의 최고 권력자가 전부 모여 있으니 크게 실수라도 했다간 이 대륙에는 영영 돌아오지 못할 수도 있다.

"안녕하세요? 저는 레가트 형의 사촌 동생인 릭샤 카럴이라고 합니다. 부족하게나마 1클래스의 풍계 마법을 마스터하고 있습니다."

릭샤의 말이 끝나자마자 천막 내 대부분의 사람들이 크게 술렁였다. 물론 그 속에는 크로제츠 9세도 속해 있었다. 릭샤에게 남다른 소질이 있을 줄은 알았지만 이 정도일 줄은 몰랐기 때문이다. 하지만 곧 만족스러운 미소가 떠올랐다. 저 정도의 재능을 가지고 있으니 비록 지금은 양날의 검이되 자신의 신하로 만들었을 때엔 여러모로 큰 쓸모가 있을 것이다.

한편 레가트는 남몰래 크게 안도의 한숨을 내쉬었다. 릭샤의 말은 어린아이의 느낌이 많이 포함되어 있었지만 어느 정도는 어른스러운 선을 유지하고 있었다. 이미 토펜카브를 향해 많은 이야기를 한 만큼 갑자기 유아스러운 언행을 사용하면 의심이 걷잡을 수 없이 커질 것이다. 다행히 릭샤는 그 사실을 알고 있었다.

"흠흠, 정말 대단하군. 카럴이라는 가문의 이름은 들어본 적이 없는데 대체 뭘 하는 집안이지?"

"그냥 별다를 것 없는 평민의 집안입니다. 그저 저와 릭샤만이 특별날 뿐이죠."

레가트가 깊게 고개 숙여 대답했으나 마우릴 왕세자의 의심은 지워질 줄을 모랐다. 두 사람의 엄청난 재능을 놓고 보자면 당연한 일이었다.

"뭐, 그들에 대한 소개는 이쯤으로 하고 성녀 로티라이니아여, 드래곤에 대항할 작전을 계획하기 전에 그대의 말을 먼저 들어보도록 하지. 선신의 신전의 입장을 가지고 왔다고 했으니 한번 말해 보게."

"예, 그렇게 하겠습니다, 황제 폐하."

로티라이니아가 공손히 고개 숙여 인사한 후 자리에서 일어났다. 그녀의 작은 몸에 버거워 보이는 거대한 날개에서 깃털이 몇 개 떨어져 내렸다.

"저희 신전에서는 이 싸움을 멈추고 선신의 뜻에 따라 양보와 평화를 선택하기를 원합니다. 글론토의 참사는 인간의 측에서 먼저 드래곤의 영토를 건드려 생긴 일, 잘잘못이 분명함에도 드래곤을 향해 날을 겨눈다는 것은 옳지 않은 일입니다. 지금이라도 늦지 않았습니다. 마의 유혹에서 스스로의 몸을 구원하십시오."

"아니나 다를까, 또 전쟁을 뜯어말리러 오신 거군요?"

마신관의 대표인 덱스틴이 고개를 절레절레 저었다. 크로제츠 9세와 다른 사람들도 예상을 빗나가지 않는 선신의 신전의 요청에 탐탁지 않은 표정을 했다. 선신의 가르침은 분명 좋은 것이었지만 시종일관 이어지는 양보와 이해, 평화는 종종 그들이 추진하는 일에 방해가 되기도 했다. 하지만 마음에 들지 않는다고 선신관의 면전에서 적대 발언을 하는 것도 곤란하다. 어쩔 수 없이 크로제츠 9세가 나섰다.

"성녀여, 인간 측에서 먼저 드래곤의 보금자리를 건드렸다고는 하나 애초에 문제가 발생하게 된 이유는 드래곤이 거대한 대지를 혼자 독점하였기 때문이오. 가뭄에 고통받는 자들이 그런 드래곤을 이해해 주어야 한다는 말이오?"

"폐하, 드래곤은 신의 뜻에 따라 오만하게 만들어진 종족, 때문에 우리들은 그들의 존재를 받아들이고 이해해야만 할 것입니다. 인간들이 한걸음만 물러서 그들에게 양보하면 평화를 유지할 수 있습니다. 폐하께서는 그 크지도 않은 땅을 차지함에 있어 얼마나 많은 인간들이 목숨을 잃을지 생각해 보셨습니까? 드래곤에게 검을 겨눌 힘이 있었다면 새로운 밭을 개간했으면 되었을 일입니다."

로티라이니아는 꿈쩍도 하지 않았고 크로제츠 9세는 한숨을 푹 쉬었다. 전쟁에 앞서 그들은 무척이나 귀찮은 존재다.

그때 잠자코 듣고 있던 덱스틴이 픽 웃었다.

"로티라이니아님, 선신과 마신께서 드래곤을 오만하게 만드셨을지는 몰라도 인간을 그 오만함에 무조건 수긍하는 존재로 만들지는 않았습니다. 인간이 선신의 가르침을 따라 그들을 무조건 이해할 것인지 마신의 가르침에 따라 피의 투쟁을 할 것인지는 철저한 자유 의지인 것입니다."

"당연히 선신의 가르침을 따라야 하지 않습니까? 그 투쟁의 핏속에 당신의 사랑하는 부모와 연인의 것이 있다 해도 싸움을 지속하시겠습니까?"

"물론 지속할 것입니다. 배가 고파 쩔쩔매면서도 드래곤과의 다툼을 피하며 그 가당치 않은 평화 따윌 도모해야 한다는 말씀이십니까? 내 부모와 형제의 시체를 밟아서라도 투쟁해야만 합니다. 메마른 고랑에 그 오만한 파충류의 피가 가득 차도록 검을 들어야 할 때인 것입니다! 세 나라의 영명한 지도자시여, 그리 생각지 않으십니까?"

세 권력자는 수긍의 뜻을 밝혔다. 자신의 부모와 형제의 시체를 밟을 각오는 없었으나 일단 전쟁은 하고 봐야 했다.

한편, 그들의 열띤 논쟁을 듣고 있던 레가트는 언뜻 이상한 소음을 들었다. 인간의 한계를 뛰어넘은 그의 청각이 바람을 가르며 빠르게 다가오는 어떤 물체를 감지했다. 그동안에도 덱스틴의 이야기는 계속되고 있었다.

"자아, 드래곤이 어떤 생물인지 들어보시겠습니까? 그들은 자기 과신이 지나친 나머지 인간마저 하등한 버러지와 같은 존재로 보고 있습니다. 그래서 수많은 드래곤과 헤츨링이 인간의 손에 죽어갈 때에도 도울 생각은커녕 그 사실을 창피하게 여기어 숨기는 데만 열중합니다. 그리고서는 제 주제도 모르고 자신이 최강의 종족이라 큰소리를 치며 광대한 대지를 차지하고 앉아 있는 것입니다. 이 오만한 데다 아둔하기까지 해 타 종족에게 피해만 끼치는 파충류를 우리들 인간이 직접 나서서 씨를 말리는 것도 이 중간계에 무척 유익한 일이 되지 않겠습니……."

"폐하!!"

천막의 입구 바로 앞에서 누군가가 크게 소리쳤다. 그와 함께 주변이 몹시 소란스러워졌다. 세 권력자와 신관들, 그리고 호위병들은 무언가 일이 일어남을 감지하고 당장 몸을 일으켰다.

"릭샤, 이리 와!!"

"예."

레가트가 빠르게 손을 뻗어 가장 먼저 릭샤를 감싸 안았다. 그는 이미 소란의 원인을 알고 있었다.

"드래곤이다!"

누군가가 크게 소리쳤다. 방어를 하려 해도 아무것도 보이지 않는 천막 안에서는 곤란했으므로 모든 사람들이 다급히 밖을 향했다. 레가트는 아예 입구 반대쪽을 마력이 실린 단검으로 단숨에 찢어서 뛰쳐나왔다. 감히 최고층 회의용 막사를 찢어내고도 고이 넘어갈 수 있을지 염려가 되었지만 지금 입구를 이용하고 있는 황제와 왕세자 등을 밀어젖히고 나가는 것보다는 나을 것이라 생각했다.

태양을 드문드문 가리며 한 드래곤이 하늘을 맴돌고 있었다. 검은빛의 비늘이 뒤덮인 거대한 몸체의 위용은 멀리서 바라보기에도 아주 대단했다. 드래곤은 아래에 진을 치고 있는 인간들을 가소롭게 내려다보다가 이가 비죽비죽 튀어나온 커다란 입을 벌렸다.

[까하하하! 오늘도 이 몸 이루이즈 덴님이 오셨도다! 거참, 검자루가 많기도 하지. 내가 사용할 이쑤시개가 점점 더 모이고 있구나! 이거 정말 유쾌한데?]

이루이즈라는 드래곤의 말투나 목소리는 어린 계집아이의 그것과 몹시 흡사했다. 하지만 대부분은 이 경악할 만한 말투에도 모두 담담한 모습이었다. 스테왈트 정규군을 제한 병사들은 이미 글론토에 도착해 있었는데 그동안 두어 번 정도 저 드래곤의 말을 들은 적이 있었기 때문이다.

이 드래곤은 지금껏 몇 번이고 이곳을 찾았지만 정작 공격은 하지 않고 약 올리는 말만 늘어놓고 되돌아가곤 했다. 인간들이 전부 모였을 때 날려 버려도 늦지 않을 것이라는 자신감 때문이었다.

[드디어 세 나라가 전부 모였구나. 어때? 지금 싸워볼래? 아니면 좀 더 기다려 줘? 쥐새끼들의 두목아, 말 좀 해봐!]

이루이즈가 삼 국의 지도자들을 발견하고 그쪽을 향해 조롱을 던졌다. 하지만 셋은 모두 이를 악물고 말없이 서 있기만 했다. 지금 발끈해서 그 드래곤의 말을 받아치는 것은 좋지 않다. 아직은 완벽한 준비가 되어 있지 않았다. 오만함에서 비롯된 어리석음을 이용하여 인간 측이 유리할 때까지 좀 더 시간을 끄는 것이 현명했다.

[흐음? 시간 좀 더 달라고? 에잉, 지루하단 말이다! 이 몸의 하루 유희 거리가 될 능력도 없냐? 아우, 짜증나는 쥐새끼들!]

대가리를 흔들던 이루이즈가 다시 자신의 보금자리로 돌아가려는 척 서쪽 하늘로 향했다. 하지만 평소와는 달리 얼마가지 않아 눈에 장난스러운 빛을 잔뜩 머금고 몸을 휙 돌렸다. 그가 날개를 크게 퍼덕이며 소리쳤다.

[가는 줄 알았지? 오늘은 너무 심심해서 그냥 안 가! 놀다 갈래.]

사람들은 창백하게 질렸다. 논다는 말을 곧이곧대로 받아들일 사람은 당연히 없었다. 곧장 방어술사들이 나서서 세 지도자의 앞에 실드를 치기 시작했다.

레가트도 완전히 경계 태세를 갖추고 품에 안은 릭샤에게 말했다.

"릭샤, 조심해!!"

"형이 안고 계시는데 조심할 것도 말 것도 없다고 생각합니다."

"알았어, 알았어!"

레가트가 릭샤의 머리를 꾹 누르며 다급히 그 자리에서 뛰어올랐다. 바로 아래의 땅바닥이 갈라지며 떠오르기 시작하고 있었기 때문이다. 다른 사람들도 황급히 떠오르는 부분에서 안전한 땅으로 피했다.

바닥에서부터 만들어진 수많은 땅덩어리, 바윗덩어리들이 이루이즈의 주위로 모여들었다. 사람들은 그 광경에 하나같이 끔찍한 악몽을 상상했다.

[쥐새끼 잡기 놀이하자. 이 돌들을 다 쓸 때까지만 놀아줘.]

아주 유쾌 발랄하게 말한 블랙 드래곤 이루이즈가 짧은 앞발을 앞으로 휙 움직였다. 그러자 그의 곁에서 떠돌던 돌덩이 중 십여 개가 인간들이 군집해 있는 방향으로 떨어지기 시작했다. 그 일대의 인간들은 소스라치게 놀라 비명을 지르며 황급히 흩어졌다. 하지만 바위가 떨어지는 속도도 굉장히 빨랐고 주변의 땅이 드문드문 패여 있어서 빠르게 도망치기가 수월치 않았다.

쿵! 쿠웅!! 쿠웅!! 쿵!!

[휘유, 일타에 서른다섯 마리 잡았네? 캬! 아쉬운 성적이었어요! 또 간다!]

"이런 쳐 죽일 도마뱀!"

"신의 저주가 있을 거다!!"

이루이즈의 행각에 수많은 병사들이 치를 떨며 욕설을 퍼부었다. 하지만 이 처참한 광경을 보면서 이루이즈는 깔깔대며 웃었다. 작은 곤충의 날개를 하나하나 뜯어내며 기뻐하는 어린아이와 흡사한 모습이라고나 할까?

레가트 역시 릭샤를 안은 채 하늘에서 무수히 떨어지는 바윗덩어리를 피해 이리 뛰고 저리 뛰며 애를 썼다. 하지만 릭샤를 안고 있는 상태였기 때문에 자유로운 움직임이 쉽지 않았다. 그는 벌써 몇 번째 아슬아슬하게 바윗덩어리의 옆을 구르고 있었다.

"레가트 형, 차라리 저를 내려주십시오!"

"안 돼!"

"형, 무리하지 마시고 손을 놓으십시오! 저도 몸놀림엔 자신있습니다!"

"몸놀림으로 해결될! 우왁! 문제야!? 눈 깜짝하는 사이에 죽어!"

또 한 번 위험천만한 타이밍에 돌덩이의 옆으로 구른 레가트가 머리 위로 떨어지는 돌멩이 조각을 온몸으로 막아섰다. 릭샤는 이 상황에서 반발을 하는 것은 도리어 방해라는 것을 깨닫고 그대로 레가트의 옷깃을 꽉 붙잡았다.

돌이 떨어지는 수가 어느 정도 적어지자 레가트는 몸을 일으켜 잠시 주변을 둘러보았다. 그가 선 곳은 스테왈트 국의 진영이었다. 뛰고 구르고 하다가 여기까지 흘러든 모양이었다.

"크아아악!!"

그때 아주 가까운 곳에서 누군가의 비명 소리가 크게 들려왔다. 저도 모르게 고개를 돌린 레가트는 바위 아래쪽으로부터 핏물과 뇌수가 비직비직 새어 나오는 광경을 정면으로 보고 말았다.

릭샤가 그 참혹한 광경을 보지 않았으면 해서 다급히 한 손으로 아이의 눈을 가렸다. 정말 뒤늦었지만 후회가 막심했다. 시간이 걸려도 그냥 여관에 머물며 설거지나 했으면 좋았을 것을 바보같이 왜 전쟁터에 왔을까. 어린 릭샤가 이런 광경을 보고 마음의 상처라도 입으면 어쩌나.

"미안하다, 릭샤!"

"미안하다면 답니까? 왜 눈을 가리고 그러십니까? 제게도 무슨 일이 일어나는지 볼 권리가 있습니다."

그러나 항상 그러했듯 릭샤는 레가트의 애틋한 마음을 전혀 몰라주었다.

그때 또 한 번 대규모 바위 공격이 시작되고 있었다. 레가트는 릭샤를 꽉 붙들고 피할 곳을 계산했다.

"조심해, 릭샤."

“알겠습니다. 그런데 레가트 형, 저곳에 데브 형으로 보이는 사람이 쓰러져 있습니다만.”

막판에 손을 뿌리치고 눈을 뜬 릭샤가 얼마 떨어지지 않은 곳의 데브를 발견했다. 레가트가 고개를 돌렸을 때 데브는 한쪽 다리가 바윗더미에 깔린 상태였다.

“이런, 맙소사!!”

곤경에 처한 사람은 절대 못 지나치는 레가트다. 하지만 세상의 모든 사람들을 전부 구할 수는 없는 법이다. 그렇지만 아무리 그래도 친한 사람이 다치는 것을 지나친 적은 없다. 깡판을 부려서라도 도와주고야 만다. 여전히 그 버릇 남 못 준 레가트가 반사적으로 데브를 향해 방향을 꺾었다.

게다가 이번에는 릭샤가 데브의 위기 상황을 알고 있었다. 데브가 바위에 깔려 죽는다면 릭샤가 마음에 큰 상처를 입을지도 몰랐다.

“데브!”

“레, 레가트!”

으깨진 다리의 아픔도 잊고 바위 사이에서 빠져나오기 위해 끙끙거리고 있던 데브는 자신을 향해 달려오고 있는 레가트의 모습을 발견하고 구세주를 찾은 것처럼 울부짖었다.

그러나 이 기쁨도 잠시였다. 서늘하게 그의 머리 위로 그늘이 드리워졌다. 드래곤이 던진 바윗덩어리였다.

아직 하늘을 향해 고개를 돌려 보지도 않았는데 데브의 온몸으로 절망이 찾아들었다.

“데브!”

레가트가 릭샤를 안았던 손을 놓으며 허리춤으로 손을 가져갔다. 그의 손에 검이 잡히는 순간 신비로운 날이 검집에서 해방되어 빠져나왔다.

"하아압!"

주문은 필요없었다. 애초에 레가트는 주문이 없어도 충분히 마력을 주입할 수 있는 마검사였다. 게다가 그의 손에 들린 검은 적은 마력도 단숨에 대여섯 배로 증폭시켜 주는 어마어마한 금속이었다.

손잡이를 타고 검날을 감싼 은색의 빛이 과장하여 하늘을 뚫을 만큼 길게 늘어졌다. 그것이 반 바퀴 뒤로 꺾여져 준비 동작을 갖추었다가 위에서 아래로 궤적을 그었다.

서컹—!

데브와 레가트, 그리고 릭샤를 덮치던 거대한 돌이 거짓말같이 반으로 갈라졌다. 돌의 단면은 푸딩이 잘려진 듯 평평했다.

깨끗하게 두 조각이 난 바위가 땅에 떨어지기도 전에 레가트는 황급히 마력을 수습하고 검을 도로 검집에 꽂아 넣었다. 무익한 행동이었으나 굉장히 빠른 움직임이긴 했다.

한창 쏟아지던 돌의 공격이 멈추었다. 이루이즈는 이미 쥐새끼 잡는 놀이에 흥미를 잃고 새로운 곳에 관심을 빼앗겼다. 도망가던 사람들도 천천히 걸음을 멈추고 한곳으로 시선을 주었다. 다름 아닌 웅크리고 앉아 있는 레가트가 있는 곳이었다.

[굉장히 재미있는 물건을 가졌구나, 인간.]

레가트는 고개를 들고 싶지 않았다. 그저 저 드래곤이 다른 사람에게 말하고 있는 것이기를 간절히 바랐다. 하지만 허무한 바람이었다.

[앗싸! 봉 잡았네! 이제부터 그 미스릴 검은 내 거다! 야, 수컷 인간, 듣고 있니?]

터져 나오는 한숨을 막으며 드디어 레가트가 몸을 일으켰다. 내가 왜 그랬을까 하는 후회가 해일처럼 몰려왔다. 하지만 데브를 구하지 않을 수는 없고 다른 방법을 이용하자니 도리어 파장이 더욱 컸을 것이었다. 레가트는 그냥 서서 내심 피눈물을 흘리며 자신의 꼬여가는 운명을 탓했다.

그때 레가트의 얼굴을 제대로 본 이루이즈가 손뼉을 짝짝 쳤다.

[오오, 너 되게 예쁘게 생겼네? 인간인 주제에 제법이야. 좋아, 기분이다! 그럼 내가 준비할 기간을 주마. 앞으로 일주일 후에 올 테니 최대한 군을 정비해서 있는 힘껏 그 검을 지켜봐. 꺄하하! 나 정말 착하지? 그래, 알아. 나 착한 거! 꺄하하하!!]

저 혼자 할 말 다 한 이루이즈가 휘익 몸을 돌려 날아갔다. 하지만 또다시 우뚝 멈추어 목을 돌린 후 거대한 주둥이를 일그러뜨렸다.

[하지만 그동안 다른 곳으로 도망을 갔다간 전 대륙에 게릴라 공격을 퍼부을 테니 알아서 해라. 알겠냐?]

레가트는 빠르게 고개를 끄덕였다. 그나마 최악의 상황까지는 면할 수 있게 되었는데 거부할 수는 없는 일이었다.

이루이즈는 만족스럽게 웃으며 다시 서쪽 하늘로 훨훨 날아갔다. 아직까지 긴장으로 똘똘 뭉쳐 있던 사람들은 그제야 겨우 안도했다. 하지만 수많은 사람들의 수군거림 속에 레가트만은 그 평안을 찾지 못하고 서 있었다.

재앙이 휩쓸고 지나간 연합군은 오백에 이르는 병사가 죽고 상처를 입는 피해를 입었다. 짧은 시간 동안 드래곤이 가벼운 장난으로 벌인 일에 이만한 사상자가 나온 것이다. 연합군의 분위기는 점점 가라앉고 있었다. 역시 드래곤을 건드리는 것이 아니었다는 생각이 퍼지기 시작한 것이다.

이렇듯 다소 심각해진 상황이었지만 각국의 지도자들은 진영의 재정비는 간단한 지시만을 내려둔 후 가장 먼저 한 남자를 심문하기 시작했다. 호위 병사들이 주변을 차단하고 있는 가운데 각국의 수뇌부와 마법사, 신관들이 모였다. 레가트와 릭샤는 그들이 내려다보는 가운데 무릎을 꿇고 앉아 있었다.

"어떤 루트로 미스릴 검을 입수했지? 미스릴은 천계와 마계에서만 생산되며 그곳에서도 몹시 희귀한 금속이기 때문에 중간계에서는 몇 개 찾아보기도 힘들 지경이거늘!"

마우릴 왕국의 왕세자가 가장 먼저 언성을 높였다. 골치가 지끈거리는 것을 겨우 참으며 레가트가 조심스레 대답했다.

"그게… 어떤 분께 선물로 받은 것입니다만……."

"선물!? 세상천지에 그 누가 미스릴 검을 선물로 넘긴다는 말인가!?"

"그게 아니라 제가 그분의 생명의 은인이기 때문에 받은 것입니다. 그 정도로 특별한 이유가 없었더라면 턱도 없지요."

레가트의 대답에 가장 먼저 반응한 것은 스테왈트 국의 로드노스 대공이었다.

"또 생명의 은인이라는 건가?"

"에, 예……. 제가 곤란에 처한 사람을 보면 그냥 버릇처럼 끼어들기 때문에… 어쩌다 보니 그렇게 되었습니다."

이 자리에 함께하고 있긴 하되 사람들의 관심에서 멀어져 있는 릭샤가 유일하게 알 만하다는 얼굴로 고개를 끄덕였다. 당장 자신만 해도 레가트의 그 버릇 때문에 함께 다니게 된 것이다. 그리 길지 않는 기간 동안 바르티의 여자 아이 일도 있었고 바로 조금 전 데브의 일도 보았다. 이런 방식이 오래전부터 계속되었다면 레가트가 평생 동안 구해준 사람들 중 유력자가 한두 명 끼어 있었다 해도 크게 이상하지는 않을 것이다.

"그럼 묻지. 자네에게 미스릴 검을 넘겨준 자가 누구인가?"

레기느멜젠의 황제 크로제츠 9세는 강경한 모습이었다. 미스릴 검까지 나타난 이상 레가트의 수상함을 도저히 묵과할 수 없었다. 이 남자의 존재는 진정 태풍의 눈이었다.

"죄송합니다……. 그건 말씀드릴 수 없습니다."

"뭐야? 지금 장난하자는 거냐?"

마우릴의 왕세자가 크게 발끈하여 소리쳤다. 어떤 의미로는 당연한 반응이라 레가트는 대답하지 않고 고개만 푹 숙였다.

"일단 미스릴 검을 다오. 자세히 보고 싶군."

레가트가 묵비권을 행사하고 있자 크로제츠 9세가 먼저 손을 내밀어 미스릴 검을 내어줄 것을 요청했다. 레가트가 검을 내려다보며 끙 하고 신음 소리를 냈다.

"죄송합니다. 그것은……."

"짐이 네 검을 뺏어가기라도 할까 봐서 그러나?"

"그런 것이 아니오라……."

말로는 부정해도 정곡을 찌르는 말이었다. 그가 가진 미스릴 검이 어디 보통 검인가. 한번 만져 보겠다고 가져가 놓곤 평생 돌려주지 않을 가능성이 9할에 가깝다. 당장 미스릴 검을 빼앗기는 안타까움은 참을 수 있다지만 후에 이 검을 자신에게 하사한 '그분'에게 모든 사실을 들켰을 때 레가트는 반 죽은 목숨이 될 것이 틀림없다. 그분에게 있어서도 이 검은 소중히 여길 만한 보물이었다.

"선신 카율세이나의 이름으로 네 물건을 빼앗을 일은 없을 것이라 맹세하마. 이 자리에 선 자들 중엔 성녀 로티라이니아도 있다는 사실을 기억하고 있겠지?"

신관의 앞에서 선신의 이름을 걸었으니 만약 황제가 약속을 어긴다면 선신의 종단에게 큰 질타를 받을 것이다. 제아무리 대단한 제국의 주인이라도 선신을 적으로 삼아 살아나기는 어렵다.

레가트는 어쩔 수 없이 허리띠에서 검집을 풀어냈다. 가까운 곳에 선 병사가 재빠르게 다가와 땅에 내려진 그것을 황제께 공손히 가져다 바쳤다.

크로제츠 9세가 검을 뽑아냈다. 스르렁 하는 소리와 함께 검의 흰 날이 나타났다. 사람들의 시선이 모두 그의 손에 들린 검에 집중되었다. 크로제츠 9세는 검을 높이 들었다가 측면을 자세히 살피기도 하고 날을 손으로 훑기도 하며 자세히 날을 살폈다.

"카크비아 공, 한번 보게."

크로제츠 9세가 곁에 선 자에게 검을 넘겼다. 그는 레기느멜젠 제국의 수석 마법사로 9클래스를 마스터한 화염술사이며 7클래스를 마스터한 치유술사였다. 보통 사람들이 단 한 개의 계열도 7클래스를 돌파하기 힘들어한다는 사실을 감안하면 그는 실로 인정받을 만한 마법사였다.

카크비아가 하얀 눈썹의 아래로 죽 찢어진 눈을 들어 미스릴 검을 자세히 뜯어보았다. 검을 살펴보기 위해 신경을 기울이자 그렇지 않아도 까다롭게 보이는 생김새가 더욱 심해졌다.

잠시 시간이 지나자 그의 가느다란 눈매가 꿈틀 떨려왔다. 그 떨림은 시간이 지날수록 점차 눈에 보일 정도로 심해져 갔다. 그 모습 덕에 사람들의 궁금증이 더욱 커져 갔다.

"이, 이건 단순한 미스릴 검이 아닙니다. 이런 꿈과 같은 물건이 존재하다니!!"

"확실히 이야기를 해보라."

크로제츠 9세의 독촉을 들으며 카크비아는 미스릴 검을 꼭 쥐었다. 이 검을 다시 되돌려주어야 한다는 사실이 견딜 수 없을 정도로 아까웠다. 고개를 들어 잠시 레가트를 바라보았다. 이런 검을 가지고 있는 자가 어떤 자인지 확인하기 위해서였다.

황제가 다시 한 번 그를 독촉했다.

"카크비아!"

"예, 예! 일단 미스릴의 기본적인 기능이 순수 마나를 증폭시켜 주는 것이라는 사실은 아실 것입니다. 하지만 그것뿐만이 아니라 이 검에 마법의 시동(始動)을 돕고 그 효과를 강화시키는 가공까지 되어 있습니다. 미스릴 역시 마석의 일종이기에 마법의 가공이 되어 있는 것은 의아하지 않으나 문제는 그것이 어떤 계열에도 거부가 일지 않는 완벽한 세밀 가공이라는 것입니다!"

카크비아가 흥분할 만도 하다. 아무리 잘 가공된 마석도 한두 계열 정도는 반드시 거부 반응을 일으키면서 시전된 마법의 효과를 도리어 약화시키고 만다. 대부분의 인간에겐 제 몸에 잘 들어맞는 계열이 있고 그렇지 않은 계열이 있다. 마법사들이 마석을 가공할 때에도 그 영향에서 완전히 벗어나지 못하고 있기 때문에 고른 가공에 실패하는 것이다. 하지만 카크비아의 손에 들린 미스릴 검은 그렇지 않았다. 릭샤가 가공한 마석들과 마찬가지로 세심한 다각도 가공을 받아 아름다운 빛을 내뿜었다.

미스릴 검에 관심이 쏠린 사람들을 보며 레가트는 머리라도 쥐어뜯고 싶은 심정이 되었다. 너무 엄청난 물건이라 가지고 싶지 않았던 검이다. 사람들의 눈이 두려워서 뽑지도 못하는 검이 아닌가? 크게 물건 욕심이 없는 레가트에게 이 미스릴 검은 골칫덩어리나 다름없었다. 그리고 이것은 정말 골칫덩어리가 되어 일을 치고야 말았다.

카크비아에게서 미스릴 검을 도로 받아 든 크로제츠 9세가 레가트를 내려보았다.

"이 검을 가공한 마법사가 누구인가?"

"거기까지는 저도 모르겠습니다. 검을 선물하신 분께서 오랜 옛날부터 전해져 내려오던 집안의 가보라 하셨습니다."

더 이상 문제를 일으키면 정말 곤란하기 때문에 최대한 그럴듯한 이야기를 꾸며냈다. 크로제츠 9세는 검을 높이 들어 빛에 한번 비추었다.

"이 정도라면 백 년 전에나 존재했다는 대마법사 멘티스 정도는 되어야 하겠군. 아니면 천족이나 마족… 그렇지 않으면 드래곤이라던가……."

크로제츠 9세의 마지막 말은 레가트가 드래곤과 한 패일 가정을 은연중에 제시하고 있었다. 그렇지 않아도 술렁이고 있던 사람들이 그 가능성을 깨닫고 더욱 열심히 입을 놀렸다.

레가트가 당장 반박하려고 몸을 조금 일으켰다. 하지만 그보다 먼저 덱스틴이 한 걸음 나섰다.

"황제 폐하의 말씀대로 분명 그 미스릴 검은 드래곤에 의해 만들어졌을 수도 있습니다. 하지만 그것이 사실이라고 해서 레가트님께서 드래곤과 한 편일 가능성을 타진해 보기는 힘듭니다. 드래곤이 얼마나 자신의 힘을 과신하며 또한 얼마나 인간의 힘을 가벼이 보는지 아시지 않습니까? 그러한데도 그들이 인간을 상대로 스파이씩이나 보내었겠습니까? 그 오만한 파충류들에게 그 정도의 신중함이 있다면 지금 당장 그들의 앞에 머리를 조아려 중간계의 제왕이라 추앙하겠습니다."

덱스틴의 말에 대부분은 수긍하는 분위기였지만 아직은 석연찮아하는 자들도 있었다. 그들 중 한 명이 강력하게 이의를 제기했다. 바로 레가트에게 원한이 많은 토펜카브였다.

"그래도 혹시 모르지 않소? 이 드래곤이 특별할 가능성도 있을지 모르오. 그 파충류 놈들도 마냥 멍청한 것만은 아니니."

덱스틴은 코웃음을 쳤다.

"만약 그것이 사실이라면 애초에 이 전투에서 승리를 거둘 생각은 버리십시오. 이미 중간계는 그 드래곤의 손에 넘어갔다 해도 과언이 아닙니다."

"뭐, 뭐요? 인간의 패권을 논할 땐 언제고 이제 와서 그런 소릴!!"

"이 자리에 모이신 모든 분들은 어리석음을 낳는 오만함에 대해 상기하셔야 할 것입니다! 신께서는 강함을 제일의 미덕으로 삼는 마족보다도 강력한 힘을 드래곤에게 내리셨습니다. 또한 드래곤은 신계, 정령계를 제외한 모든 차원을 통틀어 가장 긴 수명을 지녔기에 자연스레 현안을 터득하게 되는 생물입니다. 그럼에도 그들이 지금껏 중간계의 패권을 거머쥐지 못했던 이유는 오직 하나, 그 하늘 높은 줄 모르는 오만함으로 뻔히 보이는 진실을 외면한 탓이었습니다."

토펜카브가 얼굴을 붉히고 반박하려 했다. 하지만 구구절절 옳은 말에 토를 달자니 딱히 생각나는 말이 없었다.

"그만 됐소. 모두 옳은 말이니."

크로제츠 9세가 천천히 고개를 끄덕였다. 덱스틴은 만족스럽게 미소 지으며 다시 제자리로 들어갔다.

레가트를 내려다보며 크로제츠 9세의 이야기가 다시 시작됐다.

"최소한 그대가 드래곤과 한통속이 아니라는 것은 알겠다. 그러나 그대가 수상한 존재라는 것은 부정할 수 없는 진실이다. 그런 자를 동료로 삼아 사선을 넘나들 결전을 치르는 것은 어리석은 짓이다. 그리하여 짐은 명하노라. 레가트 그대는 아군의 모든 병사들에게 자신의 당당함을 증명하기 위해 이번 드래곤 토벌 작전의 선두에 서야 할 것이다!"

이 작전의 선두에 선다는 것이 어느 정도 위험한 일인가는 조금만 생각해도 알 수 있을 것이다. 드래곤의 몸집만 해도 얼마나 어마어마한가. 발에 한번 밟히는 것만으로 그는 짜부라져 죽을 운명이다. 그렇기에 이번 전투에서 공을 세우는 일은 어느 정도 상황이 무르익어 갈 즈음에나 가능할 것이다. 크로제츠 9세는 레가트에게 이 일을 강요함으로써 수상한 녀석으로부터 입을 수 있는 피해를 최소한으로 방지하면서 모두가 꺼릴 자리를 해결하려 했다.

레가트는 꽤나 고민이 됐지만 황제의 명을 거절해서 변을 당하는 것보단 나을 것이라 믿었다. 자신과 함께 다니던 릭샤에게 불똥이 튀면 정말 곤란했다.

"명을 받들겠습니다, 폐하……."

어쩔 수 없이 그의 입에서 우울한 대답이 흘러나왔다. 그저 평범하게 있고 싶을 뿐인데 그게 왜 이렇게 어려울까? 레가트는 울고 싶어졌다.

제12화

드래곤을 퇴치하라 ■

　재정비된 막사의 안에서 또 한 번 최고 작전 회의가 이루어졌다. 최고 수뇌부들이 모인 자리에는 레가트도 한자리를 차지하고 있었다. 릭샤는 안타깝지만 1클래스에 불과한(?) 마법사였기에 원래 머물던 막사에 머물러 있었다.

　"드래곤은 크게 두 번의 성장을 합니다. 1차 성장기에 해츨링의 작고 연약한 몸에서 벗어나 드래곤의 거대한 몸집으로 변태하지요. 그리고 2차 성장기에 한 번 더 허물을 벗음으로써 진정으로 완벽한 힘을 갖추고 더 이상의 발전도 퇴화도 없이 천여 년에 가까운 세월을 살아가게 됩니다. 아직 청소년기 수준에 머물렀던 정신 수준도 완전히 성인의 그것으로 성숙하게 되지요."

　길게 기초 설명을 늘어놓던 학자가 주의를 환기시킬 겸 사람들의 얼굴을 살폈다. 대부분의 사람들이 따분한 표정이었다. 다들 아는 이야기이기 때문이었다.

학자는 서류를 덮어 탁자에 내려놓으며 빙긋 웃었다.

"결론은 이것입니다. 우리들이 퇴치해야 할 드래곤은 막 1차 성징을 넘긴 놈으로 몸집만 큰 어린애일 가능성이 농후하다는 사실이지요. 그 소름 끼치는 말투를 상기하시면 금방 그 사실을 알 수 있으실 것입니다."

그제야 사람들의 얼굴에 조금씩 생기가 돌기 시작했다. 드래곤의 퇴치에 가장 적극적인 마신의 신관 덱스틴이 그 말에 부연 설명을 했다.

"글론토의 주민들이 드래곤에게 검을 들 생각을 했던 것도 다 그런 이유가 바탕이 되어 있었기 때문입니다. '이루이즈 댄'이라는 이름을 가진 드래곤은 완전한 힘을 갖추지 못한 상태인 것입니다."

"초를 치는 것 같아 미안하네만 그 상태만으로도 아군이 얼마나 많은 피해를 입었던가. 조금 전 보았던 그 염동 마법은 실로 두려울 정도였네. 바닥의 돌을 가볍게 뽑아낸 것에서 끝내지 않고 그 거석들을 장난감 공처럼 집어 던지다니 말일세. 드래곤이 2차 성장기를 넘긴다면 얼마나 대단한 힘을 가진다는 것인지."

스테왈트 국의 로드노스 대공은 신중론을 내놓았다. 그 이야기를 듣다가 레가트가 슬그머니 고개를 들었다.

"제가 보기에 그 드래곤은 특별한 듯싶습니다. 보통 드래곤은 그렇게까지 강하지 않습니다."

사람들의 시선이 한 점에 쫘악 모였다. 그들은 하나같이 드래곤이 얼마나 강한지 네가 어떻게 아느냐는 눈빛이었다. 아무리 인간의 세력이 강대해졌어도 드래곤은 여전히 만만치 않은 생물이었다. 그렇기 때문에 인간들은 어지간해서는 몸을 사렸고 근 삼십 년 동안 드래곤과 이만한 분쟁이 일어난 적은 한 번도 없었다. 레가트가 직접 드래곤의 힘을 체험할 기회가 없었다는 뜻도 된다.

"다른 게 아니라 드래곤에 관련된 서적을 뒤져 보면 그들과의 전투 묘사 등을 통해 대강의 힘을 추측할 수 있지 않습니까. 지난 세월 동안 나름대로의 발전을 이룩했을 가능성도 있지만 정도가 지나친 것이 아닐까 싶어서 꺼내본 말입니다."

레가트가 당황하지 않고 차분히 대답했다. 드래곤 학자도 고개를 끄떡였다.

"저도 그와 마찬가지의 생각입니다. 일단 삼 국의 중앙인 글론토라는 장소에 살고 있는 사실도 그렇습니다. 기본적으로 인간 측과 분쟁이 일어났을 때 가장 곤란한 지역에 터를 잡았다는 사실 자체가 그의 강력한 자신감을 대변해 주기도 합니다. 그래서 드리는 말씀입니다만… 저는 이루이즈 덴이 드래곤 로드의 후계자가 아닐까 조심스럽게 의견을 내어봅니다."

"드래곤 로드라고?!"

사람들이 탄성을 질렀다. 반응은 제각각이었지만 생각하고 있는 것은 모두가 같았다.

각자 따로 놀아나는 속성 덕에 드래곤 로드가 인간의 왕처럼 지배력을 가지는 것은 아니다. 하지만 분명한 사실은 드래곤 로드가 가장 강한 드래곤에게 주어지는 호칭이란 것이다.

어차피 글론토의 드래곤과의 일전은 불가피하다. 이렇게 된 이상 어떤 대가를 치러서라도 승리를 거둬내야만 한다. 싸움이 오래 지속된다 하여도 마침내 얻어낼 것이 드래곤 로드 후계자의 비틀어진 목이라면 그보다 더 멋진 일이 있을까? 인간은 최강의 드래곤마저 때려눕힐 만큼 강력한 종족임을 온 세계에 증명하게 되는 것이다.

"기쁨에 취하는 것은 드래곤을 잡은 연후로 미루어도 늦지 않을 것이오."

크로제츠 9세가 일단 분위기를 환기시켰다. 사람들이 조용해지자 그가 턱을 쓸어 내리며 본론으로 들어갔다.

"자, 현 상태에서 드래곤을 잡는 것에 가장 걸림돌이 되는 것은 바로 날개요. 일단은 검을 찌르고 봐야 하는데 드래곤이 하늘에서 내려오지 않는다면 속수무책이지 않겠소. 비행술사들이 다수 존재하긴 하나 그들의 힘에 1만 5천의 병사가 모두 날아오를 수는 없는 일이오. 게다가 자유자재의 움직임도 불가능할 테지. 결국 아군이 승리를 거둬내기 위해서 최우선으로 해야 할 일은 드래곤을 땅에 붙여놓는 일이오."

모두가 황제의 의견에 동의했다. 하지만 어떻게 드래곤을 땅에 붙일 것인지는 난색을 표했다. 일단 공격이 가능한 것은 마법사들뿐인데 그들의 힘만으로 드래곤을 땅에 떨어뜨리는 것은 아무래도 불가능해 보였다.

"제가… 해보겠습니다."

레가트가 다시 한 번 입을 열었다. 어차피 끼어들게 된 이상 적극적으로 나가자고 생각했다. 어떤 작전 안이 수립되든 그는 가장 먼저 검을 뽑고 달려 드래곤을 향해 돌진해야 할 운명이니까.

"그러니까 우선 드래곤을 도발시켜 아주 잠시라도 좋으니 땅을 밟게 하는 겁니다. 그 이후에는……."

그는 속으로 한숨을 폭폭 내쉬면서도 사람들의 앞에 하나씩 작전 안을 내놓기 시작했다.

드래곤이 쳐들어올 것을 대비해 바쁜 나날이 계속되었다. 그리고 드디어 일주일째 되는 날이 밝았다. 군영 내의 분위기는 이른 아침부터 무척 고요했다. 바쁘게 움직이는 사람은 많았지만 모두들 긴장해서 말수가 적어져 있었다.

레가트와 릭샤는 일찍 밖으로 나와 주변을 살폈다. 레가트가 앞장을 서기로 했지만 날개 달린 드래곤이 어디서 어떻게 나타날지는 미지수이기 때문이었다. 그들의 곁에는 황제의 엘프인 레이젤레스도 항시 함께 했다.

"릭샤, 역시 넌 후방으로 가 있는 편이 좋지 않겠니?"

"아니요. 여기에 있게 해주십시오. 최소한의 도움은 될 것이라고 생각합니다."

"휴, 어쩔 수 없구나."

전부터 릭샤가 강력하게 주장하던 것이 이것이기 때문에 레가트는 어쩔 수 없이 양손을 들었다. 레이젤레스가 물빛 눈동자로 릭샤를 바라보았다.

"릭샤님은 아주 용감하신 분이로군요. 과연 인간이란 대단한 생물이에요. 종족의 영광을 위해서는 이토록 어린아이까지 그 힘을 더하려하니까요. 이러니 드래곤마저도 결국엔 패배를 하고 말죠."

릭샤는 그저 레가트가 걱정되어서 그런 것뿐 드래곤에게 승리를 거두는 일 따윈 아무래도 좋았건만 레이젤레스가 멋대로 그 의도를 곡해하고 있었다. 일부러 그것을 바로 잡아주어야 할 이유도 찾지 못한 릭샤는 그냥 입을 다물고만 있었다.

조금 더 걸으니 황제의 막사가 얼핏 보였다. 많은 전령과 병사들이 그곳을 쉬지 않고 들락거리고 있다.

"황제 폐하께서도 이번 전투에 직접 참가하시는 모양이던데 사실인가요?"

"네, 폐하께서도 강력한 마검사시며 4클래스 마스터의 화염술사시니까요."

"대단하군요. 황제 폐하의 동생 되시는 하르네센이라는 분도 굉장한 마검사이며 마법사였다고 하던데……."

릭샤는 생각없이 한 소리였지만 레가트는 화들짝 놀랐다.

"리, 릭샤! 어, 어디서 그런 소릴 들었니!?"

"형이 회의장에 가 있는 사이 데브 형을 병문안 갔었는데 때 잠깐 스쳐들었습니다."

"뭐, 뭐? 레이젤레스 양이 함께 있었을 텐데도 데브가 그런 이야길 했다고?"

"일단 레이젤레스님은 밖에서 기다리고 계셨습니다만……."

레가트는 이마를 부여잡았다. 엘프인 그녀가 얼마나 귀가 좋은지 릭샤나 데브는 전혀 모르고 있었다. 일부러 같은 막사 안에 따라 들어오지 않고도 레이젤레스는 충분히 그들의 대화를 들을 수 있는 것이다.

레가트가 크게 당황하자 레이젤레스는 빙그레 웃었다.

"레가트님, 너무 그렇게 긴장하지 않으셔도 됩니다. 하르네센님에 대한 이야기는 금기로 치부되고 있지만 실제 금기로 하라고 천명된 것은 아닙니다. 릭샤님에게 악의가 있는 것이 아닌 이상 별다른 문제는 없을 테니 심려 놓으세요."

"그럼 레이젤레스님에게 하르네센님에 대해서 좀 더 여러 가질 물어

봐도 괜찮을까요? 이를테면 그분의 이야기가 어째서 금기인지.”

레이젤레스가 부드럽게 말하자 그에 힘을 얻은 릭샤가 당돌하게 물었다. 레가트는 거의 절규하다시피 릭샤를 뜯어말렸다.

“리익샤, 그런 거 알아서 뭘 하려고?!”

“후후, 어린아이다운 호기심이군요. 릭샤님은 아주 귀여우시니까 제가 크게 인심을 써 알려 드리죠. 사실 공공연한 비밀이기도 하고.”

감시인답지 않게 악의없는 미소를 지으며 레이젤레스가 이야기를 시작했다.

“3황자셨던 하르네센님은 20대 초반의 나이에 3클래스 마스터의 빙술사이자 환영술사였답니다. 그 경이로운 능력은 이것만으로 그치지 않고 마검사로서의 재능까지 보이셨다더군요. 하지만 직접 몸을 움직이는 것을 좋아하지 않는 분이셔서 거기까지는 확실치 않습니다. 결코 나태하셨던 것은 아니지만 땀을 흘려 자신의 손을 쓰는 것보다는 아랫사람을 부리거나 간편하게 마법을 사용하는 것을 선호하셨거든요.”

“한마디로 거만한 분이셨군요.”

릭샤가 지나치게 직설적으로 평가했다. 레가트는 소스라치게 놀라다 못해 파리하게 질려서는 릭샤의 입을 꽉 틀어막고 굉장히 불안한 움직임으로 주변을 이리저리 둘러보았다. 걸리면 죽는다는 절박한 표정이었다.

레가트가 너무 심각해 보여서 레이젤레스가 풋 하고 웃음을 터뜨렸다.

“이런 일까지 보고하진 않을 테니 안심하세요. 제가 먼저 시작한 말이니까요. 게다가 보고를 드린다 해도 이만한 일에 경을 치지는 않을 것입니다. 알고 보면 폐하도 너그러운 분이십니다."

"예, 예……."

누가 들어도 레이젤레스는 순수한 호의를 전하는 듯했는데 레가트의 대답은 영 시원치가 못했다. 하긴 레가트가 드래곤과의 싸움에서 앞장서게 된 원인도 다 황제의 명령 때문이다. 너그럽다고 해봤자 전혀 설득력이 없을 것이다.

레이젤레스는 어쩔 수 없이 레가트를 진정시키는 것은 포기하고 대신 하르네센에 대한 이야기를 이어갔다.

"솔직히 말씀드려 저도 하르네센님을 아주 거만하고 또 무서운 분이라고 생각했지요. 하지만 한편으로는 강렬한 카리스마에 눌려 그 거만함을 당연하게 느끼기도 했답니다. 그분의 힘과 지도력, 그리고 그 능력에 결코 뒤지지 않는 커다란 야심에 얼마나 많은 귀족들이 충성을 서약했던지… 그 당시 황제께서는 오랜 불치병으로 생사의 기로에 서 계실 때였는데 하르네센님의 위세가 워낙 강대하여 황태자이신 위레일님의 위치를 위협할 지경이었지요. 아, 위레일님은 현 황제이신 크로제츠 9세십니다만……."

이야기를 듣던 릭샤가 고개를 가만히 기울였다.

"평범한 전개라면 위레일님께서 멋진 현안으로 하르네센님을 제치고 황제가 되었다는 이야기가 되겠지만 그렇다면 하르네센님의 이야기가 금기가 될 이유가 없었겠지요. 대체 무슨 일이 있었던 것이죠?"

"과연 1클래스의 마법사가 될 만한 분이시네요. 대단한 추리력이에요."

레이젤레스가 진심으로 릭샤의 똑똑함을 칭찬했다. 하지만 릭샤는 당연한 말에는 별 관심이 없었다.

"고마워요. 그런데 질문에 대답부터 해주시면 안 될까요?"

"후후, 그럴까요? 뛰어난 하르네센님과 위레일님의 대립이 계속되며 시간은 흘렀답니다. 그러던 어느 날, 예고도 없이 갑자기 일어난 일이었어요. 하르네센님의 자취가 온데간데없이 사라져 버렸습니다. 당연히 성문이 열린 적은 없었으며 하르네센님은 평소처럼 다음날 귀족들과의 만남을 약속하고 문관들에게 여러 일을 미리 지시해 둔 상태였습니다. 그렇다고 황궁에 따로 침입자 등의 소란이 있었냐고 한다면 그것도 아니었습니다. 황궁은 아무것도 변한 것이 없었습니다. 자고 일어나 보니 하르네센님만이 감쪽같이 사라진 것이지요."

크게 흥미가 동한 릭샤가 한 발자국 걸어나왔다.

"그분은 아직까지도 나타나지 않고 계시나요?"

"네, 선황제께서 서거하시고, 위레일님의 즉위식이 치러지고, 십여 년의 세월이 지났음에도 어디론가 사라져 버린 그분은 다시는 그 얼굴을 비추지 않았습니다. 하르네센님을 지지했던 귀족들은 하루아침에 벌어진 일에 망연자실했죠."

그 말은 결국 하르네센 황자가 갑작스레 사라진 덕으로 크로제츠 9세가 왕위에 오를 수 있었다는 뜻이다. 좀 더 깊이 파고들자면 제 힘으로 왕위를 가진 것이 아니라 순전히 하늘의 운이 도와서, 또는 크로제츠 9세가 음모를 꾸며 하르네센을 암살함으로써 그리되었다는 결론이 된다. 하르네센 황자의 이야기가 금기가 될 만도 했다.

"하지만 폐하께서 하르네센님께 위해를 가한 것은 아니라고 확신해요. 왜냐하면 폐하께서 사용하는 방식이 대체로 정공법이었다면 하르네센님은 허를 찌르는 계책을 주로 사용하셨거든요. 오히려 폐하께서 하르네센님의 음모에 당했다면 말이 될 것 같지만……."

"그게 아니라면 무엇이라고 생각하시는지요?"

레이젤레스의 솔직한 감상에 릭샤가 고개를 갸웃했다. 그때 어떤 소리에 귀를 기울이느라 잠시 한눈을 팔던 레가트가 다시 그들의 대화를 자르고 나섰다.

"자, 이쯤이면 되었지? 그 이야기는 그만 할까?"

"후후, 그래요. 이 이야기는 그만 하… 응? 이건 무슨 소리지……?"

레가트의 말에 동조하던 레이젤레스가 갑자기 긴 귀를 강아지처럼 쫑긋거렸다. 레가트에 비하자면 눈치 채는 것이 많이 늦었지만 그녀도 레가트가 듣고 있던 어떤 소리를 감지했다.

"확실히 이야기는 여기까지 하는 것이 좋을 것 같군요."

그녀가 하늘로 시선을 올렸다. 아무것도 모르는 척 레가트도 그녀를 따라 서쪽 하늘을 올려다보았다.

"시간이 되었습니다. 서둘러 주세요, 레가트님."

"예, 알겠습니다. 릭샤, 제발 무모한 짓은 마렴."

레가트는 릭샤에게 최대한 주의를 준 후 곧장 서편 진영으로 뛰어가기 시작했다. 레이젤레스도 그 뒤를 따랐다. 홀로 덩그러니 남은 릭샤도 하늘을 한번 힐끗 보고는 천천히 서편의 마법사 진영으로 향했다.

태양을 등지고 거대한 위용을 과시하는 한 생물체가 그들을 향해 날아오고 있었다.

거대한 드래곤의 몸체가 햇빛을 가리며 서편 진영에 큰 그림자를 드리웠다. 동시에 레가트도 아슬아슬한 타이밍으로 진영에 도착했다.

레이젤레스의 눈짓을 받고 그는 미스릴 검을 뽑아냈다. 검날의 광채가 전란에 흥분한 것처럼 더욱 눈부셨다.

레가트와 미스릴 검을 발견한 이루이즈는 짧은 앞발을 바동대며 무척 기뻐했다.

[오!! 도망가지 않고 기다렸구나! 이쁘장한 게 기특하기까지 한걸?]

"당연한 이야기 아니냐? 흉측한 도마뱀과 동급으로 생각하면 곤란하지!!"

갑자기 레가트의 곁에 있던 한 병사가 일부러 '흉측한 도마뱀' 이라는 말을 강조하여 고함쳤다. 물론 병사의 개인적인 돌발 행동인 것은 아니다. 이 모든 것은 드래곤을 도발시키기 위한 작전이었다.

하지만 겉모습을 꼬투리로 드래곤을 비웃고 싶지는 않았기에 레가트는 영 편치 않은 얼굴을 했다. 일전의 작전 회의에서도 몇 번이고 반대 의견을 냈으나 이것보다 드래곤을 도발시키기에 좋은 소재는 없다고 하여 레가트의 이견은 끝내 기각되었다.

그리고 지금 기뻐해야 할지 슬퍼해야 할지 흉측하다는 말을 듣자마자 이루이즈는 눈에 띄게 발끈하고 있었다.

[훗, 날 도발해 볼 생각인가 본데 멍청한 놈이 한 치 앞을 모르고 주둥아릴 놀리는군!! 안됐지만 내가 마음만 먹으면 너보다도 훨씬 아름다운 남자로 변신할 수 있어. 신께서는 우리들 드래곤에게만 자유로이 몸을 변형할 수 있는 능력을 내리셨으니까!]

겨우 평상심을 유지하는 척하며 이루이즈는 반박했다. 그러나 이를 놓치지 않고 또 다른 병사가 나서 맞받아쳤다.

"그래, 신께서는 변신하는 능력을 주셨지! 결코 아름다운 팔과 다리를 주시지 않고 단지 남을 흉내 내는 능력만을 주셨다! 그리고 영원히 도마뱀의 모습을 본신으로 삼아 살아가게 하셨지! 그래, 그런 꼴로 돌아다니자니 얼마나 부끄러웠겠냐? 네놈들이 빛나는 보석이나 아름다운 생명체를 탐하는 이유도 다 그런 것이겠지?"

"맞다, 맞어!"

"낄낄낄, 더러운 도마뱀 놈들……."

[허, 헛소리 마라! 이 강철보다도 단단한 비늘과 이빨을 누가 창피해 한다는 거냐!!]

많은 병사들의 비웃음에 이루이즈가 괴성을 내질렀다. 하지만 목소리가 격앙되어 있다는 것은 병사들의 말이 대부분 사실이라는 증거이기도 했다.

'선신의 손길이 닿은 생물은 아름답고 마신의 손길이 닿은 생물은 추하다', 이것이 통상의 관념이었다. 무슨 이유에서인지 선신에 의해 태어난 생물뿐만이 아니라 마신의 손에서 창조된 생물까지도 그런 미적 기준을 가지고 있었다. 그 때문에 세계의 모든 고등 생물들이 이런저런 사족을 붙이긴 하되 결국엔 천족과 엘프가 아름다우며 마족이 흉측하다는 것에 동의하고 마는 것이었다.

드래곤 또한 마찬가지였다. 일반적으로 인간들이 그리 생각하듯 그들도 비늘이 덮인 뚱뚱한 도마뱀의 모습보다는 균형 잡힌 팔다리로 움직이는 고등 동물 특유의 형태가 더 마음에 들었다. 비록 강력한 육체와 타 종족을 흉내 낼 수 있는 변신 능력을 받긴 하였으나 이러한 생김새는 유아독존인 드래곤에게 있어 유일한 콤플렉스였다.

그리고 지금 달변인 병사가 나서서 신나게 그 콤플렉스를 꼬집고 있었다.

"여전히 아닌 척 발뺌을 하는군! 하지만 실제로 창피해하지 않는다면 그것 또한 우스운 일이다! 그 퉁퉁한 뱃살에 짜리몽땅한 팔을 가지고서도 부끄러워 줄도 모르다니! 내 손과 팔을 봐라! 도구를 집어 세심히 활용하도록 만들어진 것이지! 고등 생물 중에서 제 머리를 긁는 것조차 하지 못하는 생물이 너희들밖에 없다는 것을 알고 있느냐?"

[네노옴!!]

이루이즈가 막 폭발하려던 즈음이었다. 한 병사가 레가트의 등을 툭 밀었다. 혼자 앞으로 밀려 나온 레가트는 그때까지도 크게 머뭇대며 어쩔 줄 몰라 했다. 하지만 릭샤를 위해서라도 여기까지 와서 산통을 깰 수는 없는 일.

그는 결국 두 눈을 꼭 감고 크게 소리쳤다.

"그, 그것뿐이냐? 그 짧고 뚱뚱한 다리론 뒤뚱거리며 몇 걸음 제대로 걷지도 못하지? 신께서는 뭐에 쓰라고 그런 쓸모없고 못생긴 다리를 내리셨을까? 하, 하핫! 그 발로 뭘 할 건지 좀 가르쳐 주지 않겠어? 하하, 하, 아하하!"

레가트는 굉장히 과장되게 허리를 젖히며 크게 웃었다. 조금만 주의 깊게 들어도 목소리가 매우 어색하다는 것을 알 수 있을 텐데 거의 이성을 잃은 이루이즈는 그것을 알아챌 여유가 없었다.

공기가 심하게 술렁였다. 이루이즈의 분노로 공기가 떨리고 있는 것이다. 그녀가 피막의 날개를 크게 한번 젖힌 후 발을 있는 대로 들어 보이며 크게 소리쳤다.

[이 발로 뭘 할 건지 그렇게 알고 싶으냐? 바로 너 같은 버러지를 짓뭉개 버리는 데 사용할 거다!]

인간들이 바라는 대답은 바로 그것이었다. 진실을 알 리 없는 드래곤은 곧장 레가트를 목표로 낙하했다.

[크오오오오!]

바닥까지 쩌렁쩌렁 울릴 만한 노성을 들으며 레가트는 옆으로 내달리기 시작했다. 이루이즈의 이러한 행동은 원하던 바였지만 약간의 실수라도 했다간 진짜로 그 발에 짓뭉개져 저 세상 구경을 해야 할 것이다.

쿠우우웅!

막 덮쳐지기 직전 레가트는 간신히 한 발자국 차이로 죽음을 모면했다. 하지만 거대한 몸이 땅에 떨어지면서 생긴 돌풍에 몸을 제대로 가눌 수가 없었다. 그는 미스릴 검을 땅에 박고도 무려 3미터나 밀려났다.

[죽어봐라, 이 버러지!]

레가트의 모습을 발견한 이루이즈가 왼발을 들어 올려 그대로 내리찍었다. 황급히 미스릴 검을 뽑아 들고 레가트는 간신히 그것을 피해냈다.

[젠장, 버러지답게 빠르구만! 이놈의 버러지! 버러지!]

쿠웅! 쿠웅!

이루이즈는 계속해서 레가트를 겨냥해 발을 쿵쿵 굴러댔다. 레가트는 잘도 요리조리 몸을 피해가며 간발의 차이로 그것을 피해 다녔다. 처음보다는 약하지만 돌풍과 땅 울림, 그리고 보통 사람이라면 오금을 저려도 부족하지 않을 심리적 압박에도 그의 움직임은 전혀 흐트러짐이 없었다.

하지만 그토록 대단한 움직임을 보이고 있는데도 겉모습은 그리 멋지게 보이지 않았다. 멀리서 보노라면 드래곤이 정말 벼룩이라도 잡는 듯한 광경이었던 탓이다.

피융! 파앙—!

한 마리의 드래곤과 한 사람이 열심히 씨름하고 있는 도중 갑자기 연합군의 진영에서부터 신호탄 소리가 들렸다.

발을 들어 올리던 이루이즈는 순간 아차 했다. 직감적으로 자신이 어떤 함정에 빠져들었음을 깨달은 것이다. 하지만 위기감은 아주 잠시일 뿐 그녀는 금방 코웃음을 쳤다. 벌레가 만든 함정이래 봤자 얼마나 대단하겠느냐는 자신감이었다.

[손톱의 때만한 것들이 이 몸 앞에서 잔재주를 피워볼 생각인가 보구나?!]

이루이즈는 레가트와 연합군을 향해 거만하게 비웃음을 날렸다.

그때 사력을 다해 도망치기만 하던 레가트가 이번엔 반대로 이루이즈를 향해 돌진했다. 그는 다짜고짜 그녀의 다리 사이로 파고들어 바로 오른발 위로 뛰어올랐다. 이루이즈가 깜짝 놀라 발을 털어내려 했지만 그보다 레가트의 행동이 먼저였다.

"우라아아아압!"

검을 들어 올리며 레가트는 크게 기합을 질렀다. 그는 마검을 만드는 데 따로 특별한 행동은 필요치 않았다. 하지만 사람들의 눈을 인식해서 일부러 그런 제스처를 취했다. 지금부터 보일 마검은 쉽게 볼 수 없는 크기일 테니까.

발등을 향해 미스릴 검을 내리꽂는 순간 흰 빛이 날을 타고 길게 뿜어져 나왔다. 그 길이는 무려 10미터! 드래곤의 두꺼운 발을 단번에 관통해서 바닥 깊은 곳까지 박혀 들어갈 정도였다.

[까아아아아아아아악!]

고통에 찬 드래곤의 울음소리가 길게 울렸다.

레가트는 발등에서 훌쩍 뛰어내려 최대한 멀리 앞으로 내달렸다. 미스릴 검은 이루이즈의 발등에 꽂아둔 채였다. 마력이 남은 검은 흰 빛에 감싸인 채로 이루이즈의 발을 땅에 깊이 고정시켜 줄 것이다.

물론 그것으로 끝은 아니다. 지금이야 이루이즈가 고통에 겨워 당장 검을 뽑아낼 생각을 못하고 있지만 독한 마음을 먹으면 언제든지 발등에서 검을 뽑아낼 수 있다. 이 망나니 드래곤을 땅에 고정시켜 두기 위해서는 좀 더 강력한 힘이 필요하다.

열심히 내달리던 레가트는 힐끗 뒤를 돌아보았다. 검을 중심으로 삼아 수십, 수백 개의 마법진이 모여들고 있었다. 멀리서 대기하고 있던 마법사들이 미스릴 검을 매개로 마법을 시전하고 있는 것이다.

[익! 이, 이것들이……!!]

뒤늦게 그것을 본 이루이즈가 아픔 따위는 다 무시하고 미스릴 검을 뽑아내려 했다. 그러나 상황은 늦어 있었다.

쿠구구구궁—!!

[까아아아아아아악!]

발등이 찢어지는 고통에 이루이즈가 목을 놓아 비명을 질렀다. 연합군 마법사단의 2/3나 되는 숫자가 미스릴 검에 강한 압력을 가하고 있었다. 어설프게라도 염동 마법을 쓸 수 있는 마법사들은 모조리 그곳에 투입된 상태였다.

연합군이 사력을 다하고 있는 만큼 제아무리 날고 기는 드래곤이라도 염동 마법을 간단히 깨부수진 못한다. 여기서 벗어날 수 있는 방법은 마법을 시전하고 있는 자들을 제거하는 것뿐이었다. 하지만 남은 마법사와 병사들이 가만히 지켜보고만 있을 리가 없으니 그것도 결코 쉽지 않았다.

이루이즈가 마법에서 벗어날 수 있는 방법이 하나 더 있기는 했다.

그것은 속박당해 있는 발을 스스로 잘라내는 것이었다. 연합군에겐 드래곤의 거대한 몸 전부를 속박할 만한 힘이 없었고 그 때문에 한쪽 발만 죽자고 붙잡고 늘어지는 방법을 택했다. 그러니 마법에 걸린 발만 포기한다면 이루이즈는 천공에서 마음껏 인간들을 유린할 수 있게 된다. 하지만 아직 어리고 철없는 이루이즈에게 그만한 각오는 무리라고 모두가 확신했다.

계획대로 이루이즈는 오른발에 마법의 족쇄를 차게 된 셈이었다.

"마검사단은 진격하라!"

연합군 총사령관인 크로제츠 9세가 크게 소리치자 떠나갈 듯한 함성과 함께 마검사 부대가 뛰쳐나왔다. 계획대로 순조롭게 일이 진행되자 병사의 사기는 크게 올라 있었다. 마검사들의 주문에 힘입어 검에 깃들기 시작하는 마력의 이슬이 그 어느 때보다도 날카로웠다.

이루이즈가 발의 고통에 어쩔 줄을 몰라 하는 사이 마검사단이 이루이즈의 발밑에 다다랐다. 그 즈음에서 일반 병사들도 돌진하기 시작했다.

"또다시 목숨을 내걸러 가야겠군!"

잠시 뒤로 빠졌던 레가트는 마검사 부대와 합류하여 다시 한 번 이루이즈의 발밑에 도착했다. 그리고 미스릴 검 외에 한 자루 더 차고 있던 검을 꺼내 마력을 실은 후 힘껏 휘둘렀다. 이루이즈의 오른발에 생채기가 생겼다. 이루이즈의 거대한 몸집에 비하면 이를 데 없이 작은 상처였다. 하지만 그는 분명 강철보다 강한 비늘을 베고 살을 드러내게 했다. 이런 부분에서 마검의 힘은 웬만한 마법보다 훨씬 더 유용했다.

레가트는 한번 그어낸 상처에는 관심을 주지 않고 다른 부분을 향해 마구잡이로 검을 휘둘렀다. 다른 마검사들도 똑같은 행동을 했다. 그러면 뒤이어 달려온 일반 병사들이 단물을 본 개미 떼처럼 달려들어 레가트가 낸 상처에 검을 박아 넣었다. 그리고 되는대로 검을 후벼 파서 가능한 한 상처를 더욱 깊게 만들었다.

어쩌면 가소롭게 보일지도 모르는 공격 방식이었지만 그것이 앙다리와 꼬리를 타고 새카맣게 들러붙는다면 이야기는 또 달라진다. 다리가 너덜너덜해지면 그 자리에 멀쩡하게 서 있을 수 있을까?

[크오오!]

오른쪽 발등에 어느덧 상당한 수의 인간들이 다닥다닥 들러붙어 있었다. 그렇지 않아도 고통스러운데 무수히 박혀 들어오는 작은 상처들이 이루이즈를 미치게 만들었다.

이루이즈는 미처 마법을 사용해야겠다는 생각도 하지 못하고 본능적으로 몸을 구부려 발등에 들러붙은 인간들을 마구 잡아뗐다. 하지만 두 마리를 떼어내면 세 마리가 붙고 세 마리를 떼어내면 네 마리가 들러붙는다. 이루이즈는 인간의 끈질김이 바퀴벌레급이라는 사실을 까맣게 잊고 있었다.

펑!

[와아악!]

비늘이 작고 얇은 가슴패기에 수계와 전격계 마법이 함께 터졌다. 병사들의 공격으로 이루이즈의 경계가 허술한 틈을 타 마법사들의 공격이 시작되고 있었다. 마법은 가슴과 배만을 체계적으로 공략해 들어갔다.

[쿠헉!]

몇 번 더 정신없는 공격을 무방비로 맞받고 이루이즈는 격하게 기침을 했다. 그러자 긴 주둥이에서 붉은색의 핏물이 한 움큼 터져 나왔다.

아래쪽에서 아우성이던 한 병사가 거대한 핏물을 정통으로 맞고 털버덕 땅바닥으로 쓰러졌다. 온몸이 부서진 것처럼 욱신거렸지만 자신이 핏물로 목욕했다는 사실을 깨닫게 되자 그는 소스라치게 놀라 펄쩍 뛰듯이 일어났다. 그리고 잠시 후 이 피가 누구의 것인지를 깨닫게 되자 이번에는 활짝 함박웃음을 지었다.

"드래곤의 피다! 드래곤이 피를 토했다!"

"와핫핫핫핫! 나도 드래곤의 피 맛 좀 보자!"

"죽여라! 우와아아아아!!"

인간들의 환호성 사이에서 이루이즈는 눈을 크게 떴다. 자신의 눈앞에 보이는 붉은 액체. 그것은 피다. 버러지의 습격을 당해서 지금 자신이, 장차 드래곤 로드의 자리를 차지할 이루이즈 덴님께서 피를 흘리고 있는 거다.

난 지금 무엇을 하고 있지? 이렇게 우스꽝스러운 꼴로?

인간을 떼어내려던 움직임을 멈추고 이루이즈는 허연 이를 으득 갈았다. 한 번의 각혈로 이루이즈는 조금이나마 평상심을 되찾았다. 다리의 상처는 쉽게 견딜 만한 아픔이 아니었지만 분노와 수치가 그것을 압도하여 눌러 버렸다.

연합군의 마법사단이 새로운 마법으로 그녀의 가슴을 가격하기 직전 이루이즈는 주문도 없이 방어 마법을 시전해 그것을 막아냈다. 그리고 동시에 꼬리를 높이 들었다가 강하게 내려쳤다. 꼬리에 다닥다닥 붙어 있던 인간들의 대다수가 떨어져 나가거나 꼬리에 짓뭉개졌다.

"우왓! 어쩐지 너무 잘 나간다 했어!!"

이루이즈의 등을 타고 올라가 볼까 싶어 꼬리 쪽으로 향하던 레가트는 가까스로 자세를 낮추었다. 위험천만했지만 다행히 공격을 피할 수 있었다. 하지만 당연하다고 해야 할까? 그것으로 끝이 아니다. 이루이즈가 꼬리를 최대한 땅바닥에 가까이 한 채 또다시 그것을 휘두르고 있었다.

"피해!"

크게 도움이 될 것 같지 않은 경고였으나 일단은 그렇게 소리치면서 발을 굴러 뛰어올랐다. 레가트의 다리는 마법으로 강화되어 있었고 그는 4미터나 훌쩍 뛰어 수월히 꼬리를 피할 수 있었다.

대부분의 마검사들은 레가트처럼 갖가지 방법으로 꼬리 공격을 피할 수 있었다. 하지만 남은 일반 병사들은 이루이즈의 꼬리에 쓰레기처럼 이리저리 쓸려 다녔다. 꼬리 밑에 짓이겨지지 않은 인간들은 단숨에 종잇조각처럼 하늘로 날아올랐다. 그것들 중 몇몇은 멀찍이 떨어진 본진에까지 날려가 곤두박질쳤다.

"으헥!!"

본진에서 대기 중이던 한 마법사는 자신의 곁으로 떨어지며 뇌수를 튀기는 병사를 보며 화들짝 뒤로 물러섰다. 박살이 난 병사의 얼굴을 보니 온몸의 피가 싹 식어 내렸다.

"으, 으악! 또!?"

꼬리에서 날려진 인간들이 그들을 향해 날아오고 있었다. 이루이즈가 고의로 그들을 향해 꼬리를 흔들어대는 것 같았다.

투웅—!

하지만 그들 중 몇몇은 그대로 땅바닥에 처박히지 않았다. 갑자기 생겨난 작은 돌풍에 휩쓸려 한번 튕겨졌다가 땅바닥으로 떨어졌다. 그

덕에 머리가 박살이 난 채로 죽는 일만은 모면했다.

"뭘 그렇게 멍하니 쳐다보고만 있는 것입니까? 당신들에겐 할 일이 있지 않습니까?"

마법사들의 시선이 앳된 목소리의 주인공을 찾았다. 자그마한 소년이 막 마법을 시전한 손을 거두는 중이었다. 열세 살의 어린 나이에 1서클 마스터의 풍술사라 하여 많은 사람들의 관심을 모았던 릭샤라는 아이였다.

"그렇게 저를 쳐다볼 것이 아니라 마법을 사용하십시오."

"바, 방금 그건 뭐지?"

한 마법사가 말을 더듬으며 물었다.

"1클래스의 풍계 마법 중 '작은 파괴자' 라는 기초적인 마법이 있지 않습니까? 사람을 향해 사용하지 말고 바닥 가까운 곳에 45도 각도로 비스듬히 날리십시오. 그리하면 전방에 가벼운 돌풍이 일 것입니다. 간단한 응용입니다."

마법사들은 멍하니 있었다. 그들은 하나같이 어린아이라고 생각되지 않는 임기응변에 놀라고 있었다. 게다가 사람이 날아오는 장소를 예상해 45도 각도로 비스듬히 마법을 날리라니.

마법을 시전하기 위해서는 주문을 외워야 한다. 공을 던지는 것처럼 간단한 일이 아니다. 릭샤가 하는 말은 굉장한 컨트롤을 요구하는 작업인 것이다.

또 한 번 드래곤의 꼬리에 날아간 병사들이 그들을 향해 날아오고 있었다.

"갈기갈기 찢으리라. 이 손에 담길 만큼 작으나 갓난아이의 비명마저 즐기는 잔혹한 그대의 힘을 빌리노니 그 어떤 존재도 예외없이 모조리 찢어버리라, 작은 파괴자여!"

릭샤가 짧은 주문으로 팔을 내뻗었다. 그러자 막 바닥으로 추락하던 남자 중 한 명이 돌풍에 휩쓸려 한번 튕겨졌다가 떨어져 내렸다.

"나도 해보겠어!"

릭샤가 직접 그 일을 해내는 것을 자신들의 눈으로 목격하자 마법사들은 오기가 생겼다. 그래서 하나둘씩 마법을 시전하기 위해 움직이기 시작했다. 그러나 마음대로 될 리가 없다. 성공한 자는 운이 좋거나 바람 마법에 능숙한 풍술사뿐이다. 릭샤는 그들이 하는 꼴을 보다가 말 없이 고개를 돌려 외면했다.

'아이들만 무력한 줄 알았더니 일부 어른들의 능력도 기준치에 미달되는군. 이렇게 간단한 응용도 적시적기에 사용하지 못하다니 도무지 수준이 맞질 않는다.'

릭샤가 그 말을 입 밖으로 꺼내지 않은 것은 녀석의 처세술이 획기적으로 발전했음을 보여주는 것이었다. 릭샤의 속마음을 모르는 마법사들은 어쨌거나 열심히 마법을 시작했고 몇 번 계속하자 그것이 손에 익어 병사들이 무방비로 땅바닥에 처박히는 것을 막을 수가 있었다.

[이이이익! 이 버러지들!!]

인간들이 나름대로 분발하고 있자 이루이즈는 더욱 화가 치밀었다. 왼발과 꼬리로 인간들을 쓸어내며 마법으로는 방어만 하고 있었지만 잠시간의 시간 차를 이용해 이루이즈도 드디어 반격을 감행했다.

이루이즈는 인간들에 비해 반에도 미치지 않는 딜레이로 8클래스의 빙계 마법을 시전해 냈다. 갑자기 늦봄에 어울리지 않는 한기가 찾아들었다. 조금 시간이 지나자 작은 얼음 결정들이 무수하게 생겨나기 시작했다. 그것들은 단순히 비처럼 땅에 떨어질 뿐이었지만 단단한 바위마저도 구멍투성이로 만들어 버릴 위력을 가졌다. 보는 그대로 얼음의 비라 불리는 마법이었다.

마법이 시전된 것을 보면서도 인간들은 물러서지 않고 계속해서 이루이즈의 발밑으로 모여들고 있었다. 그녀는 발의 끔찍한 고통 속에서도 당장 그놈들을 갈아버릴 수 있음에 크게 기뻐했다.

[죽어버렷ㅡ!]

얼음 결정들이 막 인간들을 향해 날아가는 순간이었다. 후끈한 열기가 일어나는가 싶더니 얼음비의 가운데로 거대한 화염 돌풍이 일어났다. 불길이 제멋대로 춤추며 주변을 휘감았다. 그것은 미세한 먼지 하나까지도 한순간에 소멸시킬 만큼 뜨거웠다. 인간들을 목표로 하던 얼음 결정은 그 불길에 휩싸여 결국 수증기로 사그라지고 말았다.

'홍염의 축제.'

제국의 수석 마법사인 카크비아가 가장 자신하는 9클래스의 화염 마법이었다. 그는 마석이 박힌 스태프를 아래로 내리며 크게 한숨을 쉬었다. 혹시나 싶어 미리 준비하고 있던 덕에 다행히 타이밍을 맞출 수가 있었다.

가까운 곳에서 마법을 시전하기 위해 대기 중이던 덱스틴이 쿡 하고 웃었다.

"보십시오. 저 드래곤이 연합군에 대하여 약간의 사전 조사만 했었어도 '얼음의 비' 따윈 사용치 않았을 것입니다. 9클래스의 화염술사가 연합군에 있으니 웬만한 빙계 마법은 통할 리가 없지 않겠습니까? 하지만 드래곤은 이를 데 없이 오만했고 버러지라 치부하는 놈들의 정보 따윈 안중에도 없습니다. 저놈들이 얼마나 구제 불능인지 확실히 아시겠지요?"

카크비아가 평소보다 절실히 덱스틴의 말에 동조했다.

"후우, 그대의 말에 십분 공감하겠소. 현안의 생물이라는 이면에 저런 어리석음이라니 이거야 어이없기까지 하군."

"후후, 신께서 기하신 공평함이라고 할까요? 그래도 아직은 신중하는 편이 좋겠군요."

두 사람이 말을 끝내고 드래곤에게로 시선을 주었다. 곧 죽어도 드래곤, 작은 방심에도 큰 곤경에 처하고 말 테니까.

[아아악! 제길! 제기랄!]

시간이 흐를수록 이루이즈는 점차 궁지에 빠져들고 있었다. 양다리에, 특히 오른쪽 다리에 집중적으로 달라붙는 인간들은 죽여도 죽여도 끝이 없었다. 제아무리 오기에 가득 차 평소 이상의 힘을 내고 있다고 해도 다리의 상처가 심해지자 그 자리에 계속 서 있기가 너무 힘들었다. 하지만 쓰러지면 끝장이었다. 발에 달라붙은 개미 떼가 가슴이나 얼굴에 달라붙을 생각을 하면 벌써부터 온몸의 피가 거꾸로 솟는 것 같았다.

방어보다는 공격이다. 이루이즈는 그렇게 판단했다. 조금 상처를 입는 한이 있어도 그놈들이 방어할 엄두도 내지 못할 강력한 공격으로 많은 수를 한번에 쓸어버리는 거다. 잘하면 다리를 속박하는 마법사들을 다수 죽임으로써 이 지긋지긋한 땅을 박차고 날아오를 수 있을지도 모른다.

[흐으으읍!]

크게 숨을 들이켰다. 이루이즈는 브레스를 내뿜을 심산이었다. 9클래스의 마법을 시전하는 것에 비해 조금이나마 딜레이가 짧기에 그것을 택했다.

연합군에 속한 병사들은 이루이즈가 브레스를 시도하고 있다는 것을 깨달았다. 그래서 사력을 다해 마법을 시전하여 이루이즈에게 쏟아부었다. 하지만 이리저리 몸을 비틀거리면서도 이루이즈는 숨을 들이키는 것을 멈추지 않았다.

어지간해서는 이루이즈의 브레스가 멈추어지지 않을 것이라는 사실을 깨달은 카크비아와 덱스틴 등의 대마법사들이 고위 마법을 준비하기 시작했다. 하지만 너무 늦은 판단이었다. 상황은 절망적이었다. 그들의 주문 영창이 끝나기도 전에 브레스가 먼저 내뿜어질 것이다.

"으윽! 곤란해!"

다른 병사들과 어울려 이루이즈의 다리에 열심히 생채기나 내고 있던 레가트는 당혹감을 감추지 못했다. 그가 서 있는 곳은 드래곤의 발밑이니 브레스에 당할 염려는 없을 것이다. 그는 본진의 황제나 다른 인간들이 몰살당한대도 마음 독하게 먹고 무시할 심산이었다. 지금까지 이런저런 일로 너무 많이 튀었기 때문이다. 이런 상태로는 레가트라는 이름을 대고 이 대륙에 살아가는 것이 영영 불가능할 것 같았다.

하지만 레가트는 고민했다. 이루이즈가 겨냥하고 있는 쪽에는 다른 누구도 아닌 릭샤가 있었다.

'더 이상은 눈에 띄고 싶지 않아! 하지만 그 어린아이를 배신하는 것은 더 더욱 싫다.'

오랜 천성이 쉽게 바뀔 리가 없었다. 결정은 금방 내려졌다. 그는 다리에서 뛰어내려 이루이즈의 얼굴이 보이는 거리까지 단걸음에 달려나갔다.

적당한 자리에 멈춰 서 품에서 단검을 꺼냈다. 한순간 장검의 길이를 넘어선 마검이 만들어졌다. 레가트는 장창을 던지듯 단검을 들고 몸을 젖혔다.

그가 목표하는 것은 드래곤의 노란 눈.

이루이즈는 브레스를 뿜기 위해 움직임을 멈춘 상태였지만 연합군 측의 필사적인 마법을 맞고 제멋대로 흔들렸다. 무엇보다 이루이즈의 눈은 30미터 상공의 자그마한 점이다. 아무리 마검사의 능력이 뛰어나다고 해도 그런 목표물을 맞추기는 거의 불가능해 보였다. 하지만 실패했다간 곧장 절망의 나락행이다.

"제발 빗나가지 마라!"

한 걸음, 두 걸음, 그리고 힘차게 단검을 던졌다. 그것은 바람을 가르고 정확하게 이루이즈의 눈을 향해 날아들었다.

이루이즈는 무의식중에 눈을 향해 무언가가 날아오고 있음을 깨달았다. 이루이즈는 순간적으로 두꺼운 피막의 눈꺼풀을 닫아 눈을 보호했다.

하지만 레가트가 던진 것은 마검이었다. 큰 범위의 폭발력은 없으되 비늘 정도는 충분히 뚫을 만한 위력을 가지고 있었다.

[까아아아아아아아악!]

오른쪽 눈에 레가트의 검이 박혀들었다. 이루이즈는 포효했다. 눈을 잃은 시점에서부터 이루이즈의 집중력은 흐트러졌고 브레스를 내뿜을 계획은 완전히 무산되었다. 그 대신 뒤늦게 영창에 들어간 카크비아와 덱스틴의 최종 단계 마법이 완성되었다.

우선 덱스틴이 완성한 8클래스의 전격 마법이 그 징조를 드러내었다. 그 이름도 거창하여 '천벌(天罰)'이라는 마법이었다. 어느 속담을 연상시키듯 화창한 마른하늘에 갑작스레 커다란 벼락이 떨어졌다. 머리 중앙에 정통으로 벼락을 맞은 이루이즈는 비명도 지르지 못했다. 이루이즈의 다리에 달라붙은 인간들이 함께 감전사당하고 있었지만 덱스틴은 상황이 상황인만큼 이 정도 희생은 당연히 감수해야 한다고 생각했다. 나약한 자는 보다 강한 자의 아가리에 먹힐지어다. 마신의 기본적인 가르침 아래 덱스틴은 양심의 가책을 받을 필요성을 느끼지 못했다.

뒤이어 카크비아가 시전한 마법이 사람들의 눈앞에 드러났다. 자세한 설명은 필요없었다. 그냥 간단히 거대한 화염구였다. 단지 그것이 드래곤의 몸뚱이를 절반으로 뚝 떼어낸 것처럼 크고, 닿는 순간의 폭발력이 작은 성을 단숨에 반쪽 내버릴 정도로 대단하다는 것이 달랐다. 카크비아가 선 상공에 생겨난 뜨거운 화염구가 직통으로 이루이즈를 향해 날아갔다.

이번의 이루이즈는 완전한 무방비는 아니었다. 저런 마법을 방어하지도 않고 정통으로 맞으면 이루이즈도 명을 부지할 수 없다. 죽음을 코앞에 두게 되자 자신도 모르는 사이 번쩍 정신이 들었던 것이다. 하지만 시간은 촉박했다. 이루이즈가 시전할 수 있는 방어 마법은 5클래스 수준이 고작이었다.

쿠와아아아아아아아아앙!!

대마법이 시전된다는 것을 알고 이루이즈의 근처에 붙어 아직 살아남아 있던 인간들이 죽을힘을 다해 도망쳤다. 하지만 폭발의 위력은 어마어마했다. 강력한 돌풍에 힘없는 병사들이 또 한 번 휩쓸려 하늘로 날아갔다.

"우아아아아악!!"

이번에는 레가트도 예외일 수 없었다. 이루이즈와는 제법 가까운 곳에 서 있었고 도망치는 타이밍이 늦어버렸기 때문이다. 레가트는 모래먼지와 주인 잃은 무기구들과 함께 이루이즈의 키만큼이나 높게 날아갔다.

'이제는 정말 끝이구나!'

땅바닥이 가까워지는 것을 보며 레가트는 이를 질근 물었다. 하지만 끝이라고 생각한 직후 갑자기 땅바닥에서 돌풍이 생기더니 몸에 또 한 번의 강한 충격이 가해졌다. 땅을 향해 곤두박질치던 레가트는 다시 한 번 위로 튕겨 올랐다.

"으악! 이게 뭐야!"

예상치 못한 전개라 너무 놀랐지만 일단은 살고 보기로 했다. 그래서 튕겨 오르는 와중에 최대한 몸을 비스듬하게 비틀었다. 직각으로 내려서기보다는 옆으로 미끄러지듯 내려서는 것이 훨씬 충격을 적게 받을 것이다. 의도대로 자세를 잡은 레가트가 모래먼지를 일으키며 길게 뒤쪽으로 밀려났다.

"우욱! 아욱! 나 죽어."

반가운 땅과 살아서 재회하게 되었는데 레가트는 웃을 수가 없었다. 한 번의 튕김으로 충격을 줄였다고는 해도 그렇게 높은 데서 떨어졌는데 멀쩡할 리가 없다. 레가트는 왼쪽 옆구리가 몇 대 나간 것을 확인하고는 다시금 죽는소리를 냈다.

"레가트 형, 괜찮으십니까?!"

그때 어디선가 불쑥 릭샤가 튀어나와 소리쳤다. 레가트는 화들짝 놀랐다.

"리, 릭샤?! 어디서 갑자기? 어떻게 알고?"

"형의 위치를 최우선으로 하여 계속 주시하고 있었습니다. 지금 치료 마법을 시전할 테니 조금만 참으십시오!"

릭샤가 토시를 낀 양 팔목을 한 번씩 쓰다듬었다. 그곳에는 마석이 박힌 팔찌가 있다. 비상시에 사용해도 빛이 새어 나가지 않도록 두껍게 천을 감은 것이다.

"아, 아니 됐어! 넌 어디까지나 1서클의 풍술사니까! 쉿! 쉿!"

"하지만!!"

릭샤가 언성을 높이며 강하게 반발했다. 그가 소리를 지르는 것은 정말 아주 극히 드문 일이었다. 십 년에 한 번 열리는 기적의 열매와 비슷한 수준일까?

"릭샤……."

찡했다. 릭샤가 자신을 위해 어울리지 않게 흥분해 주고 있지 않은가. 그것이 얼마나 기쁜지 몰랐다.

레가트는 힘겹게 몸을 일으켜 손을 뻗었다. 릭샤는 자연스럽게 그의 품에 안겨왔다. 뒤쪽으로는 9클래스 마법의 영향 아래 지옥도를 그리고 있는데 오직 두 사람만이 로맨틱한 분위기를 자아내고 있었다.

"아차! 드래곤은 어떻게 됐지?"

릭샤의 머리칼을 다정히 쓰다듬다가 뒤늦게 고개를 들어 레가트가 소리쳤다. 릭샤도 고개를 들어 연기로 가득한 곳을 바라보았다.

타는 내가 진동했다. 대마법이 이루이즈의 두꺼운 비늘마저 태워 버리고 큰 상처를 내었다는 증거였다. 연기는 짙은 회색이었다. 하지만 검은 그림자로 그곳에 이루이즈의 존재를 확인하는 것이 가능했다.

거대한 드래곤의 몸이 천천히, 그리고 크게 흔들렸다. 사람들은 곧 그 드래곤이 쓰러질 것이라는 것을 예감했다.

승리했다. 이렇게 쉽게. 이렇게 간단히. 겨우 이 정도의 희생만으로(그래도 일반 병사 수천이 죽었다).

인영을 지켜보는 사람들이 약속이라도 한 것처럼 입을 다물었다. 모든 하던 일을 멈추고 연기를 통해 어른대는 인영을 주시했다. 팔다리를 잃은 병사가 신음 소리를 내는 것마저 잊었다. 그들은 다 함께 드래곤 로드의 후계자가 무너지는 순간을 보았다.

"어억, 뭐야!?"

하지만 역사에 남을 만한 장면을 목격하기 직전, 예상치 못한 일이 벌어졌다. 드래곤이 막 쓰러지기 직전 갑자기 그 거대한 몸이 순식간에 줄어들기 시작했다. 폴리모프였다.

"도망친다!!"

누군가가 소리쳤다. 그와 동시에 사람들은 믿을 수가 없다는 듯 우왕좌왕하기 시작했다. 그 오만한 드래곤이 인간을 상대로 도망치다니 전대미문의 일이었다. 자신이 졌다는 것을 인정하려 들지 않고 마지막까지 버티다가 허망하게 죽어가는 것이 드래곤의 생리가 아니던가?!

검은 연기 속에서 상처 입은 작은 새 한 마리가 날아올랐다. 사람들은 그것이 드래곤임을 직감했다. 하지만 그들이 무슨 조치를 취하기도 전에 작은 새는 가까운 수풀 사이로 숨어버렸다.

"말도 안 돼!"

"맙소사!"

"야, 이 파충류야, 창피하지도 않냐? 당장 나와!!"

사람들이 비명처럼 소리를 질렀다. 죽을힘을 다하여 잡은 드래곤
을 막판에 놓쳐 버렸으니 피눈물을 쏟아낼 일이다. 하지만 온갖 모욕
을 퍼부어도 이루이즈는 끝내 모습을 드러내지 않았다.

제13화

도망치다 ■

드래곤이 도주한 후 잠시 혼란에 휩싸였던 연합군이었지만 어느 정도 시간이 지나자 결국은 흥분된 분위기로 돌아왔다. 전리품을 놓친 것은 몹시 분하나 그들이 드래곤에서 승리를 거둬낸 것은 분명한 진실이기 때문이었다.

"킬킬, 얼마나 무서웠으면 도망을 다 갔겠어?"

"풋내 나는 애를 가지고 우리가 너무 심했나?"

여기저기서 드래곤을 비웃는 말소리가 들려온다. 그들은 저마다 자신이 인간이라는 사실에 뿌듯한 자부심을 느끼고 있었다.

레가트는 릭샤의 손을 꼭 붙잡고 병사들의 사이를 걸어갔다. 물론 감시역이라 할 수 있는 레이젤레스도 함께 붙어 있는 상태였다. 그들은 지금 황제의 부름으로 수뇌부 막사로 향하는 도중이었다.

눈에 띄는 세 사람이 길을 걷자 사람들이 너나없이 시선을 모았다.

하지만 평소보다 그 반응이 훨씬 격했다.

"저기 봐, 저기!"

"오오, 그 마검사다! 드래곤 슬레이어다!"

'드래곤 슬레이어'. 레가트는 어느덧 사람들의 사이에서 그렇게 불리고 있었다. 드래곤은 연합군의 모든 병사가 힘을 합쳐 잡은 것이지만 레가트는 그중에서도 단연 눈에 띄게 활약했다. 모든 병사들이 합심하여 공격할 수 있도록 이루이즈를 땅에 못 박은 것도, 위기의 순간 드래곤의 눈을 공격하여 산성 브레스를 막아낸 것도 전부 그의 공로였다. 레가트 혼자 그러한 호칭을 얻은 것도 무리는 아니었다.

릭샤 역시 유명인이 되어 있었다. 전투 도중 보여주었던 마법력으로 특히 마법사들에게 대단한 관심을 끌게 된 것이다. 일반인들에게도 드래곤 슬레이어가 자칫 마지막 공격에 휩쓸려 죽을 뻔했을 때 순발력을 발휘하여 위기에서 구해낸 전적으로 명성이 높았다.

"완전히 영웅이 되었군요."

릭샤가 레가트를 올려다보며 한마디 했다. 레가트는 빙긋 웃어 보이는 것으로 대답을 대신했지만 실제 속은 쓰라려 죽을 지경이었다. 그는 기본적으로 비밀주의자이니 지나치게 유명해지는 것이 달가울 리 없다. 레가트는 이 난감한 심정을 레이젤레스의 시선을 의식해 겨우겨우 참아냈다.

수뇌부 막사로 들어갔다. 레기느멜젠의 황제인 크로제츠 9세가 중앙에 자리 잡고 그보다 한 단계 낮은 상석에 스테왈트 왕국의 로드노스 대공, 마우릴의 왕세자가 앉아 있었다. 세 지도자의 양옆으로는 고위 사제와 무장들이 도열했다. 레가트와 릭샤는 그들의 사이를 걸어 황제와 대공, 왕세자의 앞에 무릎을 꿇었다.

"잘 왔다. 짐이 이렇듯 그대를 부른 것은 그대의 공을 치하하기 위함이다. 대 드래곤 전에서 그대의 활약은 짐이 기대하던 이상의 것이었다. 이미 병사들의 입에서 드래곤 슬레이어라 오르내리고 있더군."

"황공하옵니다, 폐하."

"그대는 지금 돈이 부족해 곤란에 빠져 있다지? 그래서 짐은 특별히 그대에게 이천만 골드를 하사토록 정하였다. 돈 씀씀이가 크게 헤프지 않다면 충분히 넉넉한 금액일 것이다."

"넉넉하다 못해 넘칠 정도입니다. 이렇게 많은 돈을 받아도 되는 것인지, 아아! 폐하의 은혜에 진심으로 감사드립니다."

릭샤가 잃어버린 돈을 생각하면 넉넉하기는커녕 너무 적어서 갈증만 날 정도의 금액이다. 하지만 평민의 입장에선—그것이 아주 부유한 평민일지라도—엄청난 액수이기에 레가트는 무조건 기쁜 척했다. 새로운 의심거리를 만들지 않아도 그는 충분히 수상쩍은 놈이었다.

이번에 황제는 릭샤에게 시선을 주었다.

"락샤 그대에게는 마법사라는 신분을 감안하여 카크비아 공이 가공한 마석을 하사토록 하겠다. 이 대륙에 한 명밖에 없는 9클래스의 마법사가 가공한 마석이니 그대가 사용하기에 부족함이 없으리라 믿는다."

"카, 카크비아님의 마석이라니, 그렇게 큰 은혜를 그냥 받아들여도 되는 것인지!"

순간적으로 레가트는 깜짝 놀라서 힐끗 릭샤를 쳐다봤다. 녀석이 언뜻언뜻 흥분된 얼굴을 하며 어쩔 줄을 몰라 하고 있었다. 게다가 말까지 더듬었다. 눈앞에 산해진미가 10리 정도 펼쳐져 있어도 저런 반응은 안 나올 것이다.

아무리 생각해도 릭샤가 카크비아의 마석에 탐을 낼 이유는 없었다. 녀석의 마석 가공 기술은 카크비아보다 훨씬 더 뛰어났다. 게다가 이미 스스로 가공한 마석을 두 개나 소지하고 있어 딱히 새로운 마석이 필요치 않았다. 릭샤는 물건 욕심이 없는 아이다. 소국을 통째로 살 만한 마석덩어리를 잃어버리고도 무심했던 녀석이 아니던가?

겨우 그 이유를 알아낸 레가트는 식은땀을 흘렸다. 릭샤는 지금 자신의 행동을 보고 따라 하고 있었다. 이쯤 되면 호들갑을 떨어야 한다는 사실을 재빠르게 눈치 채고 얼굴에 철판을 깔고 기쁜 척 연기를 하고 있는 것이었다. 레가트는 순진했던 작은 소년이 나날이 일취월장(?)해 가는 모습에 어떻게 반응해야 좋을지 크게 고민했다.

그 와중에도 황제의 말은 계속되었다.

"그리고 마지막으로 짐은 그대 레가트에게 드래곤 슬레이어에 걸맞는 신분을 내리기로 하겠다. 지금 이 시간부터 그대는 단순한 평민이 아니라 대제국 레기느멜젠의 자작이다. 짐은 그대가 앞으로 황궁에 머물며 제국을 위해 온 힘을 쏟을 것이라 믿겠다."

레가트의 입에서 헉 소리가 튀어나올 뻔했다가 도로 들어갔다. 황제는 레가트에게 따로 의견을 묻지도 않고 제국의 귀족이 되는 것을 기정사실화하고 있었다. 황제가 아주 도리를 모르는 사람이 아니라는 것을 감안할 때 이 상황은 십중팔구 고의다. 작위라는 허울 좋은 구실로 레가트를 자신의 곁에 붙들어두겠다는 생각인 것이다.

하지만 황제의 입장에서 이것은 당연한 조치였다. 레가트는 그 정체를 알 수가 없는 것은 물론 하나부터 열까지 비밀투성이이다. 그저 지나가던 평범한 농사꾼이었다면 제깟 놈이 비밀주의자든 뭐든 아무래도 상관없었을 것이다. 하지만 드래곤 슬레이어가 될 만큼 강대한 능력을 지니고 있는 놈이 어디로 튈지 알 수 없으니 이보다 불안한 일이 또 어디 있을까. 그가 어떤 행동을 할지에 따라 황제는 큰 이득을 얻을 수도 있지만 큰 위험을 감수하게 될지도 모른다. 지나치게 날카로운 양날의 검은 무리수를 넣어서라도 감시할 필요성이 있었다.

"폐, 폐하, 송구합니다만 작위 건은 없던 것으로 해주십시오."

레가트는 소용없음을 알면서도 무익한 반항을 한번 해보았다. 황제의 눈초리가 대번에 날카로워졌다.

"자작으로는 성에 차지 않는가?"

"아닙니다. 그런 것은 아니옵고 전 작위에는 욕심이 없습니다."

"무어라? 지금 대제국 레기느멜젠의 귀족으로 봉하겠다고 말하는 것이다! 그것을 네놈이 헌신짝처럼 걷어차?"

"아닙니다. 그런 게 아니옵고……."

이 초유의 위기를 어떻게 벗어나야 하나? 레가트는 있는 대로 잔머리를 굴렸다.

"폐하, 사실 저는 릭샤의 병을 치료하기 위해 여행을 하던 중입니다. 그래서 황궁에 얽매여 있을 수가 없습니다. 그러하니 부디 그것만은……."

겨우겨우 변명거리 하나를 지어내서 내뱉었다.

로드노스 대공이 그 말을 듣고 황제에게 살짝 언질을 했다. 릭샤의 병을 고치기 위해 제국으로 향하던 그들을 자신이 드래곤 퇴치군에 합류시켰다는 그간의 간단한 사정을.

하지만 이야기를 들은 황제는 여유만만해졌다.

"참 잘되었구나! 짐이 제국의 유능한 치유술사들을 모두 불러주겠노라! 릭샤 역시 유능한 마법사이다. 내 능력이 닿는 한 그 병을 고치기 위해 최선을 다하마!"

"에, 에에… 폐하, 사실 릭샤의 병은 치유술사의 힘으로 나을 수 있는 것이 아닙니다. 사정을 설명하기가 복잡해 로드노스 대공께는 의사를 찾아간다고 이야기해 두었지만……."

레가트는 이야기를 하던 도중 로드노스 대공에서 미안한 시선을 살짝 보냈다.

"사실 릭샤는 기억 상실증에 걸려 있습니다. 머리에 큰 상처를 입어서 과거의 기억을 잃어버리고 만 것이지요. 저는 릭샤의 기억을 되찾아주기 위해서 어릴 적 추억의 파편을 찾아 대륙의 여러 곳을 떠돌아다니고 있습니다."

"기억 상실?"

레가트의 이야기가 끝나자 사람들의 눈길이 한곳으로 몰렸다. 그 시선의 중앙에서 릭샤가 커다란 금색 눈동자를 깜빡거렸다.

"음, 그런 연유라면 레가트도 폐하의 은혜를 받아들이기가 곤란하겠군요."

로드노스 대공이 나서며 말했다. 다른 누구도 아닌 생명의 은인인 레가트가 곤란해하고 있는데 당연히 도움을 주어야 하지 않겠는가. 실은 자신이 먼저 눈독 들였던 인재를 제국에 빼앗기는 것이 싫었던 거지만.

"짐의 생각은 다르다. 저 아이는 이제 막 열 살 남짓 되었는데 과거에 그렇게 연연할 필요가 있겠는가. 기억은 지금부터 만들어가면 되는 것이다."

황제의 태도는 아주 단호했다. 그는 어떤 일이 있어도 레가트를 자신의 곁에 묶어두려 할 것이다. 레가트의 입에서 저도 모를 한숨이 푹 푹 터져 나왔다.

늦은 밤. 보초병을 제하면 모든 사람들이 잠에 빠진 시간이었다. 황제의 감시역인 레이젤레스도 자신의 막사로 되돌아가 잠에 빠져 있었다.

적당히 밤이 깊었다고 여긴 레가트는 조심스럽게 눈을 떴다. 품 안에 잠들어 있는 릭샤가 가장 먼저 그의 시야에 잡혔다. 그는 미안하다고 작게 말하고 릭샤를 깨우기 위해 손을 뻗었다.

그때 갑자기 릭샤의 눈이 번쩍 뜨였다. 덕분에 레가트가 도리어 더 놀랐다.

"컥! 리, 릭샤!?"

"이제부터 어쩌실 생각이십니까?"

한 치의 동요도 없는 날카로운 질문이 날아왔다. 릭샤는 벌써 상황을 다 파악하고 있다는 태도였다.

레가트는 이마의 땀을 닦아내며 설명을 시작했다.

"최후의 방법을 쓰는 수밖에. 황제 폐하의 뜻이 너무 단호해."

"최후의 방법이란?"

레가트는 주위를 슥슥 살피다가 품에서 한 장의 종이를 꺼냈다. 릭샤가 그것을 받아 들어 앞면에 쓰인 글자를 읽었다.

"죄송합니다. 저를 찾지 말아주세요. 이렇게 써놓고 도망가면 그래도 최소한 동정은 받을 수 있을 거야. 그래, 언젠가 다시 한 번 꼭 들르겠다는 말도 적자."

릭샤는 고개를 끄덕인 후 항상 품에 끼워두는 마법서를 꺼냈다.

그리고 책 사이에 꽂힌 펜으로 레가트의 뒷말을 그대로 받아 적었
다.

"이러면 나쁜 마음 먹고 도망갔다고 생각하진 않겠지? 그렇지?"

"저는 잘 모르겠습니다."

펜을 끄적이며 릭샤가 무덤덤하게 말했다. 레가트는 울고 싶은 심
정으로 종이를 쳐다봤다. 자신이 썼지만 참 황당한 짓거리이다. 그래
도 어쩔 수 있나. 황제의 명을 따를 수는 없고 명을 거부하고 도망쳐
지명수배자가 되는 것도 싫으니 이런 가능성에라도 걸어보는 수밖
에.

"미안하다, 릭샤. 나 때문에 너까지 휘말리게 돼버렸구나. 혹시라도
일이 잘못되면 이 대륙을 떠나야만 할 사태가 벌어질지도 모르겠어.
계속 쫓기며 살아갈 수는 없으니까. 하지만 그전에 반드시 네 기억을
찾아줄게. 약속해. 후우… 정말 미안하다."

"아닙니다. 의식주를 해결할 수 있을 만한 곳이라면 이쪽 대륙이든
저쪽 대륙이든 아무래도 상관없습니다."

"정말 고맙다. 내 곁에 있는 사람이 릭샤라 정말 다행이야."

레가트는 릭샤의 양손을 꼭 쥐고 진심으로 말했다. 보통이라면 욕이
라도 한바탕 얻어먹지 않았을까?

"이대로 도망치는 것입니까? 저희들은 아직 황제 폐하께 돈을 받지
못했습니다."

"응, 돈을 훔치다가 자칫 걸리면 죽음이야. 연합군에 고위 마법사가
많으니까 위험 수위가 높지. 역시 이대로 도망치는 게 백배 나을 거라
고 봐."

릭샤는 동의하고 침대에서 조심스럽게 일어났다. 그리고 머리맡의

가방을 들며 마지막으로 짧게 한마디 했다.

"그런데 저희는 무엇 때문에 이런 수난까지 겪으며 드래곤을 잡은 것이죠?"

"……"

절대 떠올리고 싶지 않은 부분을 결국 릭샤가 건드리고 말았다. 하늘을 향해 통곡하는 것은 이곳을 벗어난 후에나 하자고 이를 악물며 레가트는 자신의 검을 추슬렀다.

릭샤의 순간 이동 마법이 시전되는 순간 두 사람의 모습은 곧 자취를 감추었다.

아직 안개가 자욱하게 낀 거리를 두 사람이 걷고 있었다. 글론토에서 도망쳐 나온 레가트와 릭샤가 그들이었다. 순간 이동으로 가까운 야산에서 하룻밤을 노숙한 그들은 새벽녘이 되어서야 마을로 내려왔다. 글론토에서 가까운 작은 두메산골 마을이었다.

"릭샤, 내 망토 벗어줄까? 춥지?"

레가트가 밑에서 타박타박 걸어가는 릭샤를 보며 몹시 미안한 표정으로 물었다. 봄도 거의 다 지나가고 있었지만 아직 새벽녘은 쌀쌀했다. 하지만 릭샤는 고개를 저었다.

"조금도 춥지 않습니다. 제 망토에 보온 마법이 걸려 있다는 사실을 이미 한 번 말씀드린 적이 있는데 까맣게 잊으신 모양이군요. 제 걱정 보다는 자기 몸 걱정부터 하십시오."

릭샤가 검붉은 망토 한 장만 덜렁 걸친 레가트를 쳐다봤다. 레가트는 크게 웃으며 자신의 가슴을 팡팡 쳤다.

"하하, 이 형은 한겨울에 반팔로도 뒹굴어도 끄떡없단다! 걱정 마렴!"

"말도 안 되는 이유를 대고 걱정 말라시면 제가 걱정을 않을 수가 있습니까? 현실적이지 못한 이유로는 상대의 마음을 움직일 수 없습니다. 잊지 말고 새겨들으십시오."

정면으로 면박을 주는 말투였건만 레가트는 되려 활짝 웃었다. 릭샤와 이런 대화를 할 수 있게 된 것이 왠지 아주 기뻤다. 그가 아는 릭샤란 바로 이런 아이인 거다. 연합군에 소속되어 있을 무렵 릭샤의 귀여운 척, 무식한 척(?)하는 연기가 어찌나 견디기 힘들던지.

"엇!"

한참 흐뭇해하던 레가트가 갑자기 걸음을 멈추었다. 거리를 지나다가 골목 사이에서 얼핏 어떤 물체를 보았기 때문이다. 릭샤도 함께 그 자리에 멈추고서 레가트의 시선을 따라 고개를 돌렸다.

"……."

잠시 침묵이 감돌았다. 두 사람 다 골목 사이로 보이는 물체에서 눈을 떼지 않고 있었다.

"우우."

골목 사이로 아주 작은 신음 소리가 흘러나왔다. 하지만 새벽녘의 두메산골 마을은 오래 버려진 폐허보다도 더 조용했고 그 목소리는 다소 크게 들렸다. 릭샤는 그 물체를 보면서 입을 열었다.

"도와주고 싶어 못 견디시겠죠?"

"…응……."

레가트는 꽤 오랫동안 입을 다물고 있다가 마지막에 다 기어들어 가는 소리로 말했다.

골목 사이에 쓰러진 아이는 큰 상처를 입고 있었다. 어디서 훔쳐 입은 듯한 커다란 사이즈의 옷 사이로 큰 상처들이 보인다. 특히나 양다리는 무언가에 파헤쳐져서 눈 뜨고 볼 수 없을 정도로 심각했고 오른쪽 눈도 크게 다쳐 있었다. 그 정도만 얼핏 봐도 충분히 짐작할 수 있었다. 그 아이는 글론토에서 도망친 드래곤이었다.

"역시 돕겠다고 말씀하시는군요. 레가트 형의 약자 돕기는 선악을 무시할 뿐 아니라 상대도 전혀 가리질 않는군요?"

"확실히 꼴이 좀 웃기지? 내가 다 죽여놓고 이제 와서 불쌍하다고 돕겠다니."

말은 그렇게 하면서도 레가트는 슬슬 폴리모프한 드래곤에게로 걸어가고 있었다. 온몸이 마구 땡기는 것을 그도 자제할 수가 없다. 그때 릭샤가 그의 손을 덥석 잡았다. 레가트는 릭샤가 자신을 말릴 줄 알고 곤란한 표정이 되었다. 하지만 릭샤의 반응은 언제나와 같이 그의 예상을 엇나갔다.

"사람들이 깨기 전에 어서 저 드래곤을 데리고 다시 야산 깊은 곳으로 돌아가도록 합시다."

"으… 응?"

"일단 사람들의 눈에 띄지 않는 곳에서 드래곤을 치료하자는 것입니다. 후에 우리들의 행방을 추격하는 황제의 사람이 왔을 때 다리와 눈에 상처를 입은 아이와 함께 있었다는 말이 새어 나가면 자칫 좋지 못한 혐의가 하나 더 추가될 염려가 있습니다."

레가트는 잠시 벙하게 서 있다가 고개를 끄덕였다.

짙은 어둠 속에서 헤매고 있었다. 바닥은 뾰족이 모난 돌멩이로 이루어져 있어 걸을 때마다 피가 나왔다. 이곳이 어디일까? 손으로 허우적댈 때마다 알 수 없는 물체에 거칠게 긁혀 완전히 해져 버렸다. 죽을 것만 같이 아팠다.

한참을 도망쳐 크게 목을 돋워 도움을 요청했다. 캄캄했지만 주변에 많은 존재가 있음을 알 수 있었다. 하지만 아무도 그녀에게 손을 내밀어주지 않았다. 그들은 모두 그녀가 쓰러지기를 기다리고 있었다. 끝내 온몸이 해져서 죽으면 그들은 재빠르게 뛰어와서 그녀를 차가운 땅속에 파묻어 버릴 것이다. 두 번 다시 이 부끄러운 과거를 떠올리지 않아도 되도록 아주 깊은 땅속에.

그들의 목소리가 들리는 것 같았다.

죽어. 어서 죽으라고. 수치마저 잊은 거야?

그들은 옳았다. 그녀는 그 자리에서 죽었어야 했다. 그런데 자신도 모르게 도망쳐 버렸다. 이제는 되돌릴 수가 없었다.

어둠에서 홀로 헤매었다. 영원과 같은 시간 동안 헤매고 헤맨 끝에 이윽고 빛이 보였다. 열심히 뛰어 손을 뻗었다. 그 작은 빛마저 그녀를 미워해 달아나 버리기 전에.

"눈을 떴습니다."

황금색 눈동자를 가진 소년이 그녀의 손을 꼭 잡고 있다가 대뜸 말했다. 이루이즈가 쫓고 있던 빛은 소년의 눈동자였다.

이루이즈는 순간적으로 화들짝 놀라 그 손을 뿌리치고 몸을 일으켰다. 온몸이 부서지는 것같이 아팠지만 당혹감이 먼저였다. 그런 이루이즈의 눈에 멀찍이서 땔감을 든 채 다가오는 금발의 남자가 보였다. 죽어서도 잊을 수 없을 것 같던 청년이었다.

"레가트!!"

찢어지는 목소리로 크게 소리치며 정신을 집중했다. 금방 마력이 소용돌이치며 긴 얼음 기둥이 만들어졌다.

“싸우려는 것이 아닙니다.”

릭샤가 한쪽 손을 가볍게 내뻗었다. 녀석의 양 팔목에서 붉은 빛이 새어 나오는가 싶더니 갑자기 이루이즈가 만들어낸 얼음 기둥이 흔적도 없이 사라졌다. 릭샤가 불 속성의 마법을 사용해 그녀의 마법을 중화시킨 것이었다.

“아, 아아아악!!”

이미 한번 이런 일을 겪은 적이 있는 이루이즈가 찢어져라 고음을 지르며 다시 한 번 마법 공격을 시도했다. 하지만 마법을 완성하기도 전에 릭샤가 성큼 다가가 오른뺨을 후려쳤다. 이루이즈도 일단 겉보기에는 가엾은 여자 아이. 그럼에도 릭샤의 손속에는 가차없었다.

다친 눈과 가까운 곳을 스쳐 맞은 이루이즈는 반사적으로 비명을 지르며 오른쪽 얼굴을 싸 쥐었다. 릭샤는 그런 이루이즈는 무심히 내려다보며 말했다.

“상당히 큰 상처였는데도 제법 견딜 만하지 않습니까? 어째서 오른쪽 눈의 상처가 그만큼 치료되어 있는지 먼저 생각해 보십시오.”

그리고 보니 고통이 많이 줄어 있다.

이루이즈는 뒤늦게 그 사실을 알아채고는 힐끗 시선을 내렸다. 너덜거리던 발과 다리가 어느 정도 형태를 잡고 있었다. 팔도 몸도 마찬가지였다. 누군가 마법으로 그녀를 이만큼이나 치유해 준 것이다. 그렇지 않았다면 아무리 상황이 급했어도 일어나자마자 그렇게 몸을 움직이진 못했을 것이다.

시야를 넓혀 주변을 둘러보았다. 레가트와 꼬맹이 외의 사람은 아무도 없었다. 이곳은 인적이 없는 아주 깊은 숲 속이었다.

"…뭐야? 대체 무슨 속셈이지?"

겨우 제정신으로 돌아왔다. 눈을 가리고 있던 손을 내리고 가장 먼저 레가트를 노려보았다. 하지만 대답은 릭샤가 대신했다.

"레가트 형에겐 아무런 속셈도 없습니다. 단지 당신을 반쯤 죽여놓고 이제 와서 보니 문득 불쌍하단 생각이 들어서 도움을 준 것뿐이지요."

릭샤의 사태 진단은 지나치게 정확했다. 그래도 분명 악의는 없는 것이다. 레가트는 어색하게 웃으며 이루이즈에게 말했다.

"하하하, 솔직히 이 아이가 말한 대로야. 앗! 불쾌하다는 건 알겠는데 무엇보다 중요한 건 우리들에게 널 해칠 의향이 있는 건 아니라는 거지. 그러니 난동을 피우진 말아주렴. 이런 상황에서 사람들이 떼로 몰려오면 너도 곤란하지?"

이루이즈는 계속 신경을 날카롭게 세우고 두 사람에게 경계했다. 그래도 당장 공격을 퍼부으며 난동을 부리지는 않았다. 다시 인간들이 몰려들면 아직 성치도 않은 몸으로 그녀는 또 한 번 도망을 쳐야 할 것이다. 그 치욕적인 경험은 한 번으로도 충분했다.

이루이즈와 어느 정도 대화가 가능할 것 같자 레가트는 가볍게 릭샤의 곁으로 걸어와 아이의 검푸른 머리칼을 다정히 쓰다듬었다.

"이 아이는 릭샤라고 해. 릭샤가 마법으로 계속 네 상처를 치료했단다."

"…그 꼬마 계집이?"

이루이즈는 눈살을 찌푸렸다. 그녀의 눈에 릭샤는 열 살이 안 되어 보이는 작은 소녀였다. 하지만 곧 마음을 고쳐먹었다. 조금 전 자신이 사용하려 했던 4클래스 빙계 마법을 중화시킨 것이 바로 저 꼬마였다.

"대체 정체가 뭐야? 어째서 그렇게 강하지? 설마 마족?"

레가트도 이제껏 보지 못한 굉장한 능력을 가진 자였다. 그런데 부록으로 달린(?) 꼬맹이도 이상하리만치 강력하다. 혹시 그들은 마족이 아닐까?

그 순간 이루이즈의 눈에 희망의 빛이 감돌았다. 저들이 마족이라면 이루이즈는 단순히 인간들의 손에 당한 것이 아니라 마족들의 간계에 빠져 당하게 된 것이니까.

"그, 그래? 마족이야?"

이루이즈가 흥분한 나머지 한 번 더 질문했다. 릭샤가 한 걸음 나섰다.

"죄송하지만 저는 인간입니다. 마력, 감각, 응용력 등 그 모든 면에서 보통 인간들의 능력을 상회하는 전대미문의 천재 마법사지요."

"……."

"……."

나무들의 사이로 찬바람이 불어왔다. 입을 다문 사람들의 사이로 모닥불이 일렁였다.

"하하, 우리 꼬맹이가 좀 솔직하지? 사심이 있어서 저러는 건 아니니 이해하렴."

한참 후에 난감한 표정으로 레가트가 말했다.

그는 땔감을 모닥불 근처에 내려놓고 앉았다. 릭샤도 곧이어 레가트의 곁으로 다가갔다. 모닥불 소리 말고는 사방이 고요했다.

멍하니 그들을 쳐다보던 이루이즈는 몸을 움츠렸다.

'역시 마족이 아니잖아.'

혹시나 했던 희망이 사그라지자 온몸의 힘이 쭉 빠졌다. 복수고 뭐고 날뛸 기운도 없어졌다. 인간들의 손에 죽기 직전까지 당하고 거기에 도망까지 쳤다는 사실은 이 세상이 망한다 해도 변하지 않는다. 그녀는 영원히 일족의 수치로서 각인되는 것이다.

"이제부터 어떻게 할 작정이니?"

나뭇가지를 한 개 모닥불에 집어넣으며 레가트가 물었다. 목소리가 제법 다정했다. 순간 풀이 죽어 있던 이루이즈가 번뜩 눈을 치켜떴다. 생각해 보면 지금 눈앞에 있는 놈들은 자신을 이런 처지로 만든 장본인들이었다. 그런데 친구라도 된 것처럼 말을 건네고 있지 않은가.

이루이즈는 발끈하여 레가트에게 욕이라도 퍼부어주려고 입을 열었다. 하지만 그녀가 뭐라고 소리치기도 전에 릭샤가 먼저 말했다.

"레가트 형, 그건 왜 물으시는 겁니까? 어떻게 할 작정이라뇨? 그야 알아서 쉴 만한 곳을 찾아 떠나겠죠. 어느 정도 치료를 해줬으니 나머지는 스스로 치유 마법을 사용하면 될 것입니다. 그런데도 저희들이 계속 이루이즈 양을 돌봐주어야만 하는 것입니까?"

여전히 악의없는 말이었지만 이루이즈에게는 그렇게 들리지 않았다. 전보다 더욱 울컥한 그녀는 자리에서 벌떡 일어났다. 중간에 비틀했지만 오기 하나로 버텼다.

"아, 아니, 이루이즈, 너무 서둘지 말고 좀 더 쉬었다 가는 것이……."

레가트가 다급히 말렸지만 그것이 이루이즈의 화를 더 부채질했다.

"웃기지 마! 네깟 놈들의 도움 따윈 없어도 충분해!"

버럭 소리를 지른 다음 몸을 돌려 수풀 속으로 성큼성큼 걸어갔다.

하지만 그녀는 맨발이었다. 레가트가 돌을 골라둔 야영장을 조금 벗어나자 거친 돌멩이와 나뭇가지가 얇은 붕대를 뚫고 발을 파고들었다.

"악!"

끝내는 짧게 소리를 지르며 무릎을 꿇었다. 상처 입은 발을 움켜쥐고 바들바들 떨었다. 조금 떨어진 곳에서 그 모습을 보던 릭샤가 한심하다는 어조를 담아 말을 건넸다.

"여기가 어딘데 두 발로 걸어가려고 그러십니까? 날아갈 수 있도록 새 종류로 폴리모프를 해야죠."

"닥쳐! 내가 알아서 해! 빌어먹을! 본체로 돌아가서 네놈들부터 죽여 버릴까 보다!"

말은 그렇게 하면서도 이루이즈는 양발을 잡고 웅크린 채로 있었다. 어딘지 모르게 쓸쓸해 보이는 뒷모습이었다. 하지만 릭샤는 동정은커녕 심드렁하게 툭 내뱉었다.

"말만 하지 마시고 빨리 좀 떠나시지요. 그런 곳에 계시면 굉장히 신경에 거슬립니다."

"릭샤, 이 매정한 것아!! 인생을 그렇게 살면 안 돼!"

레가트가 릭샤를 나무라며 양 볼을 꼭 잡고 있는 대로 늘어뜨렸다. 릭샤는 레가트의 손 안에서 자기가 왜 매정하냐며 웅얼거렸다. 두 사람의 말소리를 듣고 있던 이루이즈는 은근히 더욱 화가 뻗쳤다.

"빌어먹을 것들! 남한테 신경 꺼! 누가 가라면 못 갈 줄 알아? 나도 다 갈 데가 있단… 말야……."

되는대로 소리를 질렀지만 금방 목소리가 줄어들었다. 마음 같아

서는 저딴 놈들은 꽉꽉 밟아버리고 안 보이는 곳으로 멀리멀리 날아
가고 싶었다. 하지만 막상 갈 곳을 생각해 보니 생각나는 곳이 하나
도 없었다. 그녀의 집은 글론토 주변 일대이지만 인간들에게 패한
이상 그곳으로 되돌아갈 순 없었다. 새로운 서식지를 찾는 것도 당
장은 힘들다. 그렇다고 다른 드래곤을 찾아가는 것도 무리다. 그녀
는 단순히 패배한 것이 아니라 살기 위해서 등을 보이고 도망쳤다.
그런 이루이즈를 웃으며 받아들여 줄 드래곤은 존재하지 않는다. 도
리어 수치를 지우기 위해 그녀를 발견하는 즉시 죽이려 들지도 몰랐
다.

사실 반드시 가겠다면 폴리모프를 한 채로 어디든 갈 수는 있었다.
몇 번이고 인간으로서 유희를 즐겼던 그녀가 아니던가. 하지만 그녀는
쉽게 움직일 수가 없었다. 자신이 갈 곳이 어디인지 전혀 생각이 떠오
르지 않았다.

떠오르는 것은 오직 한 가지. 스스로의 처지가 너무도 비참해 견딜
수가 없다는 것이었다.

어째서 이렇게 되어버린 것일까? 그녀보다 강한 자는 완전한 성룡
중에서도 손에 꼽을 정도였다. 그런데 한낱 인간 따위에게 궁지에 몰
려 이런 꼴이 되어버렸다.

"왜 저러는 것일까요?"

겨우 뺨 늘리기에서 벗어난 릭샤가 고개를 갸웃했다. 레가트는 대답
하는 대신 이루이즈를 향해 부드럽게 말을 건넸다.

"괜찮다면 우리들과 함께 가겠니?"

릭샤도 놀라고 이루이즈도 놀랐다. 하지만 레가트가 본래 저런 인간
이라는 것을 아는 릭샤는 금방 놀라움을 가라앉힐 수 있었다. 단지 이

루이즈만 크게 놀란 채로 그들을 쳐다보았다.

“어때?”

레가트가 상냥하게 웃고 있는 모습을 보자니 이루이즈는 화가 치밀었다. 무슨 속셈인지는 몰라도 자신을 얕잡아 보고 있다는 것만은 분명했다.

“제길! 네놈들이 지금 자신의 처지가 어떤지 모르는 모양인데 말이지, 내가 마음만 먹으면 당장이라도 드래곤으로 폴리모프해서 네놈을 밟아 으깨 버릴 수 있다는 것도 몰라? 지금 당장 뒤를 봐줄 패거리도 없으면서 어딜 나서?!”

“그런 일에 대해서라면 걱정할 거 없단다. 네 앞이니까 말하는 건데 난 네가 생각하고 있는 것보다 훨씬 강하거든. 우리 릭샤도 좀 남세스럽긴 했지만 전대미문의 천재 마법사지. 네가 드래곤으로 폴리모프하기 전에 저지할 만한 힘은 가지고 있다는 뜻이야.”

“그거야 가까이에 있었을 때 이야기겠지. 어느 정도 떨어진 거리에서 폴리모프하면 네깟 놈이 무슨 재주로 날 막아?”

“하하, 그것에 대해서도 걱정없지. 폴리모프한 네게서 도망칠 정도의 힘 역시 가지고 있거든. 우리 릭샤는 순간 이동 마법도 쓸 줄 안단다.”

“잘도 자랑스럽게 도망친다는 소릴 지껄이는군! 역시 버러지 놈들이라 수치가 뭔지도 모르는 모양이……!!”

크게 소리를 지르려던 이루이즈는 입을 다물었다. 그렇게 수치스럽게 느끼는 도주를 바로 자신이 했다. 그래서 이런 꼴로 웅크리고 앉아 있는 것이다.

그때 고개를 기울이며 릭샤가 입을 열었다.

"단 두 명의 힘으로 당신에게 대항할 수가 없으니 도망가는 것입니다. 바보가 아니라면 누구라도 그렇게 하겠지요. 당신도 처음엔 바보같이 굴며 버텼지만 결국에는 사태의 심각성을 깨닫고 도망치지 않았습니까?"

"무, 무슨 황당한 소리를……. 바보가 아니기에 도망을 친다고?"

릭샤는 어깨를 으쓱였다.

"바보는 자신의 눈앞에 있는 존재의 힘을 알지 못합니다. 그들은 끝까지 현실을 인정하지 않고 버티다가 결국에는 아무것도 이루지 못한 채 목숨을 잃고 맙니다. 하지만 생각이 있는 자는 상대의 힘을 눈치 채는 순간 그 자리에서 물러설 줄 압니다. 그리고 다시금 적을 해치우기 위해서 힘을 기르거나 세밀히 작전을 세우겠죠. 이 이야기의 어디가 황당하다는 말씀이십니까?"

이루이즈는 릭샤의 말이 끝나고서도 한동안 멍하게 앉아 있었다. 하지만 곧 고개를 저었다.

"말도 안 돼! 그건 허울 좋은 핑계일 뿐이야! 도망이라는 건 추한 짓이지! 힘이 없고 약하니까 작전상 후퇴 따윌 부르짖으며 도망 다니는 거 아냐?"

"이루이즈 양께서는 약자의 도주에 너무 편협한 생각을 가지고 계시는군요. 이 세계에 사는 생물은 신이 아닌 이상 한 번쯤은 반드시 약자의 입장에 처하게 되어 있습니다. 따라서 도주란 생을 사는 데 있어 한 번쯤은 반드시 필요한 행위입니다. 중요한 것은 그후 다시 재기를 위해 힘쓰느냐, 도주한 채로 멈추어 서느냐일 것입니다."

릭샤가 이야기를 마치자마자 레가트는 '착한 우리 릭샤'라고 속삭이며 녀석의 뺨을 살살 문질러 주었다. 이루이즈를 위로하려고 한 말은 아닐 테지만 분명 성과는 있을 것이다. 일부러 동정하여 건넨 말이 아닐수록 마음에 와 닿는 수가 더 많다.

그의 생각대로 되었는지는 알 수 없지만 이루이즈는 그 자리에 계속 웅크리고 앉아 있었다. 여전히 마이페이스인 릭샤가 그런 이루이즈를 향해 말했다.

"그런데 언제까지 그러고 계실 생각이십니까? 지금 당장 해야 할 일이 없으시다면 레가트 형의 제안대로 저희랑 함께 다니시지요? 레가트 형은 불쌍한 애들만 보면 보살펴 주고 싶어서 안달을 내는 분이니 함께 여행을 하게 되면 형의 따스한 보살핌 속에 걱정없는 나날을 보낼 수 있을 것입니다."

그 순간 이루이즈에게서 우득 하고 이 가는 소리가 들렸다. 계속 웅크리고 있던 그녀가 드디어 고개를 들었다.

"그건 또 무슨 소리야? 내가 불쌍한 애라 이거야?"

"상처 입고 굶주렸으니 세상에서 소위 말하는 불쌍한 아이가 바로 당신이 아닙니까?"

"뭐라고?! 좋아! 내가 불쌍하다 치자! 그럼 나를 이렇게 만든 장본인이 누구야? 엉?!"

"저희가 당신을 초죽음으로 만드는 데 일조를 했지만 그후 삼 일 밤낮으로 잠도 안 자고 지극 정성으로 치료했으니 상호 간에 빚은 없는 것으로 칩시다."

"너 같으면 해주겠어!?"

"해주겠습니다."

"헛소리! 이 콩알만한 게 아까부터 건방지게 조잘대고 앉았어!"

이루이즈가 몹시 분개하며 그 자리에서 펄펄 날뛰었다. 그래도 정작 말싸움만 하며 마법을 날리지 않는 것을 보면 조금은 안심을 해도 좋을 것 같았다. 내일부터는 한 사람 분의 식사를 더 준비해야겠다며 레가트는 피식 웃었다.

〈2권으로 이어집니다〉